ET PUIS ENCORE... QUE SAIS-JE ?

DU MÊME AUTEUR

Chez le même éditeur

IL ÉTAIT UNE MAUVAISE FOI, 1978
LES YEUX AU FOND DE LA FRANCE, 1984
HEUREUX LES CONVAINCUS, 1986
DE QUOI J'ME MÊLE, 1998
Prix Rabelais 1998
VOUS N'ÊTES PAS OBLIGÉS DE ME CROIRE !, 1999
Prix Antoine-Blondin 1999
JE M'EN SOUVIENDRAI, DE CE SIÈCLE !, 2000
JOURNAL D'UN BOUFFON, 2002

Avec la collaboration d'Albert Kantof

LA BELLE ANGLAISE, 1988

Avec la collaboration de Dadzu

TOUT FAUX I, 1989
TOUT FAUX II, 1990
TOUT FAUX III, 1991

JEAN AMADOU

ET PUIS ENCORE... QUE SAIS-JE ?

ROBERT LAFFONT

ISBN 2-221-10078-6

« Et que n'ai-je
Un cœur changeant... changeant
Et puis encore... que sais-je »

GUILLAUME APOLLINAIRE

Alors que l'historien élabore une vaste fresque, le chroniqueur, lui, esquisse un croquis furtif, instantané d'un fait qui a attiré son attention. Chacun le traite suivant sa nature et son goût. Le moraliste, le pamphlétaire ou l'expert ont une tâche facile. Ils analysent, fustigent, et s'étonnent qu'on ait l'arrogance de ne pas être de leur avis. Autrement difficile est l'ambition de celui qui veut faire sourire, tâcheron acharné à dérider ses contemporains en commentant des événements qui, au mieux leur sont indifférents, et au pire les ennuient. On hésite, pour définir cette ambition entre fatuité et inconscience, l'une et l'autre n'étant d'ailleurs pas incompatibles.

J'ai pris il y a quelques lustres l'habitude de donner mon avis sur des sujets à propos desquels personne ne me sollicitait. Cela m'a valu quelques lettres de félicitations et de nombreuses missives d'engueulades, la pire insulte étant ce propos à la fois courroucé et hautain : « Et vous vous croyez drôle ! » Oh ! mon Dieu, non. J'exerce un vil métier qui consiste à dire du mal de ceux qui nous gouvernent et de ceux qui aspirent à les remplacer ; et j'ai toujours éprouvé un ravissement étonné lorsque le public rit à une boutade que j'essaye pour la première fois. Il y a en ce domaine plus de déceptions que de satisfactions, mais sur scène on peut couper ce qui ne porte pas. Les réflexions que je vous propose dans les pages de ce livre sont définitivement imprimées. Je n'y peux donc rien retrancher ; mais comme ce sont des chroniques, si l'une d'elles vous ennuie, passez à la suivante et, si plusieurs de suite vous font le même effet, refermez le livre et offrez-le à quelqu'un que vous n'aimez pas.

Et si par bonheur, vous m'accordez, lecteur, un sourire indulgent toutes les dix pages, je serai un auteur comblé.

La vie est sérieuse, mais si on la prend au sérieux... on ne s'en remet pas.

ARTHUR MILLER

Chansonnier et fier de l'être

« Qu'est-ce qu'on met, me demande-t-on parfois, quand je passe à la télé dans une émission débat : chroniqueur ? humoriste ? journaliste ? » Je réponds : « Ne mettez rien. » Journaliste, je n'en ai ni le titre ni la carte, quoique je fasse chaque jour pour mon propre compte une revue de presse très minutieuse. Je m'amuse parfois à dire que je suis un journaliste de mauvaise foi. Les journalistes vous livrent les nouvelles et les commentent, moi, je les déforme. Ils ont pour mission de vous informer, je tente, moi, de vous faire sourire, ça n'est pas tout à fait le même métier. Humoriste ? Dieu me garde de prétendre à ce titre. Tristan Bernard, Alphonse Allais, Sacha Guitry, Courteline, Jules Renard étaient des humoristes, il faut avoir une bonne dose de fatuité pour se comparer à eux. Si vraiment on insiste pour me coller une étiquette, je dis : « Mettez chansonnier. » Ce qualificatif, je le revendique volontiers, et ce d'autant plus que nous ne sommes plus guère à y prétendre, héritiers d'une très vieille tradition française qui est née sous la Fronde, quand des bateleurs montaient sur les alvéoles du Pont-Neuf pour chanter la rapacité de Mazarin. Il fallait être prudent en ce temps-là car ceux qui se faisaient prendre n'allaient pas à la Bastille, prison réservée au gibier de choix, on les enfermait à Bicêtre ou au Châtelet pour leur apprendre le respect. Mais la race de ces contestataires avait l'insolence chevillée au corps ; à peine sortis ils recommençaient et ils n'ont plus jamais cessé de se manifester. Le couronnement de Louis XVI rendit les chansonniers de l'époque sceptiques :

« Enfin, la poule au pot sera bientôt de mise
On doit au moins le présumer
Car depuis deux cents ans qu'on nous l'avait promise
On n'a cessé de la plumer. »

Ce quatrain a un peu plus de deux siècles, cela fait donc quatre cents ans qu'on plume cette pauvre volaille et, chose extraordinaire, il reste encore aujourd'hui quelques duvets à prélever, cas unique de martyre pour un gallinacé qui doit quand même commencer à se fatiguer. Les chansonniers ne s'embarrassaient pas de fioritures. Louis XVI ne pouvait pas avoir d'héritier et ils lui donnaient ce conseil :

« À Louis XVI, notre espoir
Chacun dit cette semaine
Sire vous devriez ce soir
Au lieu des rois... tirer la reine. »

Les médecins trouvent enfin ce dont souffrait le roi, on l'opère. Opération qui, par parenthèse, à une époque où l'anesthésie était inconnue, fait froid dans le dos. Les chansonniers donnent leur opinion :

« D'un priape de conséquence
On vient de couper le filet
Décalottez chef de la France
Mais bandez avant s'il vous plaît. »

Ils sont là les chansonniers sous le Premier Empire et le Second où ils retrouvent leur clandestine précaution, et avec la République quand ils récupèrent leur liberté d'expression. L'affaire de Panamá éclabousse la classe politique, on s'en gausse dans les cabarets : « La charrette qui conduisait à la guillotine a été remplacée par le fiacre qui mène chez le juge d'instruction. » Cette formule est aujourd'hui obsolète... puisqu'il n'y a plus de fiacres. En 1931, Paul Doumer succède à Gaston Doumergue. On chansonne :

« Nous avions Monsieur Doumergue
Nous avons Monsieur Doumer.
Et on s'écrie : ah mergue
Si chaque fois on en perd un petit bout
Le prochain sera Monsieur Dou
Puis y aura plus rien du tout. »

C'est le temps où arrivent sur les scènes des théâtres de chansonniers les grands noms : Robert Rocca, Jacques Grello,

Raymond Dorin, Pierre Dac, Jean Rigaux, Raymond Souplex, Noël Noël. C'est sous l'Occupation qu'ils se révèlent indispensables ; en dépit de la censure ils font passer dans le public cette bouffée d'oxygène qui lui fait trouver moins mauvais les rutabagas dont il se nourrit. Oléo, la commère du Théâtre de Dix Heures, lance à un officier allemand qui a du mal à enfiler sa vareuse : « C'est pas facile de passer la manche ! » Le théâtre est fermé un mois. René Paul chante :

« On les aura, criaient un tas de gens épatants,
Eh ben on les a... et on n'est pas contents. »

Eh bien, oui, je suis assez fier d'appartenir à cette corporation, même si certains ont mal tourné, comme Maurice Donnay qui chantait au Chat noir à vingt ans et entra plus tard à l'Académie française. « L'intelligentsia » parisienne, qui se targue de créer la mode, s'étonne : « Ça existe toujours les chansonniers ? c'est un peu ringard, non ? » Ringard ? Je leur laisse volontiers le choix de leur qualificatif... mais que ça existe, oh oui. Le Théâtre des Deux Ânes, où je sévis en compagnie de mes complices, Jacques Mailhot, Pierre Douglas et Jean Roucas, est le seul théâtre privé de Paris – c'est-à-dire ne bénéficiant d'aucune subvention et au contraire payant des impôts –, à ouvrir début octobre en étant certain d'aller jusqu'à fin juin, plein tous les soirs. Alors, les princes de l'intelligentsia s'irritent : « Mais enfin, comment font-ils, on ne les voit jamais à la télévision ? » C'est peut-être justement parce que le public est sevré à la télé de cette satire à fleurets mouchetés qu'il vient nous voir sur scène. Mais ils insistent : « C'est contraire à toute logique... Nous qui faisons et défaisons ce qu'il est convenu d'aimer ou de rejeter, nous n'en parlons jamais. »

De grâce, continuez à nous ignorer. Si vous saviez combien ça nous arrange.

La mauvaise foi

Un lecteur m'écrit : « Avouez quand même que vous n'êtes pas toujours de bonne foi. » Pas toujours de bonne foi est une litote, cher monsieur, je suis d'une profonde, d'une féroce, d'une incommensurable mauvaise foi.

À la différence de la foi qui vous frappe comme une insolation sur le chemin de Damas, la mauvaise foi n'est pas un don du ciel. Elle s'acquiert lentement, au prix d'un long effort, d'un acharnement quotidien, d'une volonté sans faille. S'obstiner à déformer les événements, à interpréter les faits et à extraire d'un long discours la phrase qui devient ridicule hors de son contexte est un exercice contre nature. Le cerveau humain n'est pas fait pour ça. Les hommes naissent libres, égaux et confiants ; au fil du temps, ils restent confiants, ce qui leur permet de croire qu'ils sont toujours libres et égaux. La déformation systématique au contraire exige une attention de tous les instants. Si vous consacriez le temps passé à forger cette mauvaise foi à l'étude des langues étrangères, vous en parleriez rapidement cinq ou six, plus quelques dialectes. Nul diplôme ne viendra sanctionner vos efforts. Cent fois, vous serez prêt à abandonner, vous croirez avoir atteint la perfection, le scepticisme absolu, le moment où tout discours devient suspect, tout cri du cœur fabriqué, tout sourire un rictus travaillé longuement, et puis un jour vous vous ferez reprendre au piège de la sincérité. Vous penserez : « Non, celui-là ne peut pas mentir. » Il faudra tout recommencer. C'est un travail épuisant, mais quand vous aurez atteint la mauvaise foi parfaite, intégrale, celle que rien ne peut entamer, alors, tout deviendra simple et limpide. L'inspecteur des impôts, qui épluche la déclaration d'un particulier avec l'idée préconçue qu'il y a dissimulation, la déniche la plupart du temps même si elle est infime. Quand vous écoutez un discours politique en posant comme principe que celle ou celui qui le prononce va dire une ânerie, neuf fois sur dix vous la repérez au passage. En fait, vous ne vous souvenez plus du discours, vous ne l'avez pas écouté, votre mauvaise foi à l'affût était insensible à tout le reste, comme le pêcheur, l'œil fixé sur son bouchon, oublie le bruit et les images qui l'entourent.

La mauvaise foi est donc un sacerdoce, et celui qui en fait sa religion doit se résigner à ne plus jamais vivre comme ses semblables. Il ne lit plus un journal, il l'épluche ; il n'écoute plus, il épie ; il ne contemple plus, il surveille. Plus de loisirs, plus de vacances, car l'absurde se niche partout, dans les endroits les plus insolites, et fermer les yeux ne fût-ce qu'une seconde, c'est perdre peut-être une occasion. Sachez, adeptes mes frères, que le repos vous est désormais interdit.

Il convient cependant de distinguer la mauvaise foi occasionnelle de la mauvaise foi systématique. Tout le monde peut être un jour de mauvaise foi accidentellement. Lorsqu'une catégorie de citoyens organise des opérations escargot, lorsque les routiers paralysent les routes, ils se battent pour leur emploi et leurs revenus, c'est parfaitement légitime. Mais, lorsque les viticulteurs du midi bloquent les routes à leur tour pour protester contre la chute des cours, les routiers, coincés dans leur cabine, demandent au gouvernement de faire respecter la loi et de faire cesser ces entraves intolérables à la circulation et aux droits du travail. Il serait vain de leur dire qu'ils manquent de logique. Cette mauvaise foi-là ne nous intéresse pas, elle est épidermique et involontaire. La nôtre doit être franche et continue. À l'affirmation exaspérée : « Mais vous êtes de mauvaise foi ! » il faut répondre un « oui » franc dont l'évidence clôt en général la conversation. Si vous désirez la poursuivre, répondez : « Oui, pourquoi ? » Le « oui » seul est évident, le « oui, pourquoi ? » devient insolent. Le choix de la formule dépend des circonstances et de votre aptitude à la course.

Face à la mauvaise foi accidentelle des manifestants qui barrent les routes, la vraie, calculée, réfléchie, consiste à placer sa voiture devant le portail d'une entreprise de transports ou en travers d'un chemin de terre au moment des vendanges. Quand le portail s'ouvre pour laisser sortir un quinze tonnes, ou quand apparaît le tracteur du viticulteur, vous vous adressez poliment au conducteur en lui expliquant qu'ayant un conflit à Paris avec votre employeur, vous avez décidé de l'empêcher de passer. Si le routier ou le viticulteur est sanguin, il poussera votre voiture dans le fossé ; s'il est de bonne humeur, il vous demandera en quoi cela peut bien le concerner. Répondez-lui que ça ne le concerne en rien, qu'il est tout à fait étranger à votre problème, mais que, puisqu'on vous embête, il faut bien que vous embêtiez quelqu'un à votre tour. Il vous insultera et vous accusera d'être de mauvaise foi, et vous rétorquerez : « Oui... » ou « Oui, pourquoi ? » selon votre humeur, sa carrure et les dispositions de votre police d'assurance.

Cette utilisation de la mauvaise foi comme arme de défense est le comportement que tout contribuable-citoyen se doit de cultiver pour résister aux méfaits de ceux qui cherchent à profiter de sa naïveté. Je me dois de vous mettre en garde, la mauvaise foi systématique expose son auteur aux pires avanies, mais elle est sa seule protection. Elle est une sorte de contestation permanente qui a l'avantage d'exaspérer l'interlocuteur jusqu'à lui faire commettre des fautes. L'omnipuissance administrative, insensible au bon sens et aux sentiments, se trouve parfois désarmée devant la mauvaise foi. Pourquoi ? Parce que le fonctionnaire est un être comme vous et moi. Il a ses humeurs, ses goûts, ses faiblesses et, par nature, il serait plutôt enclin à la compréhension, voire à l'indulgence, mais il est enserré par la machine administrative dont il est le serviteur. Quand il vous demande de lui renvoyer le formulaire 1237 avec attestation signée de l'intéressé et documents justificatifs à l'appui, il n'ignore pas qu'il va vous faire perdre une demi-journée et il en est marri. S'il ne tenait qu'à lui, il vous éviterait volontiers ce désagrément, mais il obéit aux règles, sachant bien que, si chacun des rouages de la machine administrative se met à avoir des états d'âme, elle se bloque. Ça n'est donc pas contre lui, être de chair et de sang semblable à vous, qu'il faut exercer votre mauvaise foi, mais contre la machine elle-même.

Un de mes amis s'est marié il y a quelques années en province. En sortant de la mairie au bras de son épouse sous une pluie de riz, il trouva une contravention sur le pare-brise de sa voiture. Cela lui parut à la fois un mauvais présage et une indélicatesse. Il envoya au service de recouvrement des amendes une lettre dans laquelle il constatait que, comme cadeau de mariage, on peut trouver mieux. Il reçut en réponse une recommandation à payer dans les quinze jours, faute de quoi le recouvrement de la somme se ferait par les moyens légaux habituels. Cet homme, respectueux des lois et qui paye toujours rubis sur l'ongle ses contraventions, décida de ne pas payer celle-là. « Vois-tu, m'avoua-t-il, si j'avais reçu ne fût-ce qu'un petit mot m'expliquant que le fait de convoler n'excusait pas qu'on mordît sur un passage clouté, je l'aurais payée, mais cette froideur m'a mis en colère. » Il déchira la mise en demeure et attendit. Trois mois après, il reçut le décompte : amende, 150 F (on en était encore au franc à l'époque), augmentée des taxes et pénalités de retard. Total : 172 F. Il répondit qu'il n'avait pas d'argent, que depuis son mariage il menait une vie misérable, mais que, pour prouver sa bonne foi et son respect de la loi, il envoyait un acompte, et il fit un chèque de 5 F. Six mois plus tard, il reçut, en recommandé, un décompte : 172 F moins 5 F = 167 F, augmentés des taxes et pénalités : 183 F. Il envoya encore 5 F. Il n'entendit plus parler de sa contravention, il avait écœuré la machine.

Il ne sert à rien de tenir tête à l'administration, vous y useriez vos nerfs et votre patience. Ne tentez pas de la fléchir en exposant votre situation, l'ordinateur est insensible aux cas particuliers. Il convient au contraire d'abonder dans son sens et de tenter de le paralyser par son seul point vulnérable, la paperasserie. Elle vous somme, inondez-la de lettres, demandez-lui des précisions ; elle vous les donne... contestez-les et demandez-en d'autres. Elle vous indique un numéro de référence à rappeler dans toute correspondance, changez-en un chiffre, ça n'est pas un délit, c'est une faute d'inattention, mais la lettre filera dans un autre bureau. Soyez d'une mauvaise foi têtue et inébranlable, vous gagnerez du temps... un mois, six mois. En six mois, tout peut arriver, un incendie, une inondation, une amnistie. Le contribuable-citoyen de bonne foi fait confiance à ceux qui sont censés gérer son bonheur. Son grand-père l'a mis en garde, son père l'a prévenu, lui-même a été échaudé, qu'importe, il ne se méfie pas et, comme Job sur son fumier, il répète, à chaque coup qu'il prend : « C'est pour mon bien, pour mon plus grand bien. » D'où vient cette innocence ? De ce qu'il n'imagine pas une seconde que les grands cerveaux, qui manient avec tant d'aisance le graphique et la syntaxe, puissent être de mauvaise foi. Il sait que les instances supérieures sont aux prises avec des éléments difficiles à contrôler, dont la gestion est réservée aux initiés, et il se dit : « Je n'y comprends rien ; eux, qui ont fait des études, comprennent, le mieux est donc de m'en remettre à leur science. » Or, les instances supérieures, et en particulier les technocrates, sont, comme le sorcier ou le médecin, quand ils pataugent, quand ils sont dépassés par les faits et démentis par les résultats : ils s'inquiètent et, plus ils sont inquiets, plus ils se font cassants et autoritaires. Ils biaisent, ils mentent en se disant : « Ça n'est pas possible, c'est trop énorme, jamais ils n'avaleront ça. » Eh bien si, le citoyen de bonne foi l'avale, comme la mixture du sorcier, comme la potion du médecin, ils l'avalent les doux naïfs et, de surcroît, ils en redemandent.

Votre mauvaise foi est donc la seule façon de vous mithridatiser, parce qu'elle est la pratique courante des partis politiques, des gouvernements, des oppositions, du patronat, des syndicats, de l'armée et des religions. La mauvaise foi en qualité d'autodéfense est encore embryonnaire chez le Français moyen. Il n'est que temps que chacun l'emploie pour sa sauvegarde en faisant sienne cette devise : « Considérer tous les événements avec la plus extrême mauvaise foi est le seul moyen aujourd'hui de les voir tels qu'ils sont. »

> « Elle était belle comme la femme d'un autre. »
>
> PAUL MORAND

Le féminin singulier

La très sérieuse revue britannique de vulgarisation scientifique *New Scientist* a fait récemment la une de couverture avec ce titre alléchant : « La femme transmet-elle l'intelligence à l'homme ? » Je ne vais pas entrer dans les détails de la démonstration où il est question de chromosomes X et Y, la femme possédant deux chromosomes X et l'homme un seul. Je m'y suis un peu perdu et je ne suis pas certain d'avoir tout compris. J'en ai retenu que, de toute éternité, depuis les temps néolithiques, la femme, véhicule obligé de la continuité de la tribu, a instinctivement choisi parmi ses prétendants celui qui avait le plus de chances d'en assurer l'évolution. C'est grâce au choix judicieux de ses partenaires qu'elle a fait passer l'homme, au cours des siècles, du polissage du silex à l'ordinateur. Alors que l'homme ne pensait qu'à se reproduire, la femme veillait à la mutation.

L'hypothèse est audacieuse et s'appuie sur des données scientifiques irréfutables, comme celles du chercheur américain Leo Penrose en 1938, qui démontrait déjà que la débilité mentale est supérieure de 30 % chez les hommes par rapport aux femmes. Il semblerait qu'en soixante-quatre ans le phénomène n'ait fait que s'amplifier, si l'on veut bien considérer qu'aujourd'hui ceux qui caillassent les voitures de pompiers dans les zones dites sensibles sont en grande majorité des garçons qui s'imaginent épater les filles et que les « tournantes » – ce terme anodin qui recouvre un acte ignoble – est le fait du sexe que l'on dit fort. De même, sur la route, le comportement de l'homme au volant relève dans la majorité des cas d'une débilité qui dépasse largement les erreurs de conduite des femmes. Mais fallait-il ces études sur les gènes et les chromosomes pour en arriver en 2004 à une constatation que les hommes avaient faite depuis bien longtemps ? Les femmes ne sont pas plus intelligentes que les hommes, quoique le sujet prête à discussion, mais, ce qui est certain, c'est qu'à intelligence égale, elles s'en servent mieux que nous. Elles feignent parfois de l'être moins par flatterie ou calcul, et aucun homme n'a jamais compris ce qu'il faut d'intelligence pour faire croire qu'on en manque. Leur logique nous déroute parce que nous suivons les larges voies du rationalisme, alors qu'elles empruntent les sentiers fleuris de l'instinct. Ces sentiers non fléchés sont des raccourcis et elles nous attendent au bout de notre raisonnement cartésien, l'œil ironique, le sourire narquois, en nous disant : « C'est maintenant que tu arrives ! » Si les politiques tardent tant à leur accorder la parité après avoir reculé aux limites de l'absurde leur légitime droit de voter, c'est qu'ils pressentent qu'introduites dans la bergerie les louves finiront fatalement par les bouffer. Elles y mettront le temps, mais le résultat est inéluctable. Un jour les hommes céderont sous le nombre, subissant la loi des minorités condamnées, sinon à disparaître, du moins à s'effacer.

On peut contester ce raisonnement, mais on ne peut contester les chiffres. Elles sont plus nombreuses que nous et les statistiques sont sans appel. Il naît en moyenne six filles pour cinq garçons. L'homme a donc, au départ, un handicap qui se transforme en déroute à l'arrivée. Au bout du chemin, on dénombre en France dix-huit veuves pour un veuf. Nous sommes ainsi messieurs, si j'ose dire, grignotés par les deux bouts. Nous sommes de moins en moins, elles sont de plus en plus. Lorsque le maire donne le coup d'envoi d'une vie de couple, lorsque le double « oui » prononcé il serre la main des deux époux, le mari part à dix-huit contre un. C'est une cote injouable sur n'importe quel champ de course et si l'on n'est pas un cheval, c'est quasiment insurmontable. Si les femmes ont l'ambition et la faculté de faire aujourd'hui de la politique à l'échelon national, c'est qu'elles en ont fait l'apprentissage depuis belle lurette à l'échelon familial. À force de gouverner leur ménage en laissant croire au mari que c'est lui qui décide, l'idée leur est venue de gouverner le pays. Quelques images sautillantes nous montrent les suffragettes d'avant 1914, larges chapeaux et amples robes, défilant derrière leurs banderoles.

Il est curieux de constater que les historiens de la Première Guerre mondiale n'ont que très peu souligné une de ses importantes conséquences. Pendant que leurs maris et leurs frères se faisaient tuer à la moyenne de 942,78 par jour pendant cinquante-deux mois, les femmes se rendirent compte que le pays pouvait fonctionner sans eux, et non seulement sans eux, mais surtout avec elles. On les vit ainsi conduire des camions, tourner des obus, prendre en main les charrues, bref se substituer à tous les métiers qui demandent un effort physique et que les hommes avaient jusque-là assumés au nom d'une soi-disant supériorité en ce domaine. Quand les rescapés de l'hécatombe revinrent dans leur foyer, elles leur rendirent leurs outils en feignant la joie de pouvoir revenir enfin à leurs travaux d'aiguille, mais, dans leur for intérieur, elles pensèrent : « Toi, mon bonhomme, je sais maintenant que tu n'es pas indispensable. » Elles ne l'ont jamais oublié.

Les hommes se targuent de connaître les femmes parce qu'ils sont aussi naïfs que prétentieux. Depuis l'Ecclésiaste où l'on trouve cette maxime : « C'est un don du ciel que de vivre avec une femme silencieuse », jusqu'à la pirouette de Sacha Guitry : « Je leur accorde volontiers le privilège de nous être supérieures à condition qu'elles ne se prétendent pas nos égales », les citations sur les femmes empliraient cent bibliothèques. Mais ce ne sont que des mots, et pour la plupart des mots d'hommes. Ils ont cru, les malheureux, s'en sortir en faisant des phrases, drôles pour la plupart, mais qui dissimulent sous les apparences de l'esprit leur désarroi en face d'un être qui les déconcerte, les irrite, les émeut, et auquel, depuis la nuit des temps, ils n'ont jamais rien compris. Les femmes sont illogiques, disent-ils. Erreur, elles ont « leur » logique, qui n'est pas la nôtre. Pour les comprendre, il faudrait avoir le code, mais aucun homme ne l'a jamais décrypté, et si par hasard l'un d'eux, particulièrement perspicace, parvient à en déchiffrer les rudiments, elles en changent et le replongent dans des abîmes de perplexité. Alfred de Musset, qui les a délicieusement étudiées dans ses proverbes, a mis dans la bouche de l'une d'elles cette réplique : « Nous sommes ainsi, nous autres femmes, nous ne voulons pas... et puis nous voulons. » Le poète qui savait si bien les mettre en scène s'est trouvé déconfit quand George Sand, avec qui il filait le parfait amour en Italie, s'est amourachée du docteur qui venait le soigner. Il en souffrit beaucoup et, comme il n'était jamais aussi talentueux que lorsqu'il était malheureux, il nous a offert quelques vers superbes. Le florilège de la poésie française en fut enrichi, mais Alfred n'a jamais compris pourquoi George l'avait quitté. S'il le lui avait demandé, peut-être lui eût-elle retourné sa réplique : « Nous sommes ainsi, nous autres femmes, nous voulons et puis nous ne voulons plus. »

Nombre d'hommes se flattent d'avoir choisi leur compagne. S'ils s'en vantent devant elles, elles se gardent bien de les démentir, ça n'est pas leur genre ; elles se contentent de sourire intérieurement. Y a-t-il jamais eu un homme qui ait choisi sa femme ! Elles ont un éventail de choix, plus ou moins large suivant les dons que la nature leur a offerts. Si l'homme qui s'intéresse à elles entre dans le cadre de cet éventail, il a ses chances, à condition de les jouer intelligemment ; s'il est en dehors, il peut déployer tous ses charmes, rouler les mécaniques ou dévaliser les fleuristes, il n'en a aucune, et le malheureux sera d'autant plus décontenancé qu'il ne saura jamais pourquoi il a été exclu des éliminatoires. Aucun homme ne peut deviner ce qu'une femme regarde en lui en premier : ses mains, ses yeux, ses pieds, ou la façon de se servir de son couteau à table. Il y a quelque chose à un moment donné qu'il a fait, qu'il n'aurait pas dû faire, et ce détail suffit à le renvoyer à ses études sans explication.

L'homme se rengorge de ses supériorités physiques. Il court le cent mètres plus vite, il porte des valises qu'elle ne peut pas soulever, mais si vous saviez ce que ces performances musculaires ont peu d'importance à leurs yeux au regard des domaines où elles nous supplantent. Il en est un, par exemple, qu'elles exploitent à merveille depuis la nuit des temps. Une femme sait toujours et tout de suite, à la première rencontre, si elle plaît à un homme ou pas. L'homme, lui, ne sait pas, il hésite en gros balourd qu'il est, il n'est pas certain, il s'interroge. Si cette rencontre doit aboutir à former un couple, le handicap du départ ne sera jamais surmonté par le mâle. Il équivaut à 1,50 mètre sur 110 mètres haies, c'est irrattrapable. Si vous l'invitez à dîner et qu'elle accepte, c'est bon signe, cela signifie que vous entrez dans l'éventail que j'évoquais précédemment. Vous êtes admis à passer l'oral, mais rien n'est gagné. Elle s'installe et elle attend. Pendant que vous échangez quelques banalités sur le temps, la situation politique ou les spécialités du chef, elle vous observe. Elle se dit : « Voyons comment tu vas t'y prendre. » La musique de la chanson, elle la connaît, elle l'a maintes fois entendue, ce qui change ce sont les paroles, et vous avez, messieurs, très peu de temps, non pour gagner, vous en êtes loin, mais pour ne pas perdre, c'est-à-dire pour être admissible à l'épreuve suivante. Pendant que vous dégustez vos asperges ou vos huîtres, elle vous écoute, vous répond, vous sourit, mais savez-vous qu'elle pense : « Est-ce que j'ai vraiment envie de voir cette tête-là tous les matins dans la salle de bains ? »

Je me souviens d'avoir dîné un soir à côté d'un couple. Les tables étaient serrées, je n'écoutais pas, mais j'entendais. Manifestement, c'était leur première rencontre. Le monsieur évoquait devant la dame l'impact des trente-cinq heures sur son chiffre d'affaires ; elle semblait intéressée, mais j'ai pensé : « Toi, tu es recalé. » Après le dîner, vous la raccompagnez chez elle, et là, impérativement : « Merci, bonsoir... c'était une très bonne soirée... Je vous rappelle. » Si vous êtes trop pressé, vous scellez votre destin, les femmes détestent les hommes impatients. Si, au contraire, vous feignez une semi-indifférence, vous semez un doute dans leur esprit, les femmes n'aiment pas ne pas plaire à un homme qui ne leur déplaît pas.

Sont-elles plus intelligentes que nous ? Je ne me prononcerai pas, mais plus finaudes certainement. Elles ont de grandes antennes dont nous sommes dépourvus et qui leur permettent de percevoir des signaux qui ne nous effleurent même pas. Ne cherchons pas à les comprendre, il y faudrait dix vies et ça serait du temps perdu. Contentons-nous de les aimer car, dans ce domaine, elles rendent souvent au centuple ce qu'on leur offre.

À quoi sert l'intellectuel ?

Par la définition que nous en donne le dictionnaire, l'intellectuel est celui qui se distingue par l'intelligence. Il se différencie ainsi du benêt inculte dont le cerveau atrophié ne parvient pas à discerner les subtilités qui sont le sel de l'existence. L'intellectuel comprend et analyse les événements avant que le petit peuple, naïf et crédule, ne commence à se poser l'ombre d'une question ; il a, de surcroît, la lourde tâche d'expliquer à ceux qui ont la malchance de ne pas avoir ses capacités intellectuelles les causes et les effets des événements. Telle est la théorie dont, comme à l'accoutumée, la pratique est la démonstration du contraire. Jamais sans doute, depuis que l'homme des cavernes s'aperçut qu'il avait un cerveau plus développé que celui des animaux qui l'entouraient, il n'y eut autant d'intellectuels à se tromper que dans les temps que nous vivons. Sans remonter à l'affaire Dreyfus, qui vit un grand nombre d'entre eux se fourvoyer, certains noms illustres de la littérature furent séduits, dans les années 1930, par la doctrine nationale-socialiste venue d'outre-Rhin. Ils y voyaient une consécration de l'ordre et de la vertu, en contraste avec les débauches d'une république qu'ils estimaient pourrissante... « Tous pourris », le slogan n'est pas nouveau. Le clinquant des manifestations de Nuremberg les attirait comme la flamme attire le papillon. Quand l'heure du bilan fut venue, ils trouvèrent pour toute excuse : « Nous ne savions pas ! » C'était bien la peine d'être un intellectuel pour ne pas comprendre ce qui sautait aux yeux du plus naïf des béotiens, à savoir que le fait de briser les vitrines des magasins juifs débouchait à l'évidence sur l'élimination de leurs propriétaires. La nuit de cristal portait Auschwitz en filigrane.

Dans les années 1950, la mode de l'intelligentsia fut au communisme. Elle eut la vie dure, même si en ordre dispersé les thuriféraires du Petit Père des peuples renièrent leur croyance, quand il s'avéra que Staline n'avait rien à envier à Hitler. Ils reconnurent leur erreur, mais à reculons, avec des pieds de plomb, passant de l'idolâtrie d'Aragon au « globalement positif » pour admettre, du bout des dents, que le communisme était une bonne idée qui avait été dévoyée. Ils cherchèrent alors le bon communiste, celui avec lequel on peut causer sans craindre d'avoir des problèmes avec sa conscience. Brejnev ne faisant pas l'affaire, Ceausescu étant un peu trop parano, ils s'entichèrent de Fidel Castro. Le barbu au cigare fut le tube des vingt dernières années. Il était de bon ton de s'acoquiner avec lui, et si quelque empêcheur de se congratuler en rond osait évoquer les prisons de Cuba pleines de femmes et d'hommes qui n'avaient commis d'autres crimes que de contester le régime, il se faisait traiter de fasciste réactionnaire. Quand on évoquait le goulag, les intellectuels répondaient en baissant les yeux : « Nous ne savions pas. » Les intellectuels ne savent jamais rien, ce qui est fort ennuyeux pour leur crédibilité. Ils serrent la main du leader Maximo comme ils serraient naguère celle du Führer ou du Duce. Ils savent, bien sûr, que tout n'est pas parfait et que ceux dont ils sont les hôtes souriants ont autour d'eux des polices politiques à leur solde et des caves où l'on pratique des interrogatoires musclés, mais que ne ferait-on pour être dans le vent de l'Histoire.

Dans les salons d'honneur des aéroports, on sirote un dernier whisky, attendant de prendre congé des dictateurs. On leur serre chaleureusement la main, même si on prend soin ensuite dans l'avion de se les laver longuement. Vous connaissez ma passion des vieux journaux, rien n'est plus délectable que de les relire quand on connaît la suite de l'Histoire. Il suffit de relire quelques quotidiens ou hebdomadaires d'avant le 21 avril 2002, on dirait qu'ils ont été imprimés il y a des siècles. Les intellectuels y font étalage de leur science prémonitoire en donnant leur pronostic sur le premier tour de la présidentielle. Ah, s'ils pouvaient aujourd'hui racheter ces pages et les détruire ! Mais... les écrits restent.

Qu'elle était ennuyeuse cette campagne de 2002, cela valait-il vraiment la peine d'user son talent à la commenter. Ils le faisaient, puisque tel est leur métier, mais c'est tout juste s'ils ne nous disaient pas : « Partez en week-end l'esprit tranquille, tout se passera au deuxième tour... Chirac-Jospin, et là nous allons donner la pleine mesure de nos capacités d'analyse. Choc de société, conflit d'hommes, affrontement de style... nos articles sont prêts, rédigés à la virgule près et disponibles dès le lundi matin. » Après le coup de tonnerre, entre les deux tours, ils se sont déchaînés, ils ont défilé, rédigé des appels, gravi des estrades, encombré les gazettes et envahi les studios. Un peu comme le capitaine du *Titanic* qui a été efficace et irréprochable dans l'évacuation de son navire et auquel aucun passager n'a eu le loisir de dire : « Vous êtes formidable, mais ce qui aurait été encore mieux, c'est de prévoir qu'à cette latitude, on peut rencontrer des icebergs. »

La parole est à la défense

On a demandé récemment à quelques maîtres du barreau quelle cause célèbre, quel accusé historique, ils eussent aimé défendre. L'un a choisi Gilles de Rais. Plaidoirie difficile que celle tentant d'innocenter ce compagnon de Jeanne d'Arc, chevalier plein de bravoure, mais assassin sordide de centaines d'enfants, dont la légende a fait Barbe-Bleue. En dépit du talent de son défenseur, on ne voit pas comment Gilles de Rais échapperait de nos jours à la perpétuité assortie d'un minimum incompressible de vingt ans. Certes, le bougre était maréchal de France, mais la fonction n'excuse pas l'horreur, ce fut d'ailleurs l'avis des juges de l'époque qui le firent exécuter dare-dare, sans tenir compte de ses états de service.

Plusieurs avocats ont choisi Louis XVI ou Marie-Antoinette. Ce sont là des causes plus faciles. Les procès du roi et de la reine ne furent pas d'une grande objectivité, mais l'époque se prêtait peu à l'examen serein des faits. Louis fut admirablement défendu par Malesherbes, avocat intègre et courageux. On ne se battait pas en 1793 pour défendre le roi ; Malesherbes le fit sans doute avec talent puisque, en dépit de l'ambiance qui n'était pas au pardon des injures, Louis ne fut condamné qu'à une voix de majorité, celle de son cousin Philippe Égalité auquel Robespierre lança avec un mépris ironique : « Je ne t'en demandais pas tant. » En exécutant Louis XVI, la révolution faisait un acte politique que sa logique justifiait ; en revanche, en guillotinant l'année suivante Malesherbes et sa famille, elle cédait à un acte de vengeance déshonorant. Mais les procès politiques ne sont jamais équitables, mis à part peut-être celui de Nuremberg et celui d'Eichmann, qui furent exemplaires.

Aucun avocat n'a dit : « J'aurais aimé défendre Pierre Laval. » Le problème n'est pas de savoir si Laval méritait ou non le peloton d'exécution : depuis plus d'un demi-siècle les historiens en débattent. Ce que la France méritait en revanche, c'était un procès, sans haine et sans faiblesse, étalé sur un mois, voire sur deux s'il le fallait, et non cette parodie où s'illustra le procureur général Mornet, le même qui avait fait exécuter Mata Hari vingt-huit ans auparavant, en avouant ensuite : « Il n'y avait pas de quoi fouetter un chat », et qui tentait de faire oublier en 1945 qu'il avait postulé en 1942 pour juger Blum et Daladier au procès de Riom.

Mais le plus étonnant est l'avocat qui a déclaré : « J'aurais voulu défendre Jésus-Christ. » Voilà en effet une noble cause. Encore un procès politique dans lequel les circonstances l'emportent sur les faits réels. Mais imaginez, Maître, que grâce à votre talent, vous ayez obtenu l'acquittement de Jésus... Vous priviez l'humanité de milliers de chefs-d'œuvre, des innombrables et admirables descentes de croix qui, de Giotto à Dalí en passant par Caravage et le Greco, illuminent les musées. Pas de *Pietà* de Michel-Ange à Rome ; Jésus acquitté, nous travaillerions les jours de Pâques et de l'Ascension, car sans crucifixion pas de résurrection, pas de montée au ciel. Allons même plus loin, toutes les religions chrétiennes sont fondées sur la croix du Golgotha, dont elles ont fait leur symbole. Jésus innocenté, il restait un homme qui avait eu des phrases admirables d'amour et de tolérance, mais qui, sans le dénouement tragique qui le sacralisait, serait resté dans l'Histoire comme Aristote ou Platon qu'on admire, mais qu'on ne vénère pas. Alors... pas de Noël, pas de Vierge Marie et, surtout, pas de cathédrales. Avouez, Maître, que c'eût été dommage que votre éloquence nous privât de Chartres, de Beauvais ou de Vézelay. Votre plaidoirie n'aurait rien changé, l'issue du procès était programmée et, de Judas à Ponce Pilate, les acteurs tinrent le rôle qui leur était assigné. Vous imaginez aujourd'hui le parvis de Notre-Dame à Paris et, à la place de la cathédrale, un de ces bâtiments style Opéra Bastille ou Arche de la Défense... et les guides disant aux touristes : « Eh oui, c'est très laid, mais c'est la faute à cet imbécile qui a fait acquitter Jésus. »

Bourgogne : chef-lieu Dijon-Cassis

Quelques élus du département de la Saône-et-Loire envisagent d'en changer le nom pour le nommer « Bourgogne-du-Sud ». Saône-et-Loire, affirment-ils, ça n'évoque rien pour les touristes étrangers, tandis que la Bourgogne est connue dans le monde entier. La Bourgogne est surtout « le » bourgogne, dont le nom seul éveille les papilles et réjouit le cœur de tous les amateurs de vin. L'ennui, c'est que la plupart des grands crus se situent en Côte-d'Or, la Saône-et-Loire ne recelant en son terroir que quelques crus, certes excellents, entre autres le mercurey ou le givry, mais qui ont de la peine à rivaliser avec les côtes-de-beaune et a fortiori avec les prestigieux côtes-de-nuits. Si cette proposition est acceptée, elle obligera le département de la Côte-d'Or à changer lui aussi de nom pour devenir la Bourgogne-du-Nord, à moins que, comme pour la Corse, on ne soumette à référendum la fusion de la Saône-et-Loire et de la Côte-d'Or pour en faire le département de la Bourgogne où le touriste japonais ou américain découvrira tout ce qui flatte le palais : les poulardes de Bresse à l'ouest, les vosnes-romanée et chambertin au nord, les côtes chalonnaises, le mâcon et le pouilly au sud.

L'idée de changer les noms des départements n'est pas nouvelle, mais elle s'appuyait naguère sur l'orgueil. La Seine et la Loire-Inférieure, les Basses-Pyrénées et les Basses-Alpes se sentaient humiliées par les adjectifs restrictifs accolés à leur nom, on leur offrit donc : Maritime, Atlantique(s) et Haute-Provence, qui leur rendirent leur fierté. Cela ne changea rien bien sûr à l'existence quotidienne des habitants, mais nous avons en France ce don particulier de savoir modifier le vocabulaire de la fonction, ce qui évite d'améliorer le salaire de ceux qui l'occupent. Le préposé d'aujourd'hui ne gagne pas plus, en salaire constant, que le facteur d'autrefois, et la femme de ménage devenue technicienne de surface n'obtient pas un euro de plus de la part du chef du personnel transformé en directeur des ressources humaines. La poudre aux yeux du cher Labiche est désormais une denrée de consommation courante.

Cette initiative de la Saône-et-Loire est donc appelée à faire des émules. Les départements vont faire assaut d'imagination pour attirer le chaland sur leurs terres. Le Rhône, par exemple, ne dit pas grand-chose à un habitant du Texas ou de Tokyo. Le Rhône, c'est de l'eau qui coule et ils ont ça chez eux, tandis que si on l'appelle « le Rhône-Beaujolais », ça change tout. Le morgon, le fleurie et le chiroubles, ils connaissent. Si on accepte le département de la Bourgogne, la Gironde va revendiquer de se nommer le Bordeaux. Département Bordeaux, préfecture Bordeaux, activité principale : crus de Bordeaux. Si avec ça le touriste ne se pointe pas son verre à la main et son tire-bouchon dans la poche, c'est à désespérer. Puisqu'il y a un département du Cantal, le Jura va demander à s'appeler le Comté, l'Aveyron le Roquefort, et la Savoie le Reblochon. Quand on est un pays d'épicuriens, il ne faut pas hésiter à jouer de ce qui fait notre renommée. Des villages n'ont pas hésité jadis à accoler à leur nom celui de l'enfant du pays qui s'était couvert de gloire. Labastide-Murat ou Saint-Amans-Soult ont vu arriver des touristes qui, peut-être, ne se seraient pas arrêtés pour déjeuner si le patelin s'était appelé comme avant « La Bastide-Fortunière ». « Ces messieurs-dames prendront l'apéritif, voilà la carte. » « Alors, c'est ici qu'est né le maréchal ? » « Eh oui, dans cette maison là-bas... avec une plaque, le plat du jour, c'est un sauté d'agneau. » Et c'est ainsi que le roi de Naples sert d'enseigne.

Qu'il sera doux de se promener dans ce pays quand il aura mis en vitrine ses gloires et ses produits. Passant du département de l'Andouillette, chef-lieu Troyes, à Besançon-Victor-Hugo, jusqu'à Ferney-Voltaire, en faisant halte bien sûr à Dijon-Cassis, chef-lieu de la Bourgogne. D'Agen-Pruneaux à Auch-Foie-Gras, en flânant dans le département d'Armagnac (eh oui, il y a bien celui du Calvados). Dans les écoles, on apprendra aux gamins : « À la signature du traité de Versailles en 1919, les Allemands restituèrent à la France les départements de la Mirabelle et du Gewurztraminer qu'ils avaient annexés en 1870. » Les Américains ont la Silicon Valley. Quelle tristesse ! Vous en boufferiez, vous de la silicone ? Pas moi.

Votre cueillette

Je voudrais remercier ceux d'entre vous qui, avec une fidélité jamais démentie, repèrent des anomalies – lesquelles, sans leur sagacité, passeraient inaperçues. Vous me les envoyez avec un petit mot : « Ça peut peut-être vous intéresser. » Eh oui, ça m'intéresse. Dans cette chasse à l'absurde qui est mon sport favori, vous êtes mes rabatteurs et rien ne vous échappe. Il y a, bien entendu, la sempiternelle lettre du Trésor public réclamant au contribuable une somme dérisoire. « Dans le cadre des opérations de fin d'exercice 2002, je vous prie de bien vouloir régulariser votre compte à la Trésorerie par un chèque ou un mandat de 0,01 euro à imputer à l'article 668. » Le Trésor public dépense chaque fois un timbre à 50 centimes d'euro pour en exiger 1, soit une perte sèche de 49 centimes. Vous me direz, l'ordinateur ne le sait pas, on lui doit un centime, il le réclame, mais le receveur qui, lui le sait, devrait mettre la lettre au panier au lieu de la signer, faisant ainsi gagner 49 centimes à l'État dont il est comptable. Je le comprends cet homme, il ne peut pas prendre ça sous son bonnet, on l'a nommé pour qu'il fasse entrer l'argent qui est dû, il exécute. C'est pourquoi, dans le cadre de mon acharnement à réformer les corps constitués, je suggère aux services de M. Francis Mer de pondre une circulaire ainsi rédigée :

« Messieurs les receveurs des impôts sont priés de ne plus réclamer aux contribuables les sommes inférieures au prix du timbre qui affranchit la lettre de rappel. » À raison d'un millier de lettres par an, c'est ainsi 500 ou 600 euros que Bercy économisera. Ça n'est pas grand-chose 600 euros dans le budget de l'État, mais ça paye une machine à café neuve.

Merci à cet auditeur de Nantes qui m'envoie le service de nuit du tramway. Ligne nº 1. François Mitterrand-Beaujoire : départ 23 h 36, arrivée à Commerce 24 h 00, gare SNCF Nord 24 h 04. Ça, c'est nouveau, on dit plutôt 0 h 04. Le train suivant part à 24 h 36, passe à Commerce à 25 h 00 et arrive à Beaujoire à 25 h 19. La vingt-cinquième heure, c'est rare. Depuis le roman de Virgil Gheorghiu, personne n'en avait entendu parler. Mme Aubry a inventé les 35 heures et son ami, Jean-Marc Ayrault, le maire de Nantes, invente, lui, la 25e heure qui, en toute logique, doit être payée en heure supplémentaire.

Merci à cet auditeur belge qui m'envoie l'avis de recrutement, par la ville de Bruxelles, d'aspirants agents de police. « Conditions principales : être belge, connaître les deux langues nationales, taille minimum 1,68 m, âge 18 à 35 ans. Épreuves de l'examen : épreuve écrite : résumé d'une conférence ; épreuve orale : entretien à bâtons rompus. » À partir du moment où des aspirants flics sont soumis à un entretien à bâtons rompus, c'est la porte ouverte à tous les débordements, et il ne faudra pas se plaindre des bavures !

Les Suisses fabriquent de délicieux chocolats. Un auditeur de Neufchâtel m'envoie la garantie de qualité qu'il a trouvée dans la boîte d'une marque fort connue. « Si les chocolats ont subi une altération quelconque, est-il précisé, renvoyez-nous la boîte et nous la rembourserons. » Mais les Suisses sont des gens sérieux qui prévoient toutes les éventualités et c'est pourquoi on peut lire en complément cette formule délicieuse : « Nous regrettons de ne pouvoir assurer le remplacement des boîtes retournées vides. » Ça serait quand même trop facile de bouffer tous les chocolats et de retourner ensuite la boîte vide en écrivant : « Remboursez-moi, ils étaient dégueulasses. » Les Suisses connaissent bien Talleyrand et sa célèbre phrase : « Cela va sans dire, et encore mieux en le disant. »

À déguster, ce rectificatif savoureux paru dans un quotidien du Sud-Ouest : « Une malencontreuse coquille a déformé les propos de M. le maire dans l'article que nous lui avons consacré hier. Au lieu de : "Il faut des responsables politiques qui retournent leur veste", il fallait lire : "qui retroussent leurs manches". »

En effet, ça n'est pas du tout la même chose, quoique ça ne soit pas incompatible, comme on le constate tous les jours.

Grâce à Dieu, le Français est conservateur. Ne voyez pas dans ce terme une allusion politique. Au sens littéral du mot, conservateur signifie qui conserve : nous répugnons à nous débarrasser de vieux objets ou de vieux papiers qui s'entassent dans nos greniers. Conservateurs, nous le sommes aussi avec ceux qui nous gouvernent ou ceux qui aspirent à les remplacer. Nous ne nous en débarrassons pas, nous les mettons de côté en disant : « On ne sait jamais, ça peut peut-être servir. » Et de fait, vous l'avez remarqué, ça ressert. Un politique n'est pas au grenier, ça ne serait pas décent, il est « en réserve de la République » en attendant qu'on lui mette des piles neuves et qu'il se remette à fonctionner.

Merci à cet auditeur de Cholet qui m'envoie un texte paru dans le *Courrier de l'Ouest*. Il y est question de la mobilité des salariés licenciés, problème ô combien d'actualité ! Je cite : « La recontextualisation est un point de passage obligé de la modélisation, tant parce que chaque espace présente des caractéristiques originales qui invalideraient, si tel était le cas, l'opérationnalité d'un modèle général que parce qu'elle détermine les capacités d'appropriation des acteurs. » On dirait un pastiche, eh bien non ! C'est, à l'évidence, un texte rédigé par un énarque du Maine-et-Loire (il y en a partout) qui doit se morfondre en attendant d'être appelé à Paris. Vous imaginez la dame ou le monsieur qui vient d'être licencié et qui se console en se disant : « C'est vrai que c'est dur, mais dès l'instant où mon licenciement invalide l'opérationnalité de mes capacités d'appropriation, je suis rassuré. » M. Henri Plagnol, secrétaire d'État à la réforme de l'État, a entrepris de simplifier le langage administratif. Je serais tenté de dire en termes vulgaires qu'il n'est pas sorti de l'auberge ou, en termes technocratiques, que l'opérationnalité de sa démarche sera gravement handicapée par l'invalidité conjoncturelle afférente aux cerveaux des crânes d'œufs.

Merci à cet auditeur qui m'envoie le compte-rendu d'un contrôle routier effectué dans les Ardennes. « Un motard s'est fait prendre à 171 km à l'heure, chiffre retenu par la gendarmerie après majoration à la baisse. » La majoration à la baisse est une nouveauté qui ouvre la porte aux minorations à la hausse. La Bourse se met à monter, puis cette montée se ralentit ; on peut donc évoquer une baisse de la hausse qui, souvent, précède une hausse de la baisse. Vous faites venir un architecte pour qu'il vous construise un plancher, mais vous ne voulez pas dépasser une certaine somme. Il vous établira donc un prix plafond du plancher, mais pour refaire votre plafond il ne peut pas lui-même descendre en dessous d'un devis minimum, qui est donc le prix plancher du plafond. Entre les modélisations qui invalident et les baisses qui se majorent, Littré, là-haut sur son nuage, doit bien rigoler.

La BD à toutes les sauces

Les éditions de BD Lys se sont lancées dans une entreprise audacieuse, mettre en bandes dessinées les œuvres des grands philosophes. C'est une idée qui, de prime abord, paraît farfelue, mais qui est le prolongement de l'énorme succès de ces ouvrages en Extrême-Orient. L'illustrateur est un Taïwanais et son graphisme est ravissant. Tsaï Ching Chun, c'est son nom, a croqué un Confucius qui a quelques ressemblances avec Panoramix, et son Bouddha a des grâces de geisha. Cependant il ne se cantonne pas aux philosophes locaux, et ses prochains livres traiteront de la pensée d'Aristote et de celle de Descartes. Pour être honnête, à part quelques pensées cueillies de-çi de-là, je ne connaissais pas grand-chose de Confucius. À travers cette bande dessinée j'ai du moins appris qu'un homme qui a dit : « Quand le peuple perd confiance en ses dirigeants, il n'y a plus d'espoir » n'était pas inintéressant.

J'ai toujours eu un penchant pour les BD. Je me suis empressé d'apprendre à lire pour découvrir au plus vite Mandrake, Guy l'Éclair et Pim Pam Poum. Aujourd'hui encore, je me replonge parfois avec délices dans Tintin ou Astérix. Je pense que la BD a des vertus satiriques et iconoclastes. On peut écrire cent articles fort sérieux sur les problèmes de la Corse, on peut en faire cent sur les sectes, aucun n'aura autant d'impact que *L'Enquête corse* de Pétillon, à l'humour dévastateur. *Les Tribulations d'Agrippine* que nous offre Claire Bretecher sont une image décapante des ados. Quant au chat de Philippe Geluck, il développe une philosophie de l'absurde qui eût enchanté Pierre Dac.

Fort de cet exemple, la BD pourrait désormais s'aventurer en d'autres domaines, afin de rendre accessibles par le sourire des problèmes ardus. Je verrais bien, par exemple, une bande dessinée : *Les Aventures de Chichi et Rara*, avec ses rebondissements quotidiens, qui séduirait davantage les contribuables-citoyens que les longues analyses que lui consacrent les politologues. D'ailleurs, les ressemblances existent, il y a du professeur Tournesol dans Luc Ferry et du capitaine Haddock dans Philippe Séguin. La vie politique offre des similitudes avec Lucky Luke : Bayrou en cow-boy solitaire, Sarkozy, Pasqua, Mamère, Hollande en Dalton ; Arlette en Calamity Jane, et Roselyne Bachelot en Rantanplan. Pourrais-je me permettre de suggérer aux futurs candidats de moderniser leur campagne en recourant à la BD ? Rien de plus désuet et de plus insipide que ces professions de foi que l'on reçoit par courrier, textes rébarbatifs, cent fois remâchés, que personne ne lit. Faites donc appel à la BD ! Que diable, un programme est moins compliqué à mettre en dessins que le *Discours de la méthode*. La France regorge de dessinateurs talentueux qui se feront une joie de mettre vos idées en images. Les affiches de Mai 68, que les collectionneurs s'arrachent aujourd'hui, frappèrent davantage les imaginations que les longues palabres de la Sorbonne ou de l'Odéon. Celle ou celui qui prendra l'initiative de ce changement de communication prendra un tel avantage sur ses adversaires qu'ils seront dans l'obligation de l'imiter. On verra alors ce qu'on n'a jamais vu, les passants s'arrêter à la porte des bureaux de vote devant les panneaux électoraux où les dessins de Cabu, de Plantu, de Faizant, de Wiaz, de Calvi ou de Pétillon remplaceront les longues tartines de phrases creuses. Bien sûr, le soir du deuxième tour, il n'y aura qu'un vainqueur, tout le monde ne peut pas être Superman ; mais quitte à être Gaston Lagaffe autant se retirer sous les rires que sous les quolibets.

Comme une bonne idée ne tarde pas à faire des émules, les éditions scolaires Bréal ont sauté sur celles de Tsaï Ching Chun, en confiant à Joann Sfar le soin d'illustrer les classiques de la philosophie, afin de faire découvrir aux gamins les grands penseurs qui, de Socrate à Bergson, d'Aristote à Camus, en passant par Pascal, ont fouillé l'âme humaine. Alléchées par la bande dessinée, les chères têtes blondes auront peut-être le goût de se plonger dans l'original. L'ennui, c'est que l'auteur s'est cru obligé, pour se mettre à la portée de ses lecteurs, d'employer le langage qu'il croit être le leur. C'est ainsi que Pénia, la mère du dieu Éros, est « grave bonne », alors que son père Poros « lime comme un castor ». Socrate est représenté comme un vieux débris libidineux qui proclame que le monde est bien fait car, je cite, « dès qu'on ne bande plus, on comprend mieux la philosophie ». Je doute que Socrate ait jamais prononcé cette étrange maxime qui serait plutôt propre à décourager les adolescents que la philosophie attire. Enfermés dans la cruelle alternative de choisir entre le bac philo et la perte de leur virilité, j'en connais qui vont hésiter.

En fait, nous nous trouvons là devant un choix. Faut-il, pour initier les ados aux grands textes, tenter d'élever leur esprit aux altitudes où se situe l'auteur, ou convient-il de rabaisser l'auteur au niveau de certains ados ? Les défenseurs de la seconde hypothèse vous diront : « En se mettant à leur portée, on leur apprend du moins qui était Platon. Après tout, vulgarisation et vulgaire ont la même étymologie. » Les autres vont s'insurger en disant qu'il n'y a plus qu'à traduire La Fontaine en verlan et que le rôle de l'éducateur n'est pas de ramener les classiques au niveau des « brèves de comptoir ». Quitte à choquer certains d'entre vous, j'estime que ça se discute. D'abord, parce que les prochains volumes de la collection seront consacrés à Voltaire et à Sénèque, et que j'attends avec une certaine jubilation ce que vont devenir *Zadig* ou *Candide* revus et corrigés par Joann Sfar ; et puis parce qu'on peut peut-être, par ce moyen, piquer la curiosité d'un certain nombre de gamins. Je prends un exemple. Vous dites à un adolescent : « Tu devrais lire *Phèdre.* » « C'est quoi ça ? » « C'est une tragédie de Racine dans laquelle Phèdre, le personnage principal, fille de Minos et de Pasiphaé, épouse de Thésée, s'éprend du fils de celui-ci, Hippolyte. » « Hou là, je crois pas que ça me branche, ce truc ! » Mais, si vous lui dites : « Tu sais, Phèdre, c'est une meuf qu'est pas une première main et qui rêve de se faire niquer par son beau-fils. » « Ah ouais ! ça doit être marrant. » Il va peut-être être déçu en lisant la tragédie, mais au moins l'aura-t-il lue. Qu'est-ce que Jean Valjean ? Un taulard poursuivi par un keuf, Javert, qui recueille une meuf paumée, Cosette, laquelle à la fin épouse un bourge, Marius. C'est un résumé très succinct des *Misérables*, mais peut-être y a-t-il là un terrain à défricher.

Je me fais ici l'avocat du diable et je suis bien conscient que si Maurice Druon ou Jean Dutourd me lisent, ils vont m'envoyer un courrier sévère et réprobateur. Mais, que voulez-vous, nous vivons une époque pour le moins étrange, où s'étalent à la devanture des libraires : *Baise-moi*, ou *Rose bonbon*, ce livre qui traite d'un sujet répugnant et auquel la menace de censure a fait tant de publicité. Que cherchait l'auteur ? À choquer, même pas ; à faire du fric avec un thème à scandale. Pari réussi. Car, ce qui est affligeant dans ce livre, c'est bien entendu l'apologie de la pédophilie, mais c'est aussi son style consternant. On a évoqué à son sujet le marquis de Sade, à cette différence que Sade savait écrire. Il y a dans *Justine* des passages insoutenables, seulement le divin marquis avait une plume. *Rose bonbon* me fait penser à ce que répondait Henri Jeanson à un auteur qui lui avait envoyé son ouvrage : « Pourquoi voudriez-vous que je prenne la peine de lire votre livre, puisque, à la première page, je me suis aperçu que vous n'aviez pas pris la peine de l'écrire ? » À ces provocations en style de trous de serrure pour appâter les voyeurs impuissants, je préfère, à la limite, les dieux grecs qui limaient comme des castors, raccourci évocateur mais assez juste des aventures des hôtes de l'Olympe. Alcmène et Léda peuvent témoigner que Zeus n'était pas feignant en ce domaine. Aphrodite n'eût jamais osé dire : « Baise-moi » à un mortel, ce qui ne l'empêchait pas d'arriver à ses fins. Il devait y avoir dans le regard des déesses grecques cette invitation au voyage que seules les femmes savent faire comprendre sans avoir besoin de l'exprimer.

Le Tour... toujours

Le Tour de France 2003 est parti de Montgeron, devant l'auberge du Réveille-Matin, d'où s'élança le premier il y a cent ans. J'y étais invité parmi tant d'autres, en quête de mes souvenirs et de mes bonheurs. Comme des millions de Français, j'ai toujours été un passionné du Tour. Gamins, dans la cour de récréation, nous jouions au Tour en faisant avancer avec des dés des petits cartons. Nous avions tous nos favoris, nos idoles, Robic, Vietto, Mahé, Deledda : uniquement des Français, les gamins sont chauvins. Le mien, c'était Apo Lazarides, petit grimpeur sec comme un cep de vigne, capable de rivaliser en haute montagne avec les plus grands. Des années plus tard, je l'ai rencontré, Apo, commerçant à Cannes. Toujours aussi petit, mais rondouillard, enfin, disons enveloppé ; nous sommes allés déjeuner en tête à tête, je l'écoutais me raconter ses chevauchées avec émerveillement. Ça n'est pas tous les jours qu'on a l'occasion de bavarder avec ses douze ans.

Quand l'occasion s'en présentait, j'allais voir passer la course. Je revois encore René Vietto passer à Lons-le-Saulnier dans le Tour 1947, avec le maillot jaune qu'il ne ramena jamais à Paris, et je me disais : « Si seulement je pouvais suivre une étape du Tour, une seule », mais je n'y croyais pas trop. Je suivais dans *L'Équipe* les duels Poulidor-Anquetil, Charly Gaul-Géminiani, Koblet-Bobet. Je dévorais les chroniques de Blondin, les analyses de Pierre Chany et les commentaires de Jacques Goddet ; et puis un jour, Michel Péricard, qui dirigeait France Inter où je sévissais, m'a dit : « Si tu partais sur le Tour pour faire une chronique quotidienne ? » En 1975, je me suis retrouvé à Charleroi, dans la salle de presse, au soir d'un prologue gagné par Moser, le stylo à la main devant ma feuille blanche, à côté de Pierre Chany, en face de Blondin. Moi, le saltimbanque, j'étais admis au cénacle des grands. Aux arrivées, je côtoyais Poulidor, frôlais Merckx, échangeais un mot avec Thévenet. Rentré à Paris, je suis monté dans le bureau de Péricard et lui ai dit : « Il n'est pas question que je ne reparte pas l'année prochaine. » J'avais attrapé le virus du Tour, contre lequel il n'y a aucun traitement connu. Moi qui rêvais de faire, ne fût-ce qu'une étape, j'en ai bouclé quatre cent soixante-deux, je suis devenu l'ami de Chany, de l'immense Roger Bastide qui tapait sur son ventre rebondi en criant : « Vive l'ampleur ! » J'ai longuement bavardé avec Jacques Anquetil, personnage complexe, mystérieux, mystique parfois, qui m'a parlé pendant des heures du ciel et du cosmos. Moi qui vouais à Blondin une admiration sans limite et qui le considère encore comme un des écrivains les plus fins, les plus doués et les plus pudiques qu'il m'ait été donné de lire, je le retrouvais tous les soirs à l'hôtel, pour des soirées qui dépassaient les limites du raisonnable et nous amenaient à reprendre, à 8 heures du matin, dans notre chambre, notre valise fermée, posée là où nous l'avions laissée la veille. Jusqu'au jour où un accident mit un terme à vingt-quatre ans de collaboration d'Antoine au journal *L'Équipe*. Jacques Goddet me reçut dans son bureau et me dit : « Antoine ne peut plus suivre le Tour, voulez-vous, cher Jean, non pas le remplacer puisqu'il est irremplaçable, mais prendre sa place en rédigeant une chronique quotidienne en première page ? » J'étais comme un apprenti sculpteur, auquel Jules II aurait dit : « Tenez, Michel-Ange est malade, voulez-vous terminer la statue qu'il a commencée ? » J'ai accepté, un peu par défi et beaucoup par inconscience, mais pendant les six tours que j'ai assumés pour *L'Équipe*, je me suis bien gardé de commettre le moindre calembour, le plus infime jeu de mots ; les amoureux d'Antoine, et j'en étais, ne me l'auraient pas pardonné.

Blondin et Chany ont modifié le style des commentateurs sportifs. On n'a plus jamais écrit dans *L'Équipe* après eux comme on écrivait avant. Ils ont apporté à cette pâture quotidienne une rigueur, un humour, une noblesse de plume qui n'étaient guère de mise auparavant. Pierre Chany citait fréquemment cette phrase d'un journaliste des années 1960 qui, manifestement, ne s'était pas relu : « Et Darrigade nous a déclaré à l'arrivée, roulant les *r* comme les torrents de son pays natal roule les galets : "Ce matin, j'ai pas eu de chance, le vent soufflait de tous les côtés." » Il n'y a pas un *r* dans cette phrase, ce qui est rare en quatorze mots.

J'ai été heureux sur le Tour, planète avec ses mœurs et ses coutumes, qui se disloque sur les Champs-Élysées et se reforme l'année suivante à la ville départ. Je me souviens d'un départ à San Sebastián, je n'avais pas vu Robert Chapatte depuis l'arrivée du Tour précédent, nous nous sommes installés à table et avons repris la conversation là où nous l'avions laissée l'année précédente. J'ai même conduit en course, ce qui est un exercice délicat. Au départ de la grande étape des Pyrénées, Pau-Luchon, mon pilote, étant malade, j'ai pris le volant. J'ai monté l'Aubisque, puis le Tourmalet, descente à 80-85 km à l'heure, troisième, seconde à chaque tournant, jamais au frein sinon vous arrivez en bas avec les plaquettes à l'agonie. J'avais dans ma voiture le directeur de Radio Monte-Carlo, Michel Bassi, et la journaliste Jacqueline Chabridon. Dans la vallée, avant d'attaquer Aspin, je me suis détendu et j'ai dit à mes invités : « Ça n'est pas facile, mais en faisant très attention... » Je n'ai pas fini ma phrase et je suis rentré à 60 à l'heure dans la voiture qui me précédait. Radio Tour a répercuté pour tous les véhicules : « La voiture de Jean Amadou est accidentée au pied du col d'Aspin. » Le soir, Georges Marchais, qui avait suivi l'étape dans la voiture de Félix Lévitan, m'a lancé, goguenard : « Dites donc, Amadou, j'ai eu du nez de ne pas monter avec vous. »

Vous souvenez-vous, cher Marc Blondel, dans la voiture de Jean-Marie Leblanc, quand il nous a appris que la course serait détournée parce que des manifestants avaient fait un barrage, vous m'avez dit : « Empêcher le Tour de France de passer, ça ne se fait pas ! » Et vous étiez sérieux !

J'ai partagé avec mes amis tant de salles de presse bruyantes à l'époque où il n'y avait pas encore d'ordinateurs, dans le bruit assourdissant de six cents machines à écrire derrière lesquelles officiaient ceux que Chapatte appelait les lapins-tambours. J'ai partagé avec eux tant de dîners le soir à l'étape où chacun y allait de son anecdote sur les exploits de Gaul, de Koblet, de Coppi, de Bartali... Chapatte avait couru le Tour avec Coppi et il disait : « Lors d'une étape contre la montre, j'étais parti dix minutes avant lui ; quand il m'a doublé, il y a eu un tel courant d'air que j'ai pris froid. » Moi, le néophyte, je me contentais d'écouter. Peut-être ainsi, jadis, les troubadours venaient-ils raconter aux veillées des châteaux les exploits des chevaliers. Vous pensez que j'exagère ? Si peu... Qu'est-ce que le calvaire de Roland à Roncevaux comparé à celui d'un sprinter escaladant le Tourmalet ?

Le voyage et le déplacement

Il vous arrive, comme à moi, de vous déplacer, c'est-à-dire de vous rendre d'un lieu à un autre pour des motifs divers mais impératifs. Voyager est une tout autre chose. Nul besoin pour ce faire de prendre l'avion pour des contrées lointaines, vous pouvez voyager à quelques lieues de chez vous, il suffit d'avoir du temps et de savoir en profiter. Le Tour fut pour moi une découverte permanente de paysages et de décors inconnus. La course délaisse les nationales pour ne pas trop perturber la circulation estivale et, au contraire de Jean Yanne, affectionne les routes départementales. La caravane s'y prélasse à 25, 30 km à l'heure, vitesse idéale pour contempler à loisir des lieux que les touristes ignorent parce qu'ils sont à l'écart des grands axes. Combien de fois me suis-je dit en traversant un village, au pied d'un château ou devant une église romane : « Il faudra que je revienne voir ça de plus près. » Je suis revenu quelquefois m'attarder en des sites que j'avais ainsi traversés, pas toujours, et j'ai encore quelques rendez-vous à honorer. C'est incroyable ce que ce pays recèle en son sein de trésors, de relais de poste, de fermes templières, de maisons médiévales, de châteaux, de chapelles, de cloîtres, de balcons Renaissance. Nous en sommes tellement riches que souvent nous les avons laissés à l'abandon.

Nous nous trouvions, il y a quelques semaines, avec mes camarades du Théâtre des Deux-Ânes, dans le cadre du festival d'Anjou, à Doué-la-Fontaine, un gros bourg de 7 000 habitants à quarante kilomètres d'Angers. Savez-vous ce qu'il y a à Doué-la-Fontaine ? Un théâtre romain, et pas un petit Odéon, 1 000 places ! Qu'y avait-il dans ce bourg pour justifier un monument d'une telle importance ? Un camp de légionnaires peut-être, à côté duquel on imagine un village de Gaulois irréductibles dopés à la potion magique. C'est très facile de voyager. Il suffit de quitter l'autoroute, puis la route nationale, et d'emprunter une petite route, n'importe laquelle, et de regarder autour de soi en oubliant sa montre. Dans quelque région de France que vous soyez, vous allez découvrir des trésors cachés, à peine troublés par quelques visiteurs avertis. Amusez-vous, comme il m'arrive de le faire, à repérer les gares désaffectées des lignes d'intérêt local. Oh, ce ne sont pas des merveilles d'architecture, mais elles sont les témoins de ce réseau dense qui couvrait la France jusqu'à la dernière guerre. Petits trains haletant et crachant, qui étaient les seuls liens avec les grandes villes et qui, les jours de marché, s'emplissaient de cageots, de légumes et de cages à volaille.

J'en ai connu un, il était à la fin de sa vie, et je commençais la mienne. Il reliait Lons-le-Saulnier à Saint-Claude par Clairvaux-les-Lacs, à travers les monts du Jura. Il avait été supprimé avant la guerre pour être remplacé par un autocar, mais le manque d'essence sous l'Occupation lui avait fait reprendre du service. Il a dû rouler jusqu'en 1948 ou 1949. Il mettait un peu plus d'une heure pour faire les seize kilomètres qui séparent Lons-le-Saulnier de Pont-de-Poitte. Il faut dire qu'après la gare de Coulière, il escaladait la trouée de Revigny et les ingénieurs avaient bâti pour lui des tunnels en demi-cercle qu'on voit encore, travail énorme pour un trafic plus que restreint, mais il fallait bien desservir ces villages, on dirait aujourd'hui désenclaver. De Nogna à Lons, en voiture à cheval, il fallait compter trois heures ; le petit train n'en mettait qu'une. Je le revois encore, avec sa locomotive hors d'âge qui ressemblait à une machine à vapeur contemporaine de Denis Papin, mais vaillante en dépit de ses soixante-dix ans ; quant à ses wagons en bois, ils étaient au TGV ce que l'Opéra de la Bastille est à la Sainte-Chapelle, mais les gares sont toujours là, pimpantes, habitées, repeintes, contiguës à leur quai de déchargement qui sert aujourd'hui de remise. Ce qu'il y a d'extraordinaire quand on s'éloigne des grands axes, c'est qu'on retrouve une France qui n'a guère changé depuis deux siècles. Les entrées des grandes villes sont aujourd'hui défigurées par les panneaux publicitaires et les grandes surfaces. Je n'ai rien contre les grandes surfaces, j'y vais comme tout le monde, mais, esthétiquement parlant, elles ne bonifient pas le paysage. En revanche, la plupart des villages de province sont intacts, tels que les ont connus César Birotteau ou d'Artagnan, et si, dans le théâtre romain de Doué-la-Fontaine, à 18 heures, pendant que nous répétions, un monsieur en toge était venu nous demander l'heure, nous n'aurions pas regardé notre montre, nous aurions jeté un œil sur le cadran solaire.

« Le problème de l'historien, c'est qu'on garde les livres de comptes et qu'on brûle les lettres d'amour. »

G. LENOTRE

Ne brisez pas nos rêves

Jean Sévillia vient de publier chez Perrin un livre iconoclaste : *Historiquement correct*, où il entreprend de démontrer les idées reçues de l'Histoire. Une grande part de ce que nous avons appris sur les bancs de l'école répertorié dans le « Mallet-Isaac », bible dont nul ne mettait en doute la véracité, ne serait que billevesées et extrapolations. L'auteur n'est pas le premier à remettre en cause les images qui sont les étapes incontournables de l'Histoire de France, d'autres avant lui avaient entrepris de mettre à mal les légendes. Qui de nous n'a en mémoire Bonaparte au pont d'Arcole. Le pont est sous la mitraille ennemie, les Français se protègent, certains reculent. Le général saisit un drapeau, se lance seul sur le pont, la troupe enthousiasmée le suit, les Autrichiens reculent, la victoire est assurée. Une bonne centaine de tableaux illustrent cet instant magique. Eh bien non, propagande à la gloire du futur premier consul ! Bonaparte franchit le pont au milieu de ses soldats, bien pis, il glisse et tombe à l'eau ; quand on le tire de là, mouillé comme un rat, ses lieutenants ont déjà bousculé les Autrichiens. Où est la vérité ?

Cette entorse au mythe napoléonien avait fait couler beaucoup d'encre à l'époque, nul doute que le livre de Jean Sévillia ne fasse, lui aussi, l'objet de polémiques, car son jeu de massacre s'exerce tous azimuts. La fameuse panique de l'an mille, la terreur qui se serait emparée de l'Europe à l'approche de la date fatidique du premier millénaire : bobards selon lui. D'abord parce que le calendrier dont nous usons aujourd'hui n'était pas en vigueur à l'époque, et surtout parce que à part quelques ecclésiastiques, scribes ou notaires, les populations vivaient au rythme des saisons en ignorant totalement qu'on changeait d'année. On célébrait Noël, mais pas le réveillon du jour de l'an en s'embrassant sous le gui. Les Espagnols ont massacré les Indiens d'Amérique du Sud pour s'emparer de leurs richesses. Exagération. Ils en ont tué un certain nombre, c'est vrai, mais les récits de Las Casas ne sont pour l'auteur qu'élucubrations. Les Aztèques ont été anéantis par les épidémies. Vivant en vase clos depuis des siècles, ils n'étaient pas immunisés contre les maladies importées par les envahisseurs ibériques. Alors, les bûchers de l'Inquisition que dénonçait Hugo ? Le génocide ? Inventions ? Peut-être pas tout à fait, puisque, par microbe ou par épée, si on avait foutu la paix à ces pauvres Indiens, ils ne seraient pas morts ; mais ils avaient de l'or, et l'or c'était un peu le pétrole de l'époque.

Valmy ! Ah Valmy, la première victoire des soldats de l'An II, Kellerman, Dumouriez, le moulin qui s'est dressé pendant deux siècles sur la colline de la victoire jusqu'à ce que la tempête de décembre 1999 le mette à bas. On savait que Valmy avait été un embryon de bataille, quelques coups de canon, quelques morts, un affrontement comme en rêvent tous les troufions du monde, mais on ne savait pas pourquoi le duc de Brunswick avait si rapidement cédé la place, permettant à Goethe, correspondant de guerre dans l'armée prussienne, d'écrire : « Ce jour marque une nouvelle époque dans l'Histoire du Monde. » Eh bien, Jean Sévillia nous l'apprend : parce qu'il y avait chez les Prussiens une épidémie de diarrhée. Eh oui ! La poésie épique en prend un sérieux coup. L'ennemi ne s'est pas enfui sous les coups de boutoir de nos intrépides héros, il a couru parce qu'il avait la courante et, comme en face combattaient des sans-culottes, le combat était inégal. On trouve bien d'autres exemples dans ce livre, où l'auteur s'applique avec talent à ternir les images d'Épinal. J'admets volontiers que le travail des historiens, au fur et à mesure que s'ouvrent les archives, est de rétablir la vérité. Tous les régimes ont eu leurs thuriféraires dont la tâche fut de glorifier le Prince et de magnifier son œuvre ; les écrivains et les poètes ont fait leurs choux gras de ces instants et de ces mots privilégiés : « Il est plus grand mort que vivant », « La révolution n'a pas besoin de savants », « Du haut de ces pyramides, quarante siècles vous contemplent ». Sont-ils authentiques ? Qu'importe, car même si l'historien les conteste, ils sont tellement ancrés dans notre mémoire par atavisme qu'ils résisteront à tous les démentis, si argumentés qu'ils soient. Pour moi, Cambronne dira toujours « Merde » à Waterloo. « La garde meurt et ne se rend pas », c'est beau, c'est éloquent, c'est littéraire, mais ça n'a pas la concision sans réplique du fameux mot, et ce d'autant plus que Cambronne fut fait prisonnier. Dans le western *L'homme qui tua Liberty Valance*, il y a une très jolie réplique : « Quand la légende est plus belle que la vérité, il faut imprimer la légende. » L'historien conteste, c'est son droit, mais nous pouvons contester sa contestation, c'est le nôtre. Le regretté chansonnier, Philippe Olive, raillait dans les années 1960 : « Au balcon d'Alger, de Gaulle n'a jamais dit : "Je vous ai compris." L'écho a déformé ses paroles. Il a dit : "Je vous ai pris pour des cons." » Le satiriste parfois peut s'arroger des droits que l'historien ne peut pas se permettre.

Rien n'échappe aux empêcheurs de rêver en rond. Passe encore qu'ils s'en prennent aux idées reçues de l'Histoire, mais pas qu'ils s'attaquent sans vergogne aux légendes. Le supplément télé du *Nouvel Obs* évoque l'époque de la prohibition aux États-Unis, et, au milieu de l'article, je découvre cette phrase : « Quant à Elliot Ness, alcoolique et coureur de jupons, il ne fut pas, lui non plus, exempt de corruption. » Les bras m'en tombent. Ça n'est pas bien. On n'a pas le droit, en vertu d'une prétendue vérité historique, d'altérer les légendes. Eliott Ness, pour toute une génération, et même plusieurs, c'est Robert Starck, froid, implacable, superbement doublé en français par Jacques Deschamps, pendant que Jacques Thébaut, au début de l'épisode, plante le décor et installe les protagonistes. Il m'arrive encore parfois, pour le plaisir, de me repasser au magnétoscope certains épisodes de cette série qui, même en noir et blanc, n'a pas pris une ride, ne serait-ce que pour réentendre la voix de Deschamps, celle de Marcel Bozzuffi qui doublait Frank Nitti (tous deux, hélas, nous ont quittés) et même, épisodiquement, la mienne, puisque je doublais Al Capone. Et vingt ans après, qu'est-ce que j'apprends, que Ness, le prototype du héros, jeune marié – vous vous le rappelez dans le film de De Palma – courait la gueuse, se saoulait la gueule et se faisait graisser la patte ? Franchement, les historiens n'ont rien d'autre à faire qu'à ternir nos rêves et à mettre notre imagination en berne. Imaginez qu'en fouillant des archives, un de ces malfaisants nous dévoile demain que d'Artagnan n'était qu'un petit lieutenant sans envergure, Athos un ivrogne, Aramis un lâche et Porthos une brute : relirions-nous *Les Trois Mousquetaires* avec autant de bonheur ?

Il y a deux sortes de personnages, ceux que l'auteur a inventés et qui lui appartiennent à l'évidence : Jean Valjean est à Hugo, Salammbô à Flaubert, Aramis à Dumas. Dans ces cas-là, les historiens sont impuissants puisque ces femmes et ces hommes n'ont pas existé. Il arrive que les adaptateurs modernes trahissent les auteurs, mais quand les auteurs sont solides, voire invulnérables, comme les trois que j'ai cités, ils s'en sortent sans une égratignure. On a dû tourner trente ou quarante adaptations des *Trois Mousquetaires*, une bonne vingtaine des *Misérables*, une dizaine de *Monte-Cristo*, certaines réussies, beaucoup passables, d'autres ridicules. Ça n'a jamais empêché les libraires de vendre ces œuvres, bien au contraire. Mais il arrive que les auteurs choisissent pour héros de leur roman, de leur pièce de théâtre ou de leur film, un personnage ayant existé. Ils s'en saisissent, le transforment, l'idéalisent et l'offrent à l'imagination du spectateur ou du lecteur. C'est alors qu'intervient l'historien qui, avec sa rigueur scientifique, veut rétablir la vérité. « Attendez, ne vous laissez pas abuser, Cléopâtre ne ressemblait pas du tout à Liz Taylor, d'Artagnan n'était qu'un officier subalterne aux ordres de Vauban et Cyrano un écrivain que personne ne lisait et qui avait un nez un peu busqué mais pas au point de le défigurer. » Ils viennent avec leurs gros sabots et leurs documents d'archives piétiner nos rêves et brider nos illusions. Le savent-ils si Cléopâtre n'avait pas les yeux verts de Liz Taylor ? On ne possède aucun portrait de la reine d'Égypte. De surcroît, la logique historique leur donne tort. Si elle avait été tarte, sans grâce et sans charme, César et Marc Antoine, qui n'avaient pourtant que l'embarras du choix à Rome, seraient-ils tombés sous son charme ? Que les historiens me pardonnent, le génie du créateur supplante le travail de l'archiviste. La vie de Vidocq est déjà étonnante, mais quand Balzac s'en empare et le transforme en Vautrin, la copie écrase le modèle. Le Seul Cyrano qui nous intéresse est celui de Rostand, car tout le monde connaît ses répliques, alors que personne ou presque n'a lu *La Mort d'Agrippine*, ou *L'Histoire comique des empires de la lune* ! Les historiens nous affirment que le Cid était un soudard sans foi ni loi ; et si nous préférons, nous, le découvrir sous la plume de Corneille et sous les traits de Gérard Philipe ? Ce Cid que Georges Fourest avait résumé en deux vers :

« Dieu, soupira à part soi la plaintive Chimène...
Il est joli garçon l'assassin de papa. »

Rostand avait tranché de cette querelle entre historiens et créateurs par une jolie formule : « Même quand il a tort, le poète a raison. » Il faut que les historiens se résignent. Eliott Ness était incorruptible, Cléopâtre avait les yeux verts, d'Artagnan est allé chercher les ferrets à Londres, Rodrigue préfigurait les héros romantiques et Cyrano restait dissimulé sous le balcon de Roxane pendant que Christian l'escaladait. Ils ont beau s'époumoner à vous crier : « Mais ça n'est pas vrai, ça ne s'est pas passé comme ça ! » Vulgairement parlé, on s'en fout.

Le culte de l'Empereur

Récemment a eu lieu à Drouot une vente d'autographes, d'objets et de reliques concernant Napoléon. Pas Napoléon III : Napoléon Barbichette, comme dit Escartefigue. Le vrai, le grand, l'unique, l'Empereur premier du nom. Les offres d'achat ont afflué du monde entier, tant le culte de cet homme est vivace. Les collectionneurs américains, japonais ou australiens étaient prêts à débourser des sommes rondelettes pour un billet signé du fameux gribouillis N.P. On trouvait dans cette vente, aussi bien le sabre du maréchal Suchet qu'un portefeuille en maroquin rouge dont le catalogue précisait prudemment « qu'il a pu appartenir à l'Empereur », et jusqu'à des reliques dont l'énumération ressemble à l'inventaire de Prévert : « Morceau du plancher de la chambre de Napoléon à Sainte-Hélène. Fragment du marbre de la cheminée de la même chambre. Bout d'écorce du saule qui était planté à côté de sa tombe. Morceau du rideau de son lit. Mèche de cheveux », et jusqu'à « deux fruits séchés cueillis sur l'arbre à l'ombre duquel il allait se reposer ». S'il n'y a pas de raton laveur, c'est parce que cet animal est rarissime à Sainte-Hélène. Un des objets les plus amusants est une boîte à cigares sur le couvercle de laquelle on voit Napoléon en habit de chasseur de la garde, époque : retour des cendres, fabrication anglaise. Comme quoi le commerce ne perd jamais ses droits : dans le même temps où ils restituaient le corps de Napoléon à Louis-Philippe, les Anglais fabriquaient des boîtes à cigares qui se vendaient en France comme des petits pains.

Loin de moi l'idée de critiquer ceux qui achètent ces bouts de bois et ces mèches de cheveux dont l'authenticité est aussi douteuse que les reliques des saints qui foisonnent dans les églises de la chrétienté. La dent de sainte Mathilde et le fémur de saint Benoît me laissent aussi indifférent que sceptique. Dans la basilique Saint-Pierre-aux-Liens de Rome, j'ai jeté un regard distrait sur les chaînes qui sont censées avoir entravé les poignets et les chevilles de l'apôtre ; il est vrai qu'elles sont concurrencées par le *Moïse* de Michel-Ange qui se dresse juste à côté et qu'on ne se lasse pas d'admirer...

Ce qui me surprend, c'est le culte païen rendu à un homme qui ne fut pas, c'est le moins qu'on puisse dire, un cadeau pour la France. Le premier consul Bonaparte s'octroya, par un coup d'État, le pouvoir absolu dans une nation qui était, par la démographie, la première en Europe. Il la laissa, quinze ans après, exsangue et ruinée, les vainqueurs s'en disputant les dépouilles. Les malversations qu'on reproche, à juste titre, aux politiques d'aujourd'hui, ne sont que broutilles à côté des sommes colossales que cet homme distribua autour de lui, et en premier lieu à sa famille. Cette Europe, qui se bâtit aujourd'hui au prix de négociations laborieuses, deux hommes ont eu l'ambition de la construire au service de leur gloire et de leurs intérêts. Napoléon d'abord qui, au faîte de ses conquêtes, créa des départements français de l'embouchure du Rhin au talon de la botte italienne, et Hitler. Ces empires n'étaient pas viables parce qu'ils étaient fondés sur la force, au prix de la mort de millions de pauvres types qui, d'Eylau à Stalingrad, n'avaient qu'une seule envie, rentrer chez eux et faire l'amour à leurs femmes. Il est bon pour la morale que les chimères sanglantes des dictateurs s'achèvent à Sainte-Hélène ou au fond d'un bunker, et l'on comprend qu'en juin 1940, lors de sa brève visite à Paris, Adolf soit allé se recueillir devant le tombeau de Napoléon aux Invalides, c'était un hommage à son prédécesseur. S'il avait été avisé, il eût réfléchi à cet instant-là à ce qu'il peut en coûter de vouloir conquérir Moscou en défiant l'Angleterre.

Je suis collectionneur, c'est vrai, mais guère fétichiste... Certains vont me trouver un peu démago, mais tant pis : tant qu'à voir sur mon bureau un porte-plume ayant appartenu à une célébrité, je donnerai ma préférence à Pasteur, Fleming ou Calmette, c'est-à-dire à des hommes qui ont préféré la vie au lieu de privilégier la mort.

Vous imaginez sans peine ce qu'une chronique comme celle que vous venez de lire m'a valu d'insultes et d'indignations. Ce qui m'obligea à mettre les choses au point.

Napoléon II

Je me suis permis un parallèle entre Napoléon et Hitler, ce qui m'a valu un courrier abondant. Certains d'entre vous m'ont approuvé, d'autres m'ont fait savoir leur réprobation en des termes plus ou moins nuancés ; l'Institut Napoléon m'a envoyé un courrier fort courtois accompagné d'une documentation dont je le remercie. J'ai reçu plusieurs lettres indignées : « Comment pouvez-vous comparer ces deux hommes, vous oubliez les camps d'extermination... » Non, je n'oublie rien, mais ma comparaison ne s'appuyait que sur un point précis et un seul, le délire d'expansion territoriale au prix de millions de morts qui ne demandaient qu'à vivre. À ces rêves de conquêtes s'ajoutèrent chez Hitler une folie meurtrière qui aboutit à la Shoah ; rien de tel chez Napoléon, et rien dans mes propos ne laissait supposer que je pusse me livrer à une comparaison aussi indécente. Mais, en revanche, sur l'expansion territoriale et ses conséquences, les points communs abondent. L'empereur lança ses armées à travers l'Europe, il occupa Moscou dont Hitler atteignit les faubourgs. Ils firent l'un et l'autre, à travers les plaines glacées de Russie, une retraite dramatique, livrèrent l'un et l'autre des combats d'arrière-garde devant leur capitale respective ; Paris et Berlin furent occupées ; le petit caporal, comme l'appelait ses grognards, et le caporal bohémien, comme le nommait von Rundstedt, se cassèrent l'un et l'autre les dents sur l'Angleterre.

Je l'avoue, je n'éprouve pas à l'égard de Napoléon l'admiration que lui vouent nombre de Français et bien davantage encore d'étrangers. Cela tient peut-être au fait que j'ai été éduqué dans cette vieille école laïque et républicaine qui ne transigeait pas avec les principes de la République. J'ai encore en mémoire un livre d'histoire – je devais avoir onze, douze ans – dont le texte est resté gravé dans ma mémoire. Sous le portrait de Hoche était écrit : « Hoche, général de la République, engagé volontaire à seize ans, pacificateur de la Vendée, mort à vingt-neuf ans. S'il avait vécu, n'aurait sans doute pas profité de sa gloire pour asservir ses concitoyens. » Car, qu'on le veuille ou non, qu'on l'excuse ou pas, le premier Empire comme le second sont nés d'un coup d'État ourdi contre la République. Oh certes, elle n'était pas glorieuse la république du Directoire de Barras, elle était impuissante et corrompue, mais c'était la République.

Dans cette méfiance à l'égard du grand homme, il y a des noms illustres. Si vous avez un jour l'occasion de tomber sur le premier dictionnaire en quinze volumes publié par Pierre Larousse en 1865, cherchez Bonaparte et vous lirez ceci : « Bonaparte, général de la Révolution, né à Ajaccio en 1769 [...] remporta de grandes victoires pour la République en Italie et en Égypte, mort à Saint-Cloud le 18 Brumaire an VIII [...] Voir Napoléon. » On était en plein second Empire et il fallait un certain courage. Même Hugo, qu'on ne peut taxer d'être un opposant farouche à l'Empereur, a écrit :

« Je suis ton crime, dit la Voix...
Napoléon, tremblant comme un enfant sans mère
leva sa face pâle et lut "18 Brumaire". »

Alors, il y a les victoires. Elles offrent leur nom à nos ponts et à nos avenues : Austerlitz, Eylau, Wagram, Friedland... Paris est une ville paradoxale, qui a donné des noms de victoires à ses artères, mais a oublié volontairement le nom du vainqueur. Il y a une rue Bonaparte, mais aucune place, aucune avenue, aucune rue Napoléon. Les victoires, elles, sont belles, elles flamboient sur les murs de l'Arc de Triomphe, à quel prix cependant. Imagine-t-on ce que chacune d'elles représente de membres hachés, de ventres ouverts, de mourants, d'amputations sans anesthésie ? Le charnier d'Eylau, la boucherie de Waterloo... Le soldat qui agonisait de froid sur les bords de la Moskova et celui de Stalingrad qui subissait le même sort se sont posé la même question : « Pourquoi suis-je là ? » On vient de découvrir près de Vilnius, en Lituanie, quelques centaines de corps de soldats de la Grande Armée ; n'aurait-il pas été préférable qu'ils aient été enterrés quarante ou cinquante ans plus tard dans le cimetière de leur village, en Bretagne ou en Picardie ? Que leur importait de conquérir Moscou, alors qu'une femme ou une fiancée les attendait dans leur village. Et tout ça pour voir la France dépecée au Congrès de Vienne, et Paris occupée par les Russes et les Prussiens. Je n'aime pas les hommes qui ont bâti leur gloire sur le sang et les souffrances des pauvres troufions. Sans parler, comme on dit maintenant, des dégâts collatéraux car, à bien y réfléchir, cette doctrine napoléonienne de l'attaque à outrance, sans se préoccuper des pertes, a été la bible des brevetés de l'état-major français pendant un siècle jusqu'à Joffre, pour aboutir à Nivelle et l'attaque du Chemin des Dames en avril 1917. 117 000 morts, blessés ou disparus, en deux semaines d'assauts aussi imbéciles qu'inutiles, jusqu'à ce que la sagesse, la raison préviennent. « Attention, ce que vous appelez le matériel humain, ce sont des hommes de chair, de nerfs et de sang, qui n'ont pas de la gloire la même idée que vous parce qu'ils la payent comptant. »

Je n'empêche personne d'admirer Napoléon, je respecte toutes les idées, mais je demande simplement qu'on me laisse les miennes.

Les guerriers et les diplomates

Clausewitz a dit : « La guerre n'est qu'une facette de la diplomatie, avec d'autres moyens. » Lorsque les généraux étalent leurs cartes d'état-major, les diplomates leur laissent provisoirement le devant de la scène en sachant que, tôt ou tard, on viendra les chercher pour réparer les dégâts et en codifier les conséquences. On pourrait retourner la formule : « La diplomatie est une facette de la guerre, avec d'autres méthodes. » On devient militaire, mais on naît diplomate. Le métier des armes s'apprend, celui de la discussion autour d'une table est inné. Si votre gamin a déjà le sens du compromis, du donnant donnant, du style : « Je veux bien aller faire les courses chez l'épicier, mais qu'est-ce que j'aurai en échange ? » ne vous tourmentez pas, vous en ferez un diplomate. C'est un métier d'avenir. Car, s'il est certain qu'il y aura toujours des conflits, il est non moins certain qu'il faudra toujours des couturières pour reprendre un par un les fils brisés, afin de tisser une nouvelle toile. Le dernier coup de canon tiré en Irak, les généraux ont refilé le bébé aux diplomates qui, derrière les portes capitonnées, s'efforcent de lui bâtir un avenir. Il en fut toujours ainsi, les guerriers cassent la vaisselle, les diplomates ramassent les morceaux, ouvrent les pots de colle et se mettent au travail. Ils sont entre eux, se connaissent bien, ont fréquenté les mêmes écoles de patience et parlent le même langage. Ils savent peser les mots aux balances d'orfèvre et possèdent le don de concocter un texte suffisamment ambigu pour satisfaire des revendications apparemment inconciliables.

Pendant des siècles, la langue de la diplomatie européenne fut le français, sans doute parce que, de Moscou à Rome, de Madrid à Berlin, on lui reconnaissait cette qualité d'être celle qui offre le plus de nuances. Une aubaine pour les rédacteurs de traités qu'une langue où l'on peut être franc sans être sincère, feindre sans dissimuler, où la prééminence n'est pas la supériorité et où la justice diffère de l'équité. Écoutez Bush, Chirac et Blair. Le rôle de l'ONU dans la reconstruction de l'Irak devrait être vital pour le premier, central pour le second, crucial pour le troisième. Apparemment, il y a peu de différence entre ces trois adjectifs ; détrompez-vous, choisis avec un soin extrême, ils expriment une profonde divergence. C'est là où les diplomates vont pouvoir démontrer leur talent, trouver un adjectif unique acceptable par les trois intéressés... Sera-ce essentiel, primordial ou majeur ? Rassurez-vous, ils trouveront, c'est leur métier.

La France a eu le privilège d'avoir à son service deux maîtres en la matière. Mazarin et Talleyrand. Cet art de dire : « Nous ne sommes d'accord sur rien, c'est un excellent point de départ, asseyons-nous et causons », ils l'ont l'un et l'autre poussé à la quasi-perfection. Combien en a-t-il embobiné cet Italien retors, plein de charme et de faconde, qui défendait les intérêts de son pays d'adoption bien mieux que ne le firent tant de ministres natifs de France ?

Quant à Talleyrand, nous touchons en ce domaine à la perfection absolue. Trouvez-moi dans l'Histoire un autre exemple de ministre d'un pays vaincu, occupé, exsangue, arrivant comme il le fit au congrès de Vienne et, en quelques jours, divisant les vainqueurs, jouant des rivalités, en prenant quasiment la direction et obtenant que rien ne se décidât sans son aval. Talleyrand avait eu une définition explicite : « En politique, il n'y a pas de convictions, il n'y a que des circonstances. » Formule parfaitement immorale – enfin, nuançons, disons « amorale » – mais qui reflétait parfaitement le caractère d'un homme qui sut, à maintes reprises, oublier ses convictions pour jouer des circonstances, ce qui lui permit non seulement de se retrouver toujours dans le camp du vainqueur mais, de surcroît, d'être l'arbitre de la situation. On peut condamner ou applaudir, les deux opinions sont respectables, selon qu'on estime qu'on ne peut transgresser les principes ou qu'on juge qu'il faut savoir composer en fonction des événements. C'est Antigone contre Créon, Becket contre Machiavel, un affrontement aussi vieux que l'histoire de la politique. Il faut désormais reprendre les fils et les renouer, un par un.

Travail difficile et qui va demander du temps. D'abord entre quelques millions de Français et d'Américains qui ont trop de souvenirs d'idéaux et de valeurs en commun pour continuer à se livrer à des pratiques imbéciles. Nous oublierons les stupides plaisanteries de garçon de bain qu'ils ont faites sur nous, ils oublieront les bannières étoilées souillées de la croix gammée que des tarés incultes ont brandies à Paris. C'est cela le plus important. Pour Chirac et Bush, je ne me fais pas trop de souci, les contacts seront repris au niveau des diplomates jusqu'au jour où ils se serreront la main devant les photographes. Tony Blair doit rêver d'être l'artisan de cette rencontre. Il connaît la formule, qui n'est pas de Talleyrand mais qui n'aurait pas déparé son florilège : « On ne peut s'appuyer que sur ce qui vous résiste. »

Et si on restituait ?

Les Anglais vont-ils rendre à la Grèce les caryatides de l'Acropole qui trônent depuis presque deux siècles au British Museum ? Il y a quelques années, la question ne se serait même pas posée... A-t-on jamais vu les Anglais rendre quelque chose ? Et ne me répondez pas qu'en 1944 ils nous ont rendu la liberté, c'est un jeu de mots trop facile. Non, quand l'Anglais tient quelque chose, il est difficile de le lui faire lâcher : demandez aux Espagnols qui, depuis quelques siècles, essayent de récupérer Gibraltar.

Les deux nations qui dominaient l'Europe au XIXe siècle, la France et l'Angleterre, ont fait sans vergogne leur marché dans les pays des civilisations antiques. Le brave général Bonaparte avait donné le ton pendant sa campagne d'Italie ; entre deux victoires, les soldats passaient leur temps à ficeler des colis qui partaient pour Paris. Même les chevaux de Saint-Marc, orgueil des Vénitiens, furent proprement emballés. Napoléon vaincu, en 1815, dut restituer les rapines du général Bonaparte... Les Anglais, qui ne subirent aucune défaite au XIXe siècle, gardèrent tout, et ils n'avaient pas fait dans le détail, en Égypte bien sûr où ils étaient chez eux, mais aussi en Grèce où, sans scrupules, ils démontèrent les caryatides de l'Érechthéion – ce petit temple qui jouxte le Parthénon. Cela fait quelque temps que les Grecs les réclament, ces dames colonnes remplacées par des copies. Mélina Mercouri, il y a quelques lustres, avait fait remarquer que leur place naturelle était sur l'Acropole où elles sont restées vingt-trois siècles. Eh bien... ô miracle, Zeus et Athéna ont-ils fait le déplacement depuis l'Olympe jusqu'à la Tamise pour influencer les députés de la Chambre des communes ? Une soixantaine d'entre eux ont récemment admis que les caryatides devraient être restituées aux Grecs. Soixante, ça n'est pas encore une majorité, mais c'est un début... et d'ici quelques années, dans un élan de générosité auquel ils feront une énorme publicité, ils rendront Gibraltar aux Espagnols et les dames colonnes aux Grecs... Mais le lendemain, les tabloïds vont imprimer en gros caractères : « Et la *Vénus de Milo*, alors ! Et la *Victoire de Samothrace* ! Allez les Frenchies, un peu de courage ! »

Il faut bien distinguer, dans les musées, ce qui a été scrupuleusement acheté et ce qui ressort du grand pillage. Les impressionnistes de l'Ermitage à Saint-Pétersbourg furent acquis par quelques nobles au début du XIXe siècle. Quand Lénine prit le pouvoir, il dut convenir que, s'ils avaient affamé le peuple, ils avaient aussi eut le goût de pressentir, lors même qu'ils étaient vilipendés dans leur propre pays, que Manet, Monet, Cézanne, Matisse ou Derain avaient du talent... Les cathédrales de Rouen ou les meules de foin de Monet, que Clemenceau aurait aimé voir achetées par l'État (malheureusement l'État a toujours été un peu radin dans le domaine de l'art), sont aujourd'hui dispersées de par le monde, mais ce sont là des chefs-d'œuvre dûment payés.

En revanche, si le British Museum de Londres ou le Louvre, pour ne citer qu'eux, sont obligés demain de restituer à leurs propriétaires ce qu'ils ont indûment acquis... ça va faire de la place et, en ce qui concerne le Louvre, ça réglera ces problèmes de salles fermées en raison du manque de personnel. Quand le génial Schliemann entreprit les fouilles de la fameuse ville de Troie, il tomba sur ce qu'il appela le trésor de Priam. Schliemann était allemand, le trésor fut embarqué à Berlin, sans se soucier de l'avis du propriétaire des lieux, le sultan de Constantinople. Ce n'était pas la coutume de l'époque. En 1945, quand les Russes entrèrent à Berlin, ils trouvèrent le trésor de Priam, qui fila dare-dare à Moscou. Si les Anglais restituent les caryatides aux Grecs, Poutine va se croire obligé de rendre les colliers de Priam aux Turcs. Et, comme le virus de l'honnêteté est parfois contagieux, un sénateur français, Nicolas About, a obtenu que l'on renvoie à l'Afrique du Sud la dépouille de la Vénus hottentote, cette dame ultra-callipyge qui fut honteusement exhibée en France au XIXe siècle devant des savants qui, sous le couvert de science, se rinçaient l'œil, ce qui les changeait des fesses plates de leurs épouses. Au fond, tout ça est une histoire de dames... Les caryatides étaient bien charpentées... il faut être musclées pour soutenir une frise. Hélène, pour laquelle on brûla Troie, avait, si l'on en croit la légende, comme la Vénus hottentote, et quoiqu'elle eût la cuisse légère, un joli petit derrière rebondi.

Une histoire de réajustement

« Passé le 15 août, la pierre est mouillée dessous », dit un proverbe languedocien qui est encore plus joli à entendre dans cette langue d'oc que d'aucuns s'obstinent à appeler patois et qui, jadis, faisait chanter ses mots évocateurs de Nîmes la romaine jusqu'à Toulouse la cathare en passant par Agde la grecque. « La pierre est mouillée dessous », cela signifie que le plus beau de l'été est passé et qu'il faut de temps à autre, le soir, mettre une petite laine. Je ne dis pas cela pour casser le moral de ceux qui se prélassent encore au soleil, quand ils en ont, ou même de ceux qui s'apprêtent à partir, mais il est des signes annonciateurs de la rentrée qui ne trompent pas. Dès le 15 août M. Raffarin et ses ministres commencent à compter les jours qui les séparent du retour. Certes, le premier Conseil des ministres n'aura lieu à l'Élysée que le 28 août, encore dix jours me direz-vous, mais les coups de fil avec les directeurs de cabinet restés à Paris s'accélèrent, certains vont rentrer plus tôt, pas question d'arriver le 28 au matin, d'enlever le short et les espadrilles, de mettre un costume cravate et de se précipiter à l'Élysée à 10 heures en disant : « Bon, de quoi on parle ce matin ? » Un Conseil des ministres, ça se prépare, et on n'y vient pas les cheveux encore humides d'eau salée. Nul doute qu'ayant vu leur salaire réajusté, les ministres ne se mettent au boulot avec une ardeur décuplée.

Ce terme « réajusté » est un cadeau de la langue française. Le salaire des ministres est « augmenté », ça fait mauvais effet, mais s'il est « réajusté » cela apparaît comme une procédure normale dont l'évidence saute aux yeux du *vulgum pecus* et à laquelle le plus grincheux ne trouve rien à redire. Je pense même que ce verbe n'est pas suffisamment employé. Les tarifs SNCF, les cigarettes, la carte orange, les prix du gas-oil et du timbre ont récemment augmenté, les associations de consommateurs se sont indignées. Il suffisait de les « réajuster » pour que cette hausse passe comme une lettre à la poste. Quant à la rémunération du Livret A, elle a été, elle, réajustée à la baisse.

Cette modification en supplément d'euros des salaires ministériels a donné lieu à une de ces comédies à rebondissements dont la vie politique a le secret. Tout est venu de Jospin, puisque c'est lui qui a supprimé les fonds secrets, ces sommes d'argent en liquide que chaque ministre touchait à la fin du mois, dont il n'avait de comptes à rendre à personne et qui lui servaient à payer les menues dépenses de ses collaborateurs. C'était une tradition de la République, pas une des meilleures j'en conviens, mais certains chefs étoilés du VIIe arrondissement avaient pris l'habitude d'entendre : « Vous enverrez l'addition au ministère », après quoi ils envoyaient un marmiton récupérer l'argent à la fin du mois. Les fonds secrets ne furent d'ailleurs pas toujours mal employés. Juste avant de s'envoler pour Londres en juin 1940, de Gaulle s'ouvrit de son projet à Paul Reynaud qui lui donna une somme rondelette en liquide, ce qui permit au général rebelle de louer son bureau de Covent Garden et d'engager une secrétaire. La France libre est née grâce aux fonds secrets. Jospin, donc, les supprima. Les méchantes langues, il n'en manque pas, soupçonnèrent le Premier ministre de mauvaise foi. « C'est facile, persiflaient-elles, ou bien il gagne la présidentielle et il n'en aura plus besoin, ou bien il la perd et il n'en a plus besoin non plus. » D'où l'idée de remplacer ces fonds secrets par une somme légalement déclarée en faisant coïncider les salaires des ministres avec la moyenne des émoluments de leurs homologues européens. Un jour ou l'autre, le problème serait obligatoirement venu sur le tapis.

L'amendement qui créait l'augmentation vint d'un sénateur socialiste, Michel Charasse. Charasse est un personnage haut en couleur, qui se rendit célèbre quand il fut ministre du Budget, par ses bretelles bariolées et son langage exempt de langue de bois. Au lieu de dire : « Si je prends une contravention, je la paye », il disait : « Moi, quand je prends une prune, c'est pour mes pieds », ce qui écorchait fort les oreilles de Jack Lang et de Balladur. Charasse est socialiste, bien sûr, mais surtout mitterrandien. Ayant voué au président défunt une admiration sans bornes, il considéra après sa disparition que plus personne ne l'empêcherait de dire ce qu'il pensait. Et quand on lui fait remarquer qu'il ne sert pas toujours ses amis du PS, il répond qu'il n'en a « strictement rien à foutre », et qu'étant auvergnat « ça va être coton de l'empêcher de lui faire changer d'avis ». Le jour où Jospin réclama à l'égard de Mitterrand le droit d'inventaire, Charasse ne pardonna pas au

Premier ministre cette formule iconoclaste et se retira, comme Achille, sous sa tente qu'il avait plantée sous les lambris du Sénat. Rappelons pour l'anecdote que Michel Charasse, anticlérical convaincu, refusa d'entrer dans l'église où l'on célébrait les obsèques de Mitterrand ; il resta dehors à garder Baltique, le labrador du président. On peut ne pas aimer Michel Charasse, mais force est de reconnaître qu'il apporte à la politique ce qui lui manque de plus en plus, l'humour, l'ironie cinglante et le franc-parler.

Donc, Charasse présenta son amendement avec, pour argument : « Je suis républicain et je veux que les ministres de la République tiennent leur rang », tout en dissimulant, peut-être, une arrière-pensée : « Ça va emmerder la majorité et l'opposition. » Cette éventualité n'était pas pour lui déplaire. Ce genre d'initiative démontre à l'évidence que le disciple a retenu les leçons du maître qu'il s'était choisi. Ses amis socialistes lui firent le reproche de servir la soupe à la droite, ce qui l'amusa, et le gouvernement fut dans l'embarras, ce qui le ravit. « Je ne suis pas demandeur, déclara M. Raffarin. On ne vous demande pas si vous êtes demandeur ou pas, répondirent les parlementaires. Vous êtes augmenté, point final. – Mais, est-ce bien le moment ? couina l'intéressé. – Le moment, c'est nous qui le décidons, on est les élus du peuple, non ? Vous n'allez pas contredire les élus du peuple, toute discussion de notre décision serait superfétatoire, inconvenante et antidémocratique. » Et c'est ainsi que nous avons pu voir, en ce beau pays de France, des salariés normalement constitués et ne relevant pas d'un traitement psychiatrique protester contre une augmentation de leur salaire. Car Jean-Pierre Raffarin n'est pas tombé de la dernière élection, il sait fort bien qu'en octobre, il va se coltiner des discussions salariales serrées avec les syndicats. Chaque fois qu'il dira : « Ah non, pas 2 % ! 0,8 %, c'est ma dernière offre », ses interlocuteurs lui rétorqueront : « Ben dites donc, et vous alors ? – Mais moi, je n'ai rien demandé, répondra-t-il. – Parfait, on ne demande rien, enfin rien au-dessus de 2 %... »

Chaque fois qu'il se rend au Sénat, son ancienne maison, et qu'il croise Charasse, Raffarin lui dit en faisant la gueule : « Merci Michel, franchement, merci beaucoup ! – Mais, de rien, Jean-Pierre, toujours à ton service ! » répond l'Auvergnat en rigolant.

« Nous prendrons un jour des trains qui partent. »

ANTOINE BLONDIN

Les maudits du mois d'août

L'étalement des vacances est une histoire aussi ancienne que les congés payés. Quand le gouvernement du Front populaire offrit ce cadeau, ô combien mérité, aux salariés, de timides voix s'élevèrent : « C'est bien qu'ils partent, c'est une immense avancée sociale, mais il ne faudrait pas qu'ils partent tous en même temps, sinon la nation sera paralysée. » « Nous y veillerons », répondirent les experts qui n'étaient pas encore énarques mais qui avaient déjà l'arrogante assurance de leurs lointains successeurs. Soixante-sept ans après, l'étalement des vacances d'été est un succès, elles s'étalent en effet, pour la majorité de ceux qui ont la chance d'en prendre, du 1er juillet au 31 août. Les Français, quand on les interroge, sont farouchement partisans de l'étalement, c'est un sujet de conversation bouche-trou pour fin de repas, qui commence fin mai : « Vous partez quand ? » et se prolonge jusqu'en novembre... « Vous êtes partis quand ? » Tous sont contre les deux mois maudits et moutonniers. « Ah, le charme du Cantal début juin ! » « Vous ne connaissez pas les Hautes-Alpes en octobre ? C'est le bonheur. » L'éphémère ministre du Temps libre du gouvernement Mauroy, M. Henry, avait eu une superbe idée. « Il faudrait étaler les congés sur les six mois d'été. » Quand on lui avait fait remarquer qu'il n'y en avait que trois, il avait engueulé ses collaborateurs : « Si on ne me tient au courant de rien, ça ne facilite pas ma tâche. »

Puisque tout le monde est pour l'étalement, pourquoi a-t-il tant de peine à devenir une coutume ? Pour une raison simple :

plus on nous invite à retarder notre départ, plus on nous incite à n'en rien faire. De quoi parle-t-on dans les quotidiens ou les hebdos à l'approche de juillet ? On y prodigue des conseils pour bronzer sans se mettre au soleil, on nous explique comment se vêtir, se nourrir durant l'été, où et comment se baigner, ce qu'il convient de faire à la montagne. On nous mâche nos loisirs qu'on nous fait ingurgiter ensuite, prédigérés pour couper court à toute initiative de notre part. Et, dans le même temps, que fait-on pour ceux qui ont décidé de résister à la transhumance ? Rien ! Mais rien ne serait rien. On les oublie, on les méprise. Les tarés, les proscrits qui font preuve d'anticonformisme, qui refusent d'aller s'entasser dans les campings surpeuplés et de courir de leur tente à la plage en passant deux heures dans l'hypermarché sont abandonnés à leur triste sort. Ce citoyen devrait être soutenu dans son combat et on le traumatise. L'épicier, le boulanger, le pressing sont fermés ; le moindre mal de dent l'angoisse. Seul, sans ravitaillement, il contemple dans la glace, émergeant d'une chemise sale, son visage pâli par le refus. Son café est fermé, sa crémière en Espagne, son médecin en Italie, ses amis en Grèce, ses voisins à Biarritz, son gardien en Corse. L'immeuble est désert, le moindre bruit le fait sursauter. Les cinémas ne passent que des reprises, la télé des best-off, les théâtres sont fermés, les journaux anémiques. Le pis est que ceux qui l'ont incité à résister sont partis aussi ; les ministères sont déserts, le drapeau ne flotte plus au fronton de l'Élysée, preuve que le président est allé s'amuser à Brégançon, et l'Assemblée nationale est aussi vide que lors d'une séance de nuit sur le budget de la Culture. Alors, démoralisé, atteint dans sa confiance et son confort, le malheureux cède, il part pour le week-end du 15 août. Comme la chèvre de monsieur Seguin, il a lutté jusqu'à l'épuisement, il va s'agglutiner sur l'autoroute, il transpire une heure au péage et, le soir, il retrouve ses amis, s'étale au soleil et noie son orgueil dans les vagues.

« Dieu seul a le droit d'être misanthrope. »

ERNEST RENAN

Des vaches et des hommes

Je suis toujours étonné par les expériences auxquelles se livrent des chercheurs qui dépensent du temps et de l'argent à seule fin de démontrer des évidences. Vous me direz, ils sont payés pour chercher, ils cherchent et, comme le disait naguère le général de Gaulle : « Des chercheurs qui cherchent on en trouve, mais des chercheurs qui trouvent, on en cherche. » Dans l'Illinois, une équipe de ceux qui cherchent s'est penchée sur les causes de l'anxiété des vaches, qui engendre une baisse de 15 % de la production de lait. La ville principale de l'Illinois est Chicago, dont les abattoirs sont les plus vastes des États-Unis et peut-être du monde. Il n'est pas impossible que la proximité de ces bâtiments où l'on abat leurs frères et sœurs rende anxieuses les vaches locales, mais cette éventualité n'a pas effleuré l'esprit des chercheurs. Ils ont imaginé un procédé relativement compliqué. Les vaches sont dirigées dans un couloir en Y ; à la fourche, elles choisissent d'aller à droite ou à gauche. À droite, elles ont une bonne brassée d'herbe fraîche, à gauche, une caresse. À la sortie des deux couloirs, on les contrôle et on s'aperçoit que celles qui ont choisi la caresse continuent à être stressées, alors que celles qui ont choisi l'herbe le sont moins. Conclusion, la clef du rendement optimal du bien-être bovin est une bonne alimentation.

Si les chercheurs de l'Illinois, avant de construire leurs couloirs, étaient venus prendre l'avis de n'importe quel éleveur français, ils auraient économisé leurs dollars. Le plus humble des paysans de Brioude ou de Saint-Laurent-du-Jura leur aurait appris que, si on se contente de caresser les vaches sans leur donner à manger, elles font moins de lait, et si on pousse l'expérience à ses limites extrêmes, elles finissent par crever. Même le chien, l'animal le plus avide de tendresse, n'hésitera pas entre une caresse et un os à moelle, ce n'était vraiment pas la peine de mobiliser une équipe et un laboratoire pour découvrir ça. Edmond Panjor, le patron des chercheurs de l'Illinois (je vous donne son nom parce qu'il serait dommage qu'il ne passe pas à la postérité), a ajouté : « Ça n'est pas une raison pour maltraiter les bovins. » Ce qui signifie en clair : « Ça n'est pas parce que vous les nourrissez que vous êtes obligés de leur taper dessus », étrange recommandation qui laisse planer un doute sur le comportement des éleveurs de bétail américains.

Tous les animaux ont besoin de tendresse, même ceux, comme le hérisson, que nous hésitons à caresser. Il arrive que l'homme, qui s'est autoproclamé animal supérieur, en profite pour les maltraiter. C'est peut-être parce que, de tous les animaux qui encombrent la terre, il est le seul à hésiter parfois entre la gamelle et la caresse. Il est capable, tant sont grands son orgueil et son besoin de paraître, de dédaigner sa pitance pour les honneurs. Un titre, un ruban, une promesse, et le voilà accroché comme un gardon à son hameçon, à cette nuance près que le gardon a une excuse : il y avait un asticot à la pointe de l'hameçon... L'homme est le seul qui morde à des hameçons sans appât pour le seul motif qu'ils sont brillants. De tous temps, les institutions qui régissent le monde ont usé de cette naïveté. S'étant aperçues qu'il était inutile de remplir la gamelle et que de bonnes paroles suffisaient à l'apprivoiser, elles ont traité l'homme comme il le méritait. Les politiques, bien sûr, qui lui promettent les lendemains qui chantent s'il veut bien se sacrifier aujourd'hui, et les religions qui lui font miroiter les délices du paradis s'il consent à ne rien demander ici-bas. Il lui arrive de se révolter, de dire : « Bon, ça sera sûrement formidable, demain ou là-haut, mais si je peux me permettre, est-ce que je ne pourrais pas avoir un petit aperçu tout de suite... Pas la félicité absolue, le bonheur sans nuage, ça j'ai compris, vous me l'avez assez répété, c'est pour plus tard, simplement une petite bande annonce, une journée, une heure de ce qui m'attend après... pour me mettre l'eau à la bouche. » Les religions, dans leur grande sagesse, lui promettent le nivarna après sa mort, ce qui exclut les réclamations ; les politiques, en revanche, lui laissent entrevoir la possibilité d'accéder au bonheur de son vivant – pas demain, même pas après-demain, dans un avenir plus ou moins proche... C'est sans doute ce sentiment d'avoir passé un contrat de dupe, de voir que les jours de liesse, comme l'horizon, reculent au fur et à mesure qu'il avance, qui pousse parfois l'homme à être cruel avec les animaux. Il leur en veut d'être moins crédules, alors il se venge sur eux de sa stupidité, et comme c'est un animal supérieur, il les tue, les blesse ou les abandonne sur un parking d'autoroute.

L'empereur Caligula voulait élever son cheval à la dignité de consul. Caligula était fou, mais pas le cheval qui refusa de troquer son picotin d'avoine pour des honneurs aléatoires. Un citoyen romain n'eût pas résisté à la tentation, et si les chercheurs de l'Illinois avaient connu l'histoire du cheval de Caligula, ils n'auraient pas fait leur expérience idiote. Le problème des chercheurs, c'est qu'à force de chercher, ils en oublient de lire...

Des experts de jadis à ceux d'aujourd'hui

Je me complais, depuis quelques semaines, à un exercice fort réjouissant. Tout en épluchant soigneusement les hebdos et les quotidiens, je consacre une heure chaque jour à feuilleter ma collection de *L'Illustration*, le grand hebdomadaire qui parut pendant cent un ans et dont le dernier numéro fut imprimé alors que la division Leclerc était aux portes de Paris. Cette double lecture permet des comparaisons intéressantes. J'en suis à la période 1935-1940.

L'Illustration était une publication qui avait les moyens de s'offrir les experts les plus huppés, lesquels donnaient leur avis sur les sujets les plus divers, politiques, artistiques, militaires, comme le font les experts aujourd'hui. En voulez-vous quelques exemples ? En 1937, sur six pages abondamment illustrées, un général, dont le nom n'est pas passé à la postérité, évoquait le rôle des chars d'assaut dans l'éventualité d'un conflit. Les chars, expliquait cet étoilé au flair étonnant, doivent se contenter de soutenir l'infanterie qui reste la reine des batailles. Ce serait folie que de les envoyer à l'avant sans le soutien des fantassins, seuls capables d'occuper le terrain conquis. Le char est une arme redoutable, concluait-il, mais trop exposé si on le laisse livré à lui-même. Ce brave homme, sans doute diplômé de l'école de guerre, exprimait l'avis de l'état-major, très remonté à l'égard des théories d'un certain colonel de Gaulle qui préconisait l'emploi des divisions blindées en longues chevauchées solitaires ; et je ne peux m'empêcher de penser à mon père dans les mains duquel on mit, en 1940, un fusil Lebel modèle 1913 révisé 1924, avec mission d'arrêter les panzers de Guderian. Mon père était comme moi, assez porté au scepticisme, et quand il demanda comment il allait s'y prendre, il eut pour réponse celle que reçurent quelques millions de ses homologues en brodequins et bandes molletières : « Vous vous démerderez ! »

En 1938, dans cette même *Illustration*, c'est un amiral qui vient expliquer aux pékins ce que sera la future guerre navale. Les États-Unis, écrivait-il, sont en train de se doter de plusieurs porte-avions. Ont-ils raison ? Évidemment non. La France n'en a qu'un, et c'est largement suffisant, car l'arme maîtresse des futurs combats navals reste le cuirassé. Une bataille de porte-avions est inconcevable et si on peut imaginer un cuirassé couler un porte-avions, il n'y a aucune chance pour qu'une attaque aérienne puisse couler un cuirassé. Cette vision prophétique d'expert, rédigée trois ans avant Pearl Harbor, est un grand moment. Les analyses politiques sont du même acabit.

Certes, en 1938, on a oublié les commentaires de 1933, quand Hitler avait accédé au poste de chancelier et où on lui prédisait une défaite électorale cinglante. Les experts avaient quand même compris que l'homme qui venait d'avaler la Tchécoslovaquie était un fou dangereux, mais ils estimaient que l'Allemagne n'avait pas les capacités de ses ambitions. Un politologue averti qui, comme on le sait, en vaut deux, expliquait en mars 1939 que Hitler y regarderait à deux fois avant de se frotter à l'armée polonaise, qui pourrait lui réserver des surprises. Il n'allait pas jusqu'à envisager l'entrée des Polonais à Berlin, mais une guerre d'usure de six à huit mois qui permettrait aux armées franco-britanniques de passer le Rhin et de mettre une bonne raclée à la Wermacht étrillée par la Pologne. Les choses ne se passèrent pas tout à fait comme ça, et je me demande si dans soixante-dix ans nos petits-enfants ne liront pas avec la même jubilation les articles des prophètes en tout genre qui s'expriment aujourd'hui. Les interrogations qui angoissent les chancelleries ne les effleurent pas. Sans même tourner sept fois leur plume dans l'encrier, ils vous narrent comment vont se dérouler les futures opérations et sont formels sur les conséquences. La crise économique ? Ils en prévoient l'évolution avec certitude et vous donnent même le prix qu'atteindra le baril de brut dans un an. Leurs exposés sont péremptoires, leur style dépouillé. Pas de « si », de « à moins que », de « il se pourrait » ; le conditionnel leur est inconnu. Tous les verbes sont au futur. L'ennui, c'est que sur la trentaine d'experts qui donnent leur avis chaque semaine, pas un seul n'est d'accord avec les autres... Qu'importe, comme de tous ces scénarios il y en aura au moins un auquel les événements donneront raison, ils feront bloc en s'écriant : « Nous vous l'avions prédit. »

Voyez le Premier ministre abordant les réformes qu'il entend mener à terme. Il progresse comme un promeneur dans un buisson d'aubépines, à peine a-t-il décroché délicatement la branche qui s'attache à sa veste, que deux autres s'accrochent à son pantalon. C'est à croire qu'il ne lit pas la presse, car tous les jours plusieurs sociologues lui expliquent, noir sur blanc, ce qu'il convient de faire, et chaque démonstration est si précise, si évidente, qu'on se demande pourquoi il ne l'adopte pas. Tant il est vrai que rien n'est plus facile que de régler un problème dont on n'a pas la charge, adage que tous les parents ont pu un jour vérifier : ce sont toujours ceux qui n'ont pas d'enfants qui vous donnent des conseils pour élever les vôtres.

L'Histoire, elle, attend tranquillement son heure pour rendre caducs tous les scénarios. En bonne dramaturge qu'elle est, elle déclenche des coups de théâtre qui bouleversent les hypothèses soigneusement élaborées. Du pacte germano-soviétique à la troisième place de Jospin, en passant par la chute du mur de Berlin, elle s'amuse à faire des pieds de nez à la logique qui mettent les chancelleries aux abois et les experts au chômage provisoire. Je vais attaquer dans *L'Illustration* la période de 1940, et déguster ces brillantes analyses démontrant comment les Allemands vont se briser sur la ligne Maginot pendant que Gamelin envahira la Ruhr. Un régal de fin gourmet.

Un poisson peu appétissant

La tradition du poisson d'avril a quasiment disparu. Naguère encore, les médias faisaient assaut d'imagination dans l'invention d'informations suffisamment crédibles pour que le chaland se laisse prendre, car tout l'art du poisson d'avril réside dans la subtilité de la trouvaille. Comme dans la pêche à la mouche, le poisson ne mord pas si l'appât est trop grossièrement élaboré. Si un journaliste écrit : « M. Douste-Blazy quitte l'UMP pour s'inscrire chez les Verts », vous haussez les épaules en disant : « C'est tout ce qu'il a trouvé ! » Seul le quotidien *L'Équipe* a joué juste en titrant : « Yannick Noah va reprendre la compétition. » Pour qui sait qu'Agassi à trente-quatre ans est dans le peloton de tête du classement ATP, l'information était presque vraisemblable.

Pourquoi cette tradition est-elle en voie de disparition ? Peut-être tout simplement parce que, tout au long des 364 autres jours de l'année, l'actualité nous offre des infos qui pourraient passer pour des poissons d'avril, tant elles sont difficiles à croire. Le 21 avril 2002 l'annonce « Jospin devancé par Le Pen... » vingt jours avant la nouvelle qui étourdit les Français sur le coup de 20 heures les eût fait ricaner. « C'est un peu gros comme poisson... Devancé par Le Pen... pourquoi pas par Robert Hue ? » Dès lors que le poisson d'avril devient hebdomadaire, celui qui fleurit le premier du mois passe inaperçu. Les vainqueurs de la Coupe du monde de football éliminés au premier tour en Corée sans avoir marqué un seul but... Poisson d'avril, bien sûr. Le président de la région Poitou-Charentes nommé à Matignon, il s'appelle comment ?... Raffarin ?... Franchement, c'est tout ce que vous avez trouvé ? Et vous croyez que nos lecteurs vont croire ça une seule seconde ? Poisson d'avril. Que deux démocraties comme les États-Unis et la Grande-Bretagne, dotées l'une et l'autre de services secrets efficaces, n'aient pas compris qu'aucune guerre ne se ressemble et que, confrontées à un potentat sanguinaire, il fallait jouer fin et le pousser à la faute au lieu de s'y mettre soi-même... Poisson d'avril ! Que par voie de conséquence, la France et les États-Unis soient aujourd'hui dressés l'une contre l'autre après deux cent trente ans d'amitié et que la seule ambassade à Paris aujourd'hui protégée comme une forteresse soit celle des États-Unis, à deux pas de la place de la Concorde, qui vit conjointement il y a cinquante-neuf ans les Shermann de Leclerc et les GI de Hodges traquer les derniers nids de résistance allemands... Poisson d'avril ! L'actualité en regorge de ces canulars qui sont aussi incroyables que l'annonce du mariage du prince Charles avec Stéphanie de Monaco. Les révélations de Loïc Le Floch-Prigent au procès Elf, vous y croyez, vous ? Cet homme dévoile qu'il versait des enveloppes au parti gaulliste jusqu'à ce que Mitterrand le convoque. Le défunt président aurait dû lui dire : « Ces pratiques sont immorales, j'entends qu'elles cessent. » Eh bien non, il lui a dit : « C'est bien de distribuer les enveloppes, mais il faut que tout le monde en profite... » Comme si nous allions nous laisser prendre à ces affabulations... Poisson d'avril.

Plus que jamais, la vigilance s'impose face à ce déferlement de fausses informations qui ne sont lancées que pour tester notre crédulité, même si nous savons de longue date que le vrai peut quelquefois n'être pas vraisemblable. Les discussions entre le gouvernement et les syndicats ne se passent pas trop mal au dire des partenaires concernés. Ce « pas trop mal », comparé à « l'exécrable » qu'il fut naguère, est une divine surprise. On progresse, disent les uns... On avance, répondent les autres. Hosanna ! et puis un matin, sans crier gare, grève des trains. Le contribuable-citoyen, qui va à son boulot à pied, demande naïvement : « Pourquoi cette grève, puisque ça avance ? – Pour que ça avance plus vite – Ah bon, je vous prie d'excuser ma question idiote. » Les syndicats avaient lancé cette consigne de grève comme un poisson d'avril et les intéressés l'ont prise au sérieux. Quand ils ont vu qu'ils ne pouvaient plus faire marche arrière, ce qui est normal quand on veut avancer, les caciques des syndicats se sont dit : « Bon, puisque c'est lancé, il n'y a qu'à la faire... Une de plus, une de moins... »

Vivement le mois de mai, il n'y a pas de poisson de mai et on pourra recommencer à croire sans suspicion les informations qu'on va nous donner.

Le *Tartuffe* de Corneille

L'ordinateur est un outil de travail dont il n'est guère besoin de vanter les mérites, mais à l'image de la langue d'Ésope, il peut se révéler dangereux. Déjà, il y a quelques années, des chercheurs américains avaient introduit dans leur engin tout ce qu'on sait sur Jésus, afin d'en faire un portrait-robot. Le résultat fut consternant. Le visage émacié d'un homme au regard vide et aux cheveux courts reproduit par de nombreux quotidiens était si éloigné de l'imagerie populaire que le rire des fidèles l'emporta sur l'indignation. D'autant plus que l'ordinateur ne se contentait pas du portrait iconoclaste – une fois lancés, ces petits cerveaux à puce ne s'arrêtent plus –, il donnait en prime des informations sur la naissance de Jésus : un 29 septembre, et qui plus est sept ans avant la date universellement reconnue. Vous imaginez le tintouin ! La légende de Noël et de la messe de minuit s'effondrait, avec pour conséquence des milliers de chômeurs, depuis ceux qui mettent les foies gras en boîte jusqu'aux médecins qui soignent les séquelles des réveillons. On pria donc fermement les coupables de ces révélations de s'adonner à d'autres travaux.

Eh bien, il y a récidive. Un statisticien grenoblois, Dominique Labbé, spécialiste de l'étude du langage, a enfourné dans son ordinateur une foule de données concernant les auteurs du XVIIe siècle et l'ordinateur a rendu son verdict. Pour lui, aucun doute... la plupart des pièces de Molière ont été écrites par Corneille. L'ordinateur en a apporté la preuve formelle grâce à la statistique appliquée au langage, que Dominique Labbé appelle poétiquement « le calcul de la distance intertextuelle ». Et de citer des passages de *L'Avare* ou de *Dom Juan* qui portent sans ambiguïté l'estampille cornélienne. Moi, je veux bien, je suis ouvert à toutes les nouveautés et à toutes les audaces scientifiques, cependant l'ordinateur est un monstre froid : il peut battre un champion du monde d'échecs en calculant six millions de coups possibles à la seconde, mais il est incapable de raisonner, c'est-à-dire d'infléchir ses conclusions en fonction de la logique.

Or, c'est bien par manque de logique que pêche la révélation de Dominique Labbé. Pourquoi diable Pierre Corneille aurait-il écrit des pièces signées par Jean-Baptiste Poquelin ? Les deux hommes se connaissent, se fréquentent, s'estiment et ont même cosigné une pièce, *Psyché*, collaboration obligée sur l'ordre de Louis XIV. Pourquoi *L'Avare* et *Dom Juan*, l'une et l'autre en prose, alors que la spécialité de Corneille est l'alexandrin ? Quel intérêt aurait eu l'auteur du *Cid* d'écrire *Le Misanthrope* ou *L'École des femmes* pour les donner à Molière ? Corneille est orgueilleux et susceptible. On lui a fait beaucoup de misères et il a fait beaucoup de jaloux. Quand il constate que le public se détourne de ses pièces pour courir à celles de Racine, il cesse d'écrire pour le théâtre. Le roi, qui applique à merveille la devise « Diviser pour régner », les met en compétition. Une tragédie sur le même sujet : les amours tumultueuses de Titus et de Bérénice. Ce sera *Titus et Bérénice* pour Corneille, et *Bérénice* pour Racine qui l'emporte sur son rival. Peut-on imaginer une seconde qu'ayant écrit *Le Misanthrope*, chef-d'œuvre absolu, Corneille se contente d'être un nègre et accepte de le voir signé par un autre au lieu d'en assumer la paternité et de redorer ainsi sa gloire ternie ? Comment penser qu'un homme, qui a passé sept ans de sa vie à traduire en vers *L'Imitation de Jésus-Christ*, se risque à écrire *Tartuffe* ? Les provocations, il connaît, il a donné en faisant jouer *Le Cid*, dont toute l'intrigue tourne autour d'un duel, au moment même où Richelieu l'interdit et envoie ceux qui se battent à l'échafaud. Il s'est attiré les foudres du Cardinal et les critiques de tous ses thuriféraires. Plus tard, quand on évoquera ses démêlés avec Richelieu, il répondra par un quatrain où explose son génie. Ces quatre vers ciselés, Molière ne les eût pas signés, tant ils portent la marque de leur auteur :

> « Qu'on parle mal ou bien du fameux Cardinal
> Ma prose ni mes vers n'en diront jamais rien
> Il m'a fait trop de bien pour en dire du mal
> Il m'a fait trop de mal pour en dire du bien. »

Quoique n'ayant pas les facultés d'un ordinateur, j'ai beau relire le *Tartuffe* ou *L'École des femmes*, j'y trouve la mélancolie, la souffrance, le scepticisme de Molière, et à aucun moment l'implacable austérité de Corneille. Molière est dans ses personnages : Alceste, Dandin, Arnolphe, c'est lui. Corneille ne s'est jamais identifié. Il n'est ni le Cid, ni Polyeucte ; il raconte, c'est tout.

Mais tout cela, l'ordinateur ne peut pas le comprendre. Et je serais tenté de dire... heureusement.

Vous vous souvenez de ce que disait Alphonse Allais : « Shakespeare n'a jamais existé... ses pièces ont été écrites par un inconnu qui, curieusement, s'appelait Shakespeare. »

L'amour et le percepteur

Les hebdomadaires économiques sont pléthore qui donnent aux épargnants des recettes pour gérer les sous qu'ils ont tant de peine à mettre de côté. Il me revient à ce sujet la réflexion de Pierre Dac : « Vous ne trouvez pas ça absurde, vous, de mettre de l'argent de côté pour en avoir devant soi ! » Aucun économiste distingué n'osant aujourd'hui s'aventurer à conseiller d'investir en Bourse, ils se rattrapent en donnant des conseils pour diminuer les impôts que nous acquittons. C'est ainsi que j'ai déniché cette semaine des recommandations aux couples qui envisagent de se marier. Il est conseillé aux futurs époux de choisir avec soin la date de leur passage devant le maire. Suivant le mois, et compte tenu que les deux déclarations ne vont plus en faire qu'une, il est possible de soustraire quelques sous aux griffes du Trésor public. Cela part d'un bon sentiment, un euro est un euro et il vaut mieux consacrer ce qu'on peut grappiller à un achat ménager. Tout ceci est possible parce que le système fiscal français est une jungle dont seuls les guides chevronnés connaissent les pistes. Mais, tout de même, conseiller de se marier le 17 avril plutôt que le 22 août pour payer moins d'impôts relève de la provocation. Rien de moins poétique que de mélanger l'amour et l'euro, surtout au début du voyage. Après quelques années de croisière, c'est une autre histoire, mais au début de l'idylle, quand les mains se cherchent, que les regards s'éternisent, quand le monsieur dit à la dame : « Je vous aime, je vous veux toute à moi, voulez-vous m'épouser ! » il est dur de s'entendre répondre : « Oui, Édouard, mais pas avant le 17 août, à cause de la Contribution Sociale Généralisée. » Si Cyrano doit souffler à Christian sous le balcon :

« Un tiers provisionnel, mais à tout prendre qu'est-ce ?
Un serment fait au percepteur, une promesse
Un point noir qu'on met sur l'i du mot impôt... »

Au mieux, Roxane ferme sa fenêtre, au pire elle leur jette un seau d'eau sale sur la tête.

Autre exemple de poésie. On peut diminuer ses impôts en achetant des anneaux d'ancrage dans un port de la Guadeloupe. Acheter quelque chose, c'est s'offrir un plaisir. Un voyage, un livre, un timbre rare, un grand vin, un dîner en amoureux, une place de théâtre en fonction de ses moyens, et surtout de ses goûts. Ils ne diminuent pas les impôts, mais ils réjouissent l'âme et le cœur ; alors qu'un anneau d'amarrage ! Vous pouvez dire à des amis : « Tenez, c'est un bibelot que j'ai acheté aux puces »... en revanche vous vous imaginez en train de confier : « Venez, je vais vous montrer mon anneau, c'est un bel anneau, il est en fer, tout rond, une merveille. » C'est une façon un peu réductrice d'être un seigneur des anneaux !

> « La patience est une forme mineure du désespoir transformé en vertu. »
>
> AMBROISE BIERCE

Une corvée agréable

Ah ! là là, les vœux, quelle corvée ! Cette phrase, vous l'avez comme moi entendue lorsque revient la nouvelle année. Si c'est une corvée, j'en connais de pires. Que diable, nous vivons dans un univers où chacun ignore l'autre. Nous courons, nous côtoyant sans nous regarder, enfermés dans la bulle de nos préoccupations. Le sourire, le petit signe de la main pour remercier l'automobiliste qui vous laisse passer est rarissime, il faut avouer qu'il vous laisse rarement passer, il est pressé, le piéton l'est aussi, c'est au plus culotté. Dans les cas extrêmes, le bras d'honneur étant trop visible, le majeur dressé montre quelle considération on se porte mutuellement. Ça ne date pas d'aujourd'hui. Boileau, en son temps, raillait les embarras de Paris. L'injure fusait : « Paltoquet, manant ! » criaient les voituriers et les piétons. Les insultes ont changé depuis Louis XIV. « Pétasse et connard » ont remplacé les mots doux d'antan, mais le scénario est immuable. Et, brusquement, le temps d'une nuit, tout change. Les gens qui s'ignoraient quelques heures avant s'abordent, se congratulent, s'embrassent en se souhaitant « bonne année ». Votre voisin, qui vous fait la gueule 364 jours par an, se fend d'un sourire accompagnant la formule magique. La cousine Hortense, dont vous n'avez jamais un coup de fil tant elle est radine, se fait tout miel au téléphone : « Bonne année, bonne santé. – Comme c'est gentil de nous appeler ! Bonne année à vous. » Vous vous en foutez, bien sûr, elle aussi, mais on ne résiste pas à la tradition. Même ceux qui ne se portent pas dans leur cœur sacrifient à la coutume. Juppé téléphone à Sarkozy : « Tous mes vœux, Nicolas. – Toi aussi, Alain. » Si vous saviez combien d'embrassades on recense... Mélanchon à Hollande, Emmanuelli à Fabius, Bayrou à Douste-Blazy, Robert Hue à Marie-Georges Buffet... Lipietz à Mamère. « Je te souhaite tout ce que tu désires. » Et l'autre pensera : « Là, tu prends des risques. » Mais, foin des querelles et des inimitiés, pendant quelques instants certains seraient même tentés d'être sincères. Oh ! ça ne durera que le temps d'une poignée de main, mais si furtive qu'elle soit, cette parenthèse a la saveur amère des choses qui auraient pu être et qui, hélas, ne sont pas.

Même les vœux protocolaires ont un sel particulier. En janvier 2002, Jospin avait dit à Chirac : « Bonne année, monsieur le Président. – Bonne année à vous, monsieur le Premier ministre. » Chacun des deux pensait : « Attends le mois d'avril, tu vas voir si elle sera bonne l'année », mais leur visage n'en laissait rien transparaître et le Huron égaré sous les lambris aurait pu croire en leur sincérité. Hypocrisie, me direz-vous. Non pas, bonne éducation tout simplement. Dans la plupart des cas, si chacun disait tout haut en début d'année ce qu'il souhaite vraiment à celui qu'il congratule, le monde serait à feu et à sang. Si vraiment les vœux écorchent la bouche, dans le pire des cas on s'abstient.

Et pourtant, on se prend à rêver. Qui n'en rêve de ce coup de fil de Sharon à Arafat, ou de Poutine à un général tchétchène. Je sais, je suis un idéaliste indécrottable. Mais, voyez-vous, Dieu sait que j'aime Diderot, cet homme de génie qui s'est coltiné l'*Encyclopédie* presque tout seul et qui nous a laissé *Le Neveu de Rameau*, ce chef-d'œuvre d'humour sceptique. Cependant, il a quand même proféré une bêtise : « Il ne faut jamais lever la main, mais si on la lève il faut frapper. » Eh bien, cher Denis, j'ai la faiblesse de croire que, même quand on a levé la main, on peut la rabaisser pour prendre celle de l'adversaire. Et puis, il ne faut pas être rancunier envers ceux qui nous ont souhaité en janvier une bonne année, laquelle s'est révélée décevante. Jean-François Mattei pourrait dire : « C'est vous qui m'avez souhaité une bonne année début 2003... Cette année, vous m'oubliez. » Le ministre de la Santé doit connaître cette réflexion d'Yves Mirande : « Il y a des années où l'on n'est pas en forme. »

Quelques questions et peu de réponses

Le Figaro a publié une quadruple page sous le titre « Les cinquante questions de l'année ». Les questions en question touchent tous les domaines, mais n'intéressent pas tous les Français au même titre. Comme dans les supermarchés, on trouve de tout pour tous les goûts et toutes les curiosités. Il y a celles qui préoccupent une majorité des contribuables-citoyens, comme par exemple : « L'emploi repartira-t-il ? » ou : « Faut-il espérer une baisse des impôts ? », et celles que je nommerai plus catégorielles comme : « Armstrong gagnera-t-il un sixième Tour de France ? » ou : « Juppé parviendra-t-il à se faire aimer ? » Mon incompétence et mon manque d'information m'interdisent d'oser émettre une opinion sur : « Al-Qaida frappera-t-il encore ? » Ce sont là des sujets sur lesquels même les diplomates les plus avertis se gardent bien d'avancer la moindre hypothèse ; en revanche, il y en a d'autres sur lesquels je me lancerais volontiers, quitte à ce qu'à la fin de l'année vous m'accabliez de vos quolibets : « Allons, cher Jean Amadou, ne jouez plus les pythonisses. »

Voyons, Armstrong gagnera-t-il un sixième Tour de France ? Oui, sauf, bien sûr, s'il tombe. Le sport n'est jamais une science exacte où les plus forts sur le papier battent les plus faibles, mais en cyclisme et dans une course à étapes, la hiérarchie est presque toujours respectée. Or aujourd'hui, il y a Lance Armstrong et derrière, Ulrich, Beloki et Vinokourov, donc je le mets en jaune sur les Champs-Élysées. La Seine va-t-elle déborder à Paris ? Si l'envie lui en prend, elle peut s'y risquer, tout est prêt. Cela fait des mois que les quotidiens nous expliquent ce qui se passerait si la Seine nous refaisait le coup de 1910 et les mesures de prévention qui sont prises pour pallier cette éventualité. En revanche, prions pour qu'il ne retombe pas dix centimètres de neige, phénomène qui met tout notre pays à l'agonie, sous l'œil perplexe et amusé des Suédois et des Canadiens. La mini-jupe sera-t-elle de retour ? Oui. Il est d'ailleurs parfaitement scandaleux qu'elle ait été abandonnée. Quelques millions de femmes souhaitent la porter et davantage encore d'hommes aspirent à la regarder. Devant une telle majorité, les couturiers devraient faire taire leurs scrupules. Le gouvernement souhaite la remontée de l'emploi, les petits porteurs celle de la Bourse, les industriels celle de leurs commandes, mais ce sont là des espoirs fondés sur la conjoncture économique mondiale ; celle de la jupe, en revanche, ne tient qu'à nous et nous n'allons pas la laisser passer. Jospin va-t-il revenir ? Oui. Le parti socialiste se cherche toujours un vrai patron, non pas parce qu'il en manque mais parce qu'il en a trop. Plus les échéances électorales approchent, plus les appétits s'aiguisent et il semble bien difficile désormais de trouver une synthèse qui réunisse Emmanuelli et Fabius, Montebourg et Strauss-Kahn, Mélanchon et Bockel, sauf si une autorité de poids arrive en disant : « Je me suis éloigné parce que je ne me pensais pas indispensable, mais puisque vous me démontrez par vos querelles que je le suis, je reviens. » Rien n'est plus fascinant en politique que le retour de ceux qu'on croyait définitivement exclus. Clemenceau en 1917, Caillaux en 1926, de Gaulle en 1958, Mitterrand en

1965. Napoléon est bien revenu de l'île d'Elbe, il serait surprenant que Jospin ne puisse revenir de l'île de Ré. Juppé saura-t-il se faire aimer ? Question oiseuse, en politique l'amour est une notion perverse. En France, on n'élit pas une femme ou un homme parce qu'on l'aime, mais parce qu'on n'aime pas son adversaire. Rares sont ceux qui ont suscité des passions et, là encore, les mêmes noms réapparaissent. Clemenceau, idolâtré, mais renvoyé dans ses foyers vendéens en 1920. De Gaulle, oracle intouchable, retournant à Colombey en 1969. Pétain, quasiment sanctifié par des foules en pâmoison, traîné devant un tribunal... Dieu protège Juppé de l'amour. Sa condamnation lui donne une auréole de martyr-bouc émissaire – à lui d'en user.

J'ai tenté de répondre à quelques-unes de ces cinquante questions que pose *Le Figaro* mais je ne suis pas certain qu'elles soient la préoccupation majeure des Français. Je nous connais. Ce qui nous importe, ce sont des problèmes plus personnels. Le gamin aura-t-il son bac, le banquier se montrera-t-il compréhensif à l'égard de mon découvert, ces mille et un soucis de la vie quotidienne qui ne concernent que nous et notre entourage. Alors, Armstrong, Juppé, Jospin, oui, pourquoi pas, mais après, bien après.

Quelques cailloux et un drapeau

C'est une petite information qui n'a pas fait la une des quotidiens, mais qui m'a réjoui. Figurez-vous qu'un volcan immergé à une trentaine de kilomètres au sud de la Sicile a toutes les chances, si l'on en croit les vulcanologues, de faire surface dans les prochaines semaines. On va donc voir apparaître un amas de rochers fumants, émergeant de quelques mètres. Or ce n'est pas la première fois que ce volcan s'amuse à venir respirer en surface. Il avait déjà fait le coup en juillet 1831 et avait donné lieu à de solides empoignades diplomatiques entre l'Espagne, l'Angleterre et le royaume de Sicile. C'était l'époque où il y avait encore de par le monde quelques terres vierges et inconnues qui appartenaient au premier qui y posait le pied. Il suffisait d'y planter un drapeau, de déclarer : « J'en prends possession au nom de Sa Majesté », et de rentrer dare-dare annoncer au roi que ses domaines s'étaient agrandis.

Pourquoi la Sicile, l'Espagne et l'Angleterre ? Parce que à cette époque l'Espagne administrait la Sicile. Et l'Angleterre, pour deux raisons : d'abord parce que ce rocher immergé était sur la route de l'Égypte, et surtout parce que les Anglais en ces temps lointains avaient une certaine boulimie à s'approprier des territoires à travers le monde. L'idée qu'il pût y avoir sur les océans un bout de terre où ne flottait pas l'Union Jack leur était insupportable. Entre l'Angleterre et l'Espagne, l'affaire faillit tourner mal, on échangea des notes aigres-douces et dans les ports on commençait des deux côtés à bichonner les canons et à briquer les ponts. C'est alors que le petit îlot eut le bon goût de disparaître sous les eaux. Cent cinquante-neuf ans plus tard, coucou le revoilà ! mais, cette fois, les Italiens, forts de la leçon, ont pris leurs précautions. Des plongeurs de l'armée sont allés planter un drapeau sur le sommet du volcan, à huit mètres de profondeur. Quand il fera surface, le temps de sécher, il flottera fièrement pour indiquer que, pour tout renseignement ou location, il convient de s'adresser à Rome. Bien sûr, ces quelques mètres carrés de cailloux hostiles n'ont qu'une valeur symbolique, mais l'histoire regorge de millions de morts qu'on a envoyés s'étriper pour un symbole. On a vu récemment les Marocains et les Espagnols se défier pour un îlot inhabité que leurs nations revendiquent. Toutefois il n'y a pas que le symbole, il y a aussi les eaux territoriales. Dès qu'une nation prend possession d'un bout de terre émergé, dans un rayon de vingt-deux kilomètres autour de ce point minuscule, elle est chez elle. Vous me direz qu'il y a peu de chances pour qu'on découvre du pétrole au sud de la Sicile, mais la propriété est un gage pour l'avenir. Dès que le volcan aura montré le bout de son nez, vingt-deux kilomètres tout autour, les poissons qui sont encore provisoirement à tout le monde deviendront italiens, et si quelque chalutier s'autorise à y jeter ses filets il sera fermement prié d'aller capturer ses scampi ailleurs.

On pouvait croire naïvement qu'avec la construction de l'Europe ces excès de nationalisme deviendraient obsolètes... Eh bien, non, ce vieux réflexe qui consiste à dire : « Là, c'est chez moi, et pas touche ! » est encore vivace. Il n'est qu'à se balader à travers la campagne française pour voir que la pancarte « Propriété privée, défense d'entrer » reste des plus répandues. Cependant ce qui est excusable à l'échelon du particulier, qui n'a pas envie de voir fleurir les papiers gras sur ses pelouses, l'est moins quand il s'agit de nations qui, à Bruxelles, fustigent ce nationalisme qui nous a fait tant de mal et envoient des plongeurs pour revendiquer la propriété d'un tas de cailloux qui n'est même pas encore apparu, et qui peut-être n'apparaîtra jamais. Moi, voyez-vous, je serais Neptune, le dieu de la mer, je passerais un coup de fil à Vulcain, mon homologue des volcans, en lui disant : « Je voudrais te demander un petit service, tu ne pourrais pas l'éteindre, ce volcan, parce que je sens venir le coup... S'il émerge, ils vont nous faire un sac, ils vont nous envoyer des bateaux de guerre, je les connais, et je serai obligé de faire une grosse tempête pour qu'ils rentrent chez eux. C'est un coin tranquille, alors à moins que tu en aies vraiment besoin de ce volcan, tu me l'éteins. Allez, tchao ! à charge de revanche. »

Vendez plutôt des armes

Le contribuable-citoyen n'est pas toujours un enfant de chœur. Sans être aussi naïf que les politiques se l'imaginent, il a ses petits travers. Il lui arrive de frauder, d'essayer de faire sauter ses contraventions, de faire repeindre son appartement en payant le peintre au noir, de tenter de grappiller quelques sous à l'État. C'est mal, c'est très mal, il le sait, mais que voulez-vous, il n'est pas parfait. Quand il faillit, l'État le rappelle sévèrement au respect des lois. Des inspecteurs dûment mandatés vérifient ses comptes et le prient, fermement, de bien vouloir régler dans les délais les plus brefs les 107 euros qu'il doit à l'URSSAF, augmentés d'une pénalité de 10 %. Tout cela est normal. Où irions-nous, je vous le demande, si tout un chacun pouvait à sa guise transgresser impunément les règles qui régissent la société et soustraire au budget de l'État des sommes qui lui sont nécessaires ?

Ce qui le surprend un peu, le contribuable-citoyen, c'est que le même État ne respecte pas toujours les contraintes qu'il applique aux autres. En ouvrant son journal, il est étonné d'apprendre que, pour vendre des bateaux de guerre à une puissance étrangère, il faille passer par des intermédiaires. Il conçoit volontiers qu'on ne vend pas des vedettes lance-missiles comme des poireaux. « Elles sont très belles vos vedettes. – Vous ne serez pas déçu, je vous en mets combien ? » Il se doute qu'il convient de faire à l'acheteur des facilités de paiement, lui accorder des ristournes à la manière des concessionnaires automobiles. Sans être un expert dans les arcanes délicats du commerce mondial des armes, il sait que nous ne sommes pas les seuls à fabriquer ce genre de bateaux, la concurrence est rude et il faut appâter le chaland. Il soupçonne même les implications politiques qui sont l'apanage de ce genre de marchés. Vendre des vedettes à Taïwan, c'est mécontenter la Chine, et les industriels qui ont des contrats avec cette dernière se sont inquiétés à l'idée de les voir dénoncer. Mais pourquoi diable des intermédiaires ? Dans sa grande naïveté, il imagine fort bien le ministre de la Défense du pays acheteur traiter directement avec son homologue du pays vendeur. On discute, on marchande, c'est la règle de toute transaction, mais de politique à politique, avec des pauses comme dans toute tractation, le temps de téléphoner aux instances supérieures : « Monsieur le Président, les vedettes de Taïwan peuvent nous rapporter tant, en revanche on risque de perdre le métro de Shanghai. » On pèse le pour et le contre dans des balances d'orfèvre et on décide.

Eh bien, non... ça ne se passe pas comme ça. Les tractations transitent par une compagnie pétrolière, et des intermédiaires viennent émarger pour des sommes conséquentes versées en Suisse par une banque de Hong Kong ou de Singapour, après avoir transité par Caracas ou Odessa, commission sur laquelle ne s'applique bien entendu aucune TVA et qui n'est soumise à aucun versement à l'URSSAF. Le contribuable-citoyen, qui comme nul ne l'ignore a mauvais esprit, compare ces sommes occultes avec son avis de 107 euros augmentés d'une pénalité de 10 % et il se dit qu'il a fait un mauvais choix. Au lieu de vendre des fromages ou des caleçons, au lieu d'ouvrir un restaurant ou un pressing, que n'a-t-il choisi de s'installer intermédiaire en vente d'armes ! Car il n'y a pas qu'en France que cette profession s'exerce, on en trouve dans tous les pays, quel que soit le régime, et pour tous les produits : des rails de chemin de fer au pétrole en passant par les boîtes de lait concentré, il y a toujours un intermédiaire qui pointe son nez et tend la main. Il y a quelques années de cela, sur un aéroport africain du golfe de Guinée, on pouvait voir trois chasse-neige qui rouillaient. Ils avaient été livrés par l'Union soviétique. On n'imagine pas un chef d'État africain commandant des chasse-neige. C'était fatalement un intermédiaire qui avait arrangé l'affaire, après quoi il a disparu pendant deux ans avant de se manifester à nouveau en vendant un lot de chambres froides aux Esquimaux. Ces gens ont du génie. Alors, bien entendu, il arrive parfois que la justice vienne mettre son nez, qu'elle a long et fouineur, dans leurs affaires ; il arrive même qu'on en mette parfois une ou un en prison, mais le fait de savoir que quelques millions d'euros vous attendent à la sortie dans une banque de Rio ou de Sumatra aide à supporter le bruit des clefs qui verrouillent chaque soir les cellules...

La bague de Fersen

C'est une jolie histoire, presque un conte. Je l'ai découverte sous la plume de Frank Ferrand. Elle prouve que, lorsque l'Histoire avec un grand H se pique d'imagination, aucun scénariste, si doué soit-il, ne peut rivaliser avec elle.

Le 21 juin 1791, la berline qui emmène loin de Paris Louis XVI et sa famille est déjà en retard au premier relais. Tandis qu'on change les chevaux, l'organisateur de la fuite, le comte de Fersen, demande au roi de lui permettre de l'accompagner jusqu'à Montmédy. Mais tant de ragots et de sous-entendus ont couru à Versailles sur les amours entre Fersen et Marie-Antoinette que Louis XVI ne tient pas à ce que celui qui passe pour avoir été l'amant de sa femme reste plus longtemps en sa compagnie. Il remercie Fersen, le serre dans ses bras et, avant de prendre congé, il retire de son doigt une grosse bague en or sertie d'une intaille, un grenat gravé en creux, et l'offre au comte. La berline repart vers son destin, vers Varennes en Argonne où le roi et sa famille seront arrêtés avant d'être ramenés à Paris.

Trois ans après l'exécution du roi et de la reine, Fersen donne la bague au comte de Brunswick, le vaincu de Valmy, avec mission de la transmettre à Louis XVII, le gamin prisonnier au Temple. En 1795, Louis XVII meurt et la bague reste dans la famille Brunswick qui n'oublie pas cependant la promesse faite à Fersen. Apparaît alors Charles Guillaume Naundorff, qui prétend être le Dauphin miraculeusement échappé du Temple. On sait aujourd'hui par les tests ADN que Naundorff était un imposteur, mais la famille Brunswick croit en la légitimité de Naundorff et elle lui remet la bague. Naundorff tente par tous les moyens de se faire reconnaître fils de Louis XVI ; il meurt en 1845 sans y être parvenu. Sa femme et ses enfants continuent son combat : ils assemblent un volumineux dossier où ils accumulent les preuves et, pour faire triompher leur thèse, ils engagent un avocat républicain, Jules Favre, afin d'intenter un procès en reconnaissance. Jules Favre plaide, mais il perd. Nous sommes sous le second Empire et les juges, pour impartiaux qu'ils soient, n'ont peut-être pas envie de venir jeter le fils de Louis XVI dans les jambes du nouvel empereur.

La famille de Naundorff est pauvre, elle n'a pas de quoi payer l'avocat ; pour le dédommager, elle lui donne la bague. Arrive la guerre de 1870 et la chute de l'Empire. Jules Favre a fait son chemin, il est ministre de la Guerre dans le gouvernement de Défense nationale et c'est lui qui est chargé de discuter avec Bismarck les conditions de l'armistice. Le 28 janvier 1871, il se rend à Versailles pour signer la cession de l'Alsace-Lorraine et le paiement par la France de cinq milliards de francs. Il se rend compte qu'il a oublié d'emporter les sceaux de la France qui doivent être gravés dans la cire chaude au-dessous des signatures. Il n'a pas les sceaux officiels, mais il a la bague. Il s'en ouvre à Bismarck et, avec son accord, il scelle l'armistice avec la bague de Fersen.

Un demi-siècle passe. Le 28 juin 1919, Clemenceau se rend à son tour à Versailles, cette fois pour signer le traité de paix qui consacre la défaite de l'Allemagne. Il connaît l'anecdote de Jules Favre. La capitulation de 1870, qu'il a vécue en qualité de maire de Montmartre, il ne l'a jamais oubliée et il est rancunier, le Tigre. Il demande : « Où est la bague de Jules Favre ? – Au ministère des Affaires étrangères, monsieur le Président. – Allez me la chercher. » Et c'est avec la bague de Fersen que Clemenceau scella dans la cire le traité de paix dans la galerie des Glaces.

Depuis, l'intaille est toujours au Quai d'Orsay. Le conservateur des Archives la sort peut-être de temps en temps de son écrin, et j'imagine qu'il la porte à son oreille. Elle a tant de choses à raconter.

Téléphoner ou faire l'amour... il faut choisir

N'étant pas de ces esprits chagrins et retardataires qui affichent envers les avancées de la technologie leur scepticisme, je suis fasciné par tout ce que le progrès nous apporte, même si parfois les faits viennent tempérer mon enthousiasme. Prenons, par exemple, cette étrange histoire de la nocivité des téléphones portables. Il y en a en France trente-cinq millions, c'est dire que si le marché n'est pas encore saturé, son expansion est en voie de se ralentir. Sans doute notre pays compte un peu plus de soixante millions d'habitants, toutefois il faut inclure dans ce nombre quelques millions de gamins en bas âge dont le vocabulaire restreint ne nécessite pas qu'on leur offre un téléphone mobile. J'imagine volontiers l'extase de la mère qui, le téléphone à l'oreille, s'écrie : « Il a dit Ma-man »... mais c'est pousser la tétine un peu loin.

C'est donc après nous avoir vendu trente-cinq millions de ces objets devenus indispensables qu'on s'avise brusquement des effets qu'ils pourraient avoir sur la santé. « Nous ne sommes sûrs de rien, nous annoncent les scientifiques, les études se poursuivent en laboratoire. On a exposé des vers de terre aux radiations d'un mobile et force est de constater qu'ils se tortillent bizarrement. » Ça n'est pas une preuve, mais c'est un indice. Par mesure de précaution, le ministre de la Santé nous a recommandé de ne pas téléphoner dans les parkings, et, pour les hommes, de ne pas mettre le portable dans une poche de pantalon pour, je cite, « éviter un éventuel cancer des testicules ». Ça, ce serait très embêtant. Si, en téléphonant à la dame qu'on aime, on prend le risque de ne plus pouvoir le lui prouver, le choix est cornélien. Nous avons déjà une campagne de la Sécurité routière qui nous dit : « Téléphoner ou conduire, il faut choisir ». Si on doit y ajouter : « Téléphoner ou faire l'amour, il faut choisir », les résiliations de contrats risquent de se multiplier. Mais il n'y a pas que les organes génitaux qui soient en danger, le cerveau l'est aussi, et pour pallier cette éventualité, on va peut-être nous recommander de ne plus porter notre mobile à l'oreille, ce qui amoindrirait son utilité. Pour indiquer qu'il parlait et qu'on ne l'écoutait pas, mon grand-père usait d'une expression triviale et imagée : « Parle à mon cul, ma tête est malade. » Je ne doute pas que, dans le même temps où ils font cohabiter un portable et un ver de terre, les fabricants ne se penchent sur ce problème : inventer un téléphone mobile qu'il faudra tenir à égale distance de nos fesses et de nos oreilles.

Autre sujet qui m'a réjoui, l'incendie qui s'est déclaré à la gare Saint-Lazare à Paris et qui a mis hors service tout le système électronique. Les ordinateurs commandant la billetterie et la régulation des trains ont tous été mis hors d'usage. Les cheminots ont retrouvé les vieilles méthodes d'autrefois. Avec un crayon, une gomme, une règle et du papier quadrillé, ils ont établi les organigrammes des trains en partance et à l'arrivée, comme leurs prédécesseurs le faisaient dans les années 1950, quand les 241 P crachaient leur vapeur sous les verrières de la vénérable gare illustrée par Claude Monet. La gare Saint-Lazare, par son trafic, est une des plus importantes d'Europe, et il n'est pas de semaine que les voyageurs arrivant de banlieue ne se plaignent avec véhémence des retards de leur train. Eh bien, le lundi qui a suivi l'incendie, tous les trains sont partis et arrivés à l'heure, à la minute près.

Vous me voyez venir avec mes gros sabots. Pour que la SNCF retrouve cette exactitude qui fut longtemps sa fierté, quand les roulants, chauffeurs et mécaniciens unis, n'avaient qu'une idée en tête : « Faire l'heure », peut-être faudrait-il balancer par la fenêtre tous les ordinateurs et en revenir aux graphiques minutieusement peaufinés à la règle et au crayon et continuer à vendre, comme après l'incendie, les billets sur le quai. Je n'irai pas jusqu'à suggérer de rétablir la vapeur, quoique la Lison de Zola eût, elle aussi, son terminus gare Saint-Lazare. Et voyez comme tout se complète à merveille : quand tous les trains arriveront à l'heure, on ne verra plus, au moment où ils entrent en gare, tous ces portables sortir en même temps pour annoncer : « Ça y est, ma chérie, nous arrivons. » Elles voient bien, les chéries, qu'ils arrivent, puisqu'elles sont sur le quai où elles poireautent depuis une demi-heure. Et cela évitera les horribles maladies qui nous guettent en portant à nos oreilles ces engins maléfiques...

Paraboles et métaphores

Inventée jadis par les Chinois, cultivée par les Grecs et portée à son apogée par un jeune homme juif entre le lac Tibériade et le mont des Oliviers, la parabole est un art délicat. Dissimuler les épines de la vérité sous les roses de la rhétorique n'est pas donné à tout le monde. Un politique doit savoir alterner la métaphore et l'attaque frontale. M. Marc Ayrault, président du groupe socialiste à l'Assemblée, a lancé une attaque sans nuance contre Jean-Pierre Raffarin : « C'est un conservateur bourgeois, frileux et versatile », a-t-il déclaré. Il a reçu aussitôt un coup de fil de Hollande : « C'était très bien, mais la prochaine fois, use de la métaphore. » François Hollande est un fin tacticien, il sait que, dans ce métier, celui qui n'userait que de la parabole deviendrait vite barbant, mais celui qui énoncerait chaque jour, avec des mots crus, ce qu'il pense ou ce qu'il croit sans se donner la peine de faire un joli paquet ne tiendrait pas la route. Hollande n'ignore pas que ce qu'on cache est plus important que ce qu'on dévoile, et il connaît la formule de Talleyrand : « La parole a été donnée à l'homme pour dissimuler sa pensée. » La semaine prochaine, M. Ayrault vous dira peut-être : « La gauche laboure pour les semailles futures de printemps sans se préoccuper de Jean-Pierre Raffarin, tracteur en panne au milieu du champ. » La parabole n'a pas à s'embarrasser de logique, seule l'image compte, c'est à l'orateur ou au polémiste à faire un choix.

Pour prendre un exemple célèbre, lorsque de Gaulle se retrouva devant les Canadiens venus l'acclamer, il avait une alternative, soit la parabole, et il aurait pu dire : « Le sirop d'érable se marie mal avec le pudding », soit la phrase choc. Il préféra : « Vive le Québec libre. » Les deux formules ont la même signification, le tout est de savoir si l'on suggère ou si l'on assène. Lorsque Jean-François Coppé, évoquant les attaques de caciques du PS, s'exclame : « La meute socialiste se déchaîne pour faire oublier ses échecs », il s'offre une image qui frappe les esprits, mais qui est contraire aux principes de la vénerie : quand une meute aboie, c'est qu'elle est sur les talons de la proie. Si elle l'a perdue au contraire, elle met une sourdine, les chiens sont comme les humains, quand ils font une connerie ils tâchent de se faire oublier. La parabole en politique doit être maniée avec précaution, sinon celui qui en est la cible se fera un malin plaisir d'en démonter l'absurdité. Quand Mme Voynet, interrogée sur le fait de savoir si elle s'en prendra aussi à ses collègues du parti communiste, répond dans un sourire : « On ne jette pas la pierre à un palmier stérile », elle ose une parabole qu'à première vue n'eût pas désavouée un apôtre. À seconde vue en revanche, ça ne veut pas dire grand-chose, car on ne jette pas de pierre à un palmier qui porte des fruits. Que ce soit des dattes ou des noix de coco, vous ne les ferez pas tomber en lançant des cailloux dans l'arbre. Vous allez penser que je cherche la petite bête et que je suis vraiment contrariant, c'est un peu vrai, mais c'est pour le bien de ceux qui occupent les estrades. Ce que je remarque, un grand nombre d'électeurs le remarqueront aussi. S'ils se mettent à éplucher les paraboles pour y traquer le manque de crédibilité, il y aura du ricanement dans l'air ; et, en France, le ricanement est le premier symptôme de l'évaporation des voix. C'est pourquoi je leur dis, méfiez-vous, n'usez de cette fleur de rhétorique qu'avec parcimonie, pour faire un effet, pour égayer une salle, du style : « Le purgatoire du Premier ministre ». Sinon, dites ce que vous avez à dire directement, sans fioritures, les électeurs qui ont autre chose à faire qu'à décrypter les messages codés vous en sauront gré.

N'oubliez pas qu'une des plus célèbres paraboles politiques

est encore restée indéchiffrable à ce jour. Elle date de quarante-sept ans. On la doit à Georges Bidault qui, à la tribune de l'Assemblée, s'écria : « Il vaut mieux se laver les dents dans un verre à pied que les pieds dans un verre à dents. » Ça fait presque un demi-siècle, personne n'a encore compris ce qu'il avait voulu dire.

L'automobile... ses joies et ses méfaits

Le Mondial de l'automobile s'est ouvert dans un contexte économique qui n'est pas des plus encourageants. Les immatriculations sont en recul et la lutte entre les grandes firmes, féroce. Pour comprendre ce phénomène, il faut revenir très longtemps en arrière.

Il y a des milliers d'années, dans une tribu primitive, un original travaillait dans sa hutte depuis des mois, défendant à quiconque d'approcher. Le chef de la tribu et le grand sorcier eux-mêmes ignoraient ce qu'il faisait. On le laissait tranquille, parce qu'il était un peu fou et tout à fait pacifique. Un jour, il convia la tribu entière à venir contempler le résultat de ses travaux. Le chef lui dit : « À quoi ça sert ? – Chef vénéré, lui répondit-il, ça servira à transporter les carcasses d'aurochs et les défenses de mammouth, avec beaucoup moins d'efforts. – Et comment appelles-tu ton invention ? – Je lui ai trouvé un joli nom, je l'ai appelée la roue. – Fais-nous une démonstration. » Quelques jours plus tard, l'inventeur plaça deux roues sous un châssis en bois, mit sur le châssis une douzaine de gamins, et deux des types les plus costauds de la tribu qui, après un effort au démarrage, transportèrent les gamins à l'autre bout du village aussi aisément que des fétus de paille, sous l'œil émerveillé des assistants. Pendant que le chef s'extasiait, le sorcier, lui, réfléchissait. À n'en pas douter, cette invention allait apporter à la tribu richesse et prospérité. Finis les transports harassants de quartiers de viande qu'il fallait apporter à dos d'homme depuis les zones de chasse jusqu'au lieu de séchage ; les troncs d'arbres si pénibles à traîner allaient s'entasser sans effort à côté des foyers, et nul doute qu'avec cet objet magique la tribu n'en vînt à régner rapidement sur ses voisines, qu'elle écraserait de sa prospérité. Le chef de la tribu se fit construire en priorité un véhicule capitonné de peaux d'ours pour se déplacer. Le sorcier sourit, il connaissait la vanité des politiques et il songeait qu'il y avait bien mieux à faire avec cette invention qu'à parader. Ayant réfléchi toute la nuit, il édicta le lendemain un décret qu'il fit graver dans la pierre, afin que nul n'en ignorât les termes : « Étant donné que, grâce à l'invention de notre génial compatriote, la richesse de la tribu, son train de vie et son confort vont considérablement augmenter, à partir d'aujourd'hui tout membre de la tribu qui transportera une marchandise quelconque sera tenu d'en donner un dixième au sorcier et un dixième au grand chef. Ceux qui utiliseront leur véhicule pour se transporter eux-mêmes d'un point à un autre paieront une taxe forfaitaire de dix silex taillés. »

Ainsi, l'impôt sur les véhicules suivit-il de quelques heures seulement l'invention de la roue. Au cours des siècles, les sorciers se muèrent en banquiers, les banquiers en financiers, et les financiers en ministres des Finances ; mais le processus de pensée est resté identique. Dès qu'une invention prend corps, lors même qu'elle est encore dans les cartons ou au stade expérimental, il y a toujours quelqu'un dans un bureau de Bercy qui se dit : « Qu'est-ce que ça peut nous rapporter ? » Les inventions de demain, celles que les revues scientifiques n'évoquent qu'avec précaution et sur lesquelles quelques initiés tâtonnent dans leur laboratoire, sont déjà étiquetées au ministère des Finances dans un dossier barré d'une inscription : « Taxes futures ».

C'est bien entendu un sophisme que d'affirmer que, de toutes les inventions du monde moderne, l'automobile est pour les taxivores la plus rentable, la plus juteuse et, disons le mot, la plus indispensable, car on ne voit pas comment un État pourrait aujourd'hui assurer son équilibre financier s'il n'y avait pour alimenter ses caisses ce personnage taillable et corvéable à souhait qu'on appelle un automobiliste. Car, ne nous y trompons pas, ce n'est pas l'automobile qui est taxée, c'est celui qui s'assoit à l'intérieur ; il suffirait en effet qu'il ne s'y asseye plus pour que le robinet se tarisse, car le premier euro tombe avec le démarreur. Mais le ministre des Finances peut en ce domaine dormir sur ses deux oreilles, la grève de l'automobiliste n'est pas pour demain.

Pourquoi ? Pour une raison qui relève davantage de la psychanalyse que de la logique. L'automobile est un véhicule d'égalité. Qu'il conduise une douze cylindres flambant neuve ou une quatre cylindres de quinze ans d'âge, tout individu, mâle ou femelle, qui s'installe derrière un volant est soumis aux mêmes contraintes et aux mêmes lois. L'un va plus vite que l'autre, c'est vrai, mais le feu rouge les remet au même niveau et la lunette du radar surmontée d'un képi qui veille sur l'autoroute sera moins indulgente envers le premier qu'avec le second, peut-être par fraternité de salaire. Ensuite, parce que, quelle que soit sa fortune, son métier ou son extraction sociale, le conducteur en montant dans sa voiture abandonne tous ses complexes. Trompé par sa femme, humilié par son patron, pris pour un vieux con par ses gamins, harcelé par son banquier, il est, en posant ses mains sur son volant, seul maître à bord. Pour reprendre la formule de Maurice Horgues : « Pour la première fois, cré bon sang d'cré vingt dieux où l'a quéque chose en main dont il fait que ce qu'il veut. » Et c'est là la chance extraordinaire des taxivores. Le Français, comme le disait Daninos, met dans sa voiture autant d'orgueil que d'essence. Or, l'orgueil peut peut-être faire avancer un cheval, mais il ne fera jamais bouger d'un centimètre quarante chevaux sous un capot. Il était donc inutile de taxer l'orgueil, il suffisait de taxer l'essence.

On disait il y a quelques années, vous vous le rappelez : « La France n'a pas de pétrole mais elle a des idées. » La formule a changé, la France n'a toujours pas de pétrole, mais elle a des énarques, l'ENA est la plus performante école à fabriquer des créateurs de taxes. C'est là où réside notre force, car dans un siècle, voire deux, les réserves de pétrole de l'Arabie saoudite ou de l'Iran seront épuisées, alors que la réserve de taxes en France est quasiment inépuisable. Mais, me direz-vous, si dans un siècle ou deux il n'y a plus de pétrole, que taxeront-ils ? Rassurez-vous, l'eau, l'atome, l'hydrogène et, croyez-moi, on ne leur refera pas le coup de l'Occupation pendant laquelle, débordés par les événements, les fonctionnaires de Vichy avaient oublié de taxer le bois consommé par les gazogènes.

Les politiques ne s'intéressent à l'automobile qu'en deux occasions : la première, évaluer la somme qu'elle peut rapporter pour combler les trous du budget, la seconde, savoir de quelle marque et de quelle puissance sera leur voiture de fonction. Pour le reste, ils n'y connaissent pas grand-chose et ont souvent proféré à son endroit des âneries dont ils ont le secret et qui, assenées avec l'aplomb de ceux qui tranchent une question sans en connaître le premier mot, laissent les spécialistes muets de stupéfaction. Julien Méline, qui n'était pas bête puisqu'il avait été président du Conseil, déclara en 1905 : « Tout laisse à penser que l'essor de l'automobile en France a atteint son point culminant et que, désormais, la demande ayant été satisfaite et le renouvellement des véhicules une échéance lointaine, nous devrions assister à une stagnation de la production. » Il devait bien y avoir à cette époque, en comptant large, 25 000 voitures en France. S'il n'y avait que la ponction monétaire de l'État rapace, le problème ne serait pas trop grave. Le contribuable-citoyen français est à ce point habitué aux ponctions qu'il les accueille avec indifférence et s'étonne même quand il n'en reçoit pas de nouvelles.

Une des menaces qui pèsent sur l'automobile, ce sont les défenseurs de l'air pur, des arbres et des petits oiseaux. Quand je lis : « Les restrictions de circulation vont peser lourdement sur l'automobile », je m'insurge contre ce détournement de vocabulaire. En réalité, elles vont peser lourdement sur l'automobiliste. Cette manie de confondre le contenant et le contenu est assez fréquente. Les défenseurs de la nature ont fait une découverte essentielle : l'automobile pollue et, afin que l'air retrouve sa pureté originelle, il suffit de l'empêcher de rouler. Cette idée a le mérite de la simplicité et s'est imposée sur toutes les tentatives faites auparavant, qui n'étaient que des demi-mesures, des expériences plus ou moins baroques nées du cerveau de gens qui n'osaient pas aller au bout de leurs convictions. Je me souviens en particulier d'un article dans lequel l'auteur donnait quelques conseils pratiques pour pallier la pollution qu'engendre un moteur. J'en avais retenu deux particulièrement réjouissants : couper le contact dès qu'on est arrêté à un feu rouge ou dans un embouteillage. On imagine que le conducteur qui suivrait ce conseil farfelu un vendredi après-midi entre l'Étoile et République parviendrait à destination avec une batterie à l'agonie et un démarreur prêt à rendre l'âme. Ensuite, démarrer en seconde en accélérant doucement. Les constructeurs ont inventé une première que tous les pollueurs inconscients utilisent avant de monter leurs vitesses. N'en tenez pas compte. Évidemment, en démarrant en seconde, votre véhicule avance par bonds successifs comme une sauterelle asthmatique et votre moteur va cliqueter. Mais comme le disait Jean Yanne dans un sketch célèbre, « quand on défend une noble cause, on ne va pas se laisser emmerder par un tas de ferraille ».

Les défenseurs de la nature, des arbres et des petits oiseaux ont accédé au pouvoir dans de nombreuses municipalités, dont Paris. Ils avaient prévenu : « Quand nous serons à la mairie, nous allons rendre la vie impossible aux automobilistes. » Pour une fois que des élus tiennent leur promesse, nous n'allons pas nous en plaindre. Le résultat a dépassé leurs espérances. Il n'est pas encore totalement atteint puisqu'on peut voir certains véhicules continuer de progresser. Pas de beaucoup, certes, trois cents mètres à la demi-heure, mais c'est encore trop. Lorsque toutes les voitures de Paris seront à l'arrêt, moteur coupé, la pollution sera vaincue et la mortalité des Parisiens par absorption d'oxyde de carbone tendra vers zéro, ce qui libérera les lits d'hôpitaux pour les crises cardiaques des conducteurs.

Gaston, Maurice et Conan

Je suis allé voir *Le Mystère de la chambre jaune*, le film que Bruno Podalydès a tiré du roman de Gaston Leroux. Je me méfie toujours un peu des adaptations cinématographiques ou télévisuelles des œuvres populaires, qui donnent souvent envie de relire l'original. Le film de Podalydès respecte parfaitement ce qu'a imaginé Leroux. Dès sa parution en feuilleton, puis dans le supplément littéraire de *L'Illustration*, le roman fut un énorme succès. L'auteur, pour la première fois, s'attaquait au mystère absolu, la quadrature du cercle de l'énigme policière. Une chambre hermétiquement fermée de l'intérieur. Un cri, un coup de feu, on enfonce la porte, la victime, blessée, gît à terre, mais pas d'assassin et aucune issue par laquelle il aurait pu s'enfuir. Le problème avait été déjà abordé par Conan Doyle, seulement il y avait dans le mur un trou, tout petit, mais suffisant pour laisser passer un serpent venimeux. Chez Edgar Poe, c'est un singe, et un enfant chez Maurice Leblanc. Chez Leroux, il n'y a aucune explication logique jusqu'à ce que Rouletabille, journaliste détective de dix-huit ans, ne dévoile la vérité. *Le Mystère de la chambre jaune* vit, de surcroît, ce cas unique d'un héros dont le nom change au deuxième épisode. Leroux l'avait appelé Boitabille ; un obscur romancier revendiqua le nom et menaça de faire un procès. Leroux changea Boitabille en Rouletabille, et Boitabille et son inventeur sombrèrent dans un oubli dont nul ne les a tirés. Journaliste et chroniqueur judiciaire, Leroux est passé à la postérité grâce à ses trois enfants, Rouletabille, Chéri-Bibi et le Fantôme de l'Opéra.

La fin du XIXe et le début du XXe virent naître en littérature un personnage qui allait avoir une nombreuse descendance : le détective ; celui qui confond le criminel ou résout une énigme par son intelligence, son raisonnement et sa logique. Ces précurseurs se nomment Sherlock Holmes, Rouletabille, Arsène Lupin, leurs fils et petits-fils : Hercule Poirot, Maigret, Wenceslas Vorobeitchik, Wens pour les intimes, Lemmy Caution, Navarro, Cordier ou Julie Lescaut. Les ancêtres sont très différents de méthode et de caractère. Sherlock Holmes peut deviner la profession d'un individu rien qu'en examinant un bouton de sa veste. Rouletabille est contradictoire, tantôt il scrute les lieux à quatre pattes, tantôt il prétend que les faits peuvent contrarier la logique et il ferme les yeux pour ne pas les voir. Le plus fou, le plus extravagant, c'est Lupin. Sherlock Holmes est détective, il livre le coupable à la police. Rouletabille est journaliste, il élucide le mystère, mais refuse de donner le coupable à la justice, chacun son métier. Lupin, lui, dénoue les énigmes à son profit. Il ajoute le panache, c'est le Vautrin de Balzac doublé de Cyrano. Il est français et cocardier jusqu'au bout des ongles, le cher Arsène. Quand l'empereur d'Allemagne fait appel à ses dons (nous sommes avant la guerre de 14), c'est tout juste s'il ne lui demande pas l'Alsace-Lorraine.

Si vous n'avez jamais ouvert un Lupin, ce que je n'ose imaginer, commencez par *L'Aiguille creuse* ; il m'étonnerait que vous releviez le nez avant la fin. Dans ce roman apparaît le personnage de Beautrelet, et Beautrelet, lycéen de dix-huit ans surdoué, c'est presque Rouletabille. Clin d'œil, coup de chapeau peut-être de Leblanc à Leroux. Avec Conan Doyle en revanche, ça se passe très mal. Leblanc rêvait de l'affrontement entre Lupin et Sherlock Holmes ; Conan Doyle refusa de prêter son héros. Alors, pirouette, un détective anglais débarque dans l'œuvre de Leblanc, il se nomme Herlock Sholmès, il est très fort, mais toujours battu par Lupin... Élémentaire, mon cher Conan. Ultime mimétisme, il y a chez Leroux un bandit qui devient inspecteur de police, comme il y a chez Leblanc un Victor, patron de la brigade mondaine, qui n'est autre que Lupin. Là encore Vautrin, alias Vidocq, n'est pas loin. C'est vrai, et je ne le dissimule pas, des trois inventeurs, c'est Leblanc que je préfère. Si Leroux a réussi un coup magistral avec *Le Mystère de la chambre jaune*, la suite, *Le Parfum de la dame en noir*, est moins réussie. L'auteur accumule les situations dramatiques et les coups de théâtre pour un dénouement peu crédible.

Où trouver les origines du roman policier ? Quel fut le premier en littérature à ouvrir la voie à ces hommes qui, par leur intelligence et leur sens de l'observation, devinent et expliquent ce que personne n'a vu ? Une fois encore, c'est le maître, le patron, l'inégalable dans l'art de passionner le lecteur qu'il faut remercier, le père Dumas. Souvenez-vous : seul dans sa cellule, rien qu'en raisonnant sur les faits, l'abbé Faria démonte devant Dantès le complot qui l'a amené au château d'If. Plus étonnant encore : dans *Le Vicomte de Bragelonne*, Louis XIV envoie d'Artagnan examiner les lieux du combat nocturne entre de Guiche et de Wardes, et le mousquetaire, en scrutant le terrain, examinant les pas des chevaux dans la terre, les crins accrochés aux ronces, les balles dans l'écorce des arbres, reconstitue le combat dans son intégralité. On ne me fera jamais croire que Conan Doyle n'a pas lu ce chapitre de Dumas.

Tous ceux qui, aujourd'hui, se délectent de polars, ceux qui aiment Maigret ou qui ont frémi en lisant *Le Silence des agneaux* savent ce qu'ils doivent aux précurseurs. Vous pouvez, sans crainte de vous lasser, passer avec Lupin de *L'Aiguille creuse* à *813* et au *Bouchon de cristal* ; avec Leroux, de *Rouletabille chez le tsar* au *Château noir* ; chez Conan Doyle, du *Chien des Baskerville* au *Dernier Coup d'archet*. Car Sherlock Holmes joue du violon pour se détendre et il fume de temps en temps une pipe d'opium ou de haschich, comme le comte de Monte-Cristo. Mais chut, ne le répétez pas, si Nicolas Sarkozy apprenait ça !

« Les tragédies des autres sont toujours d'une banalité désespérante. »

Oscar Wilde

Un enseignement injuste mais salutaire

Il s'en passe de belles à l'École nationale d'administration, la prestigieuse ENA, pépinière des élites qui auront demain en charge de faire fonctionner les rouages de la république. Un vent de fronde a soufflé sur la promotion René Cassin dont une majorité d'élèves critique la procédure de notation qu'ils qualifient de « sommaire et largement entachée d'arbitraire ». Devons-nous en déduire que l'école, qui façonne les préfets, les ministres et les présidents de la République pour les décennies à venir, pratique le favoritisme ? C'est ce qu'affirment sans ambiguïté les victimes. Lors d'un oral de fin de stage, un jeune homme s'est entendu dire qu'il faisait « trop » énarque. Si on se met à reprocher aux élèves de l'ENA de faire trop énarques, c'est la porte ouverte à tous les abus. Irait-on reprocher à un Saint-Cyrien d'avoir le profil « trop militaire » ou à un petit rat de faire « trop danseuse », et ce d'autant plus que penser que l'ENA fait l'énarque, c'est prendre le problème à l'envers. Je pense au contraire que le futur énarque possède à sa naissance un chromosome particulier qui le rend inapte à toutes autres études. Voudrait-il se lancer dans la cuisine, l'architecture ou le théâtre, qu'il échouerait piteusement. Sa voie est tracée dès son berceau et il serait à la fois vain et criminel de vouloir l'en détourner. Un autre élève s'est plaint du reproche qu'on lui a fait d'avoir une voix trop haut perchée pour exercer des fonctions d'autorité. Curieuse notion de l'autorité, comme s'il fallait avoir le timbre de Chaliapine pour exercer une haute fonction. Je conseillerais volontiers à cet élève de faire entendre à son professeur un enregistrement de Léon Blum, qui avait une voix de fausset, ce qui ne l'empêcha pas de faire la carrière que l'on connaît et d'être de surcroît un tribun écouté. Aujourd'hui, Nicolas Sarkozy n'a pas une voix de stentor et il n'apparaît pas que son autorité en soit affectée. Pour avoir une bonne note à l'ENA, confie un élève, il faut être sympa et cool, être le chouchou. Et de dénoncer un esprit de caste et la soumission de l'enseignement à un but utilitariste. Forts de tous ces arguments, certains élèves ont déposé un recours administratif contre leur notation. Déboutés, ils ont fait appel devant le Conseil d'État.

Il convient de remarquer que c'est la première fois, à ma connaissance, que les élèves d'une école saisissent une haute juridiction de l'État sur les notes qui leurs sont attribuées. Si le Conseil d'État se saisit de leur demande et leur donne raison, cela va faire jurisprudence et, comme il serait injuste, au nom de l'égalité, que seuls les élèves de l'ENA aient ce privilège, le Conseil d'État risque de se voir assaillir d'une foultitude de demandes identiques. « Mes chers collègues, dira le président de la docte assemblée en ouvrant la séance, nous sommes saisis de 16 387 appels en révision de notes. La première émane de Panichel Hector, élève de sixième au lycée du Mans, qui a eu à traiter du sujet suivant : « En quoi dans le théâtre les tragédies de Corneille se différencient-elles de celles de Racine ? » Le professeur de Panichel Hector ayant noté en marge : « N'a rien compris au sujet », je vais donc vous lire sa copie. Il y a fort à parier que, soumis à ce régime, les éminents membres du Conseil d'État ne sombrent rapidement dans la dépression.

Mais permettez-moi de me faire l'avocat du diable et de prendre la défense des professeurs de l'ENA. Il y a dans le *Topaze* de Marcel Pagnol une scène savoureuse où un prof explique à ses confrères qu'il a mis au point une méthode arbitraire, mais efficace de punitions, qui consiste à choisir les coupables plutôt qu'à les chercher. Les autres se récrient : « Ce sont des procédés inadmissibles et injustes ! – C'est vrai, répond le prof incriminé, mais quand on dirige des enfants, il faut de temps en temps commettre une belle injustice, bien nette, bien criante... ça les prépare pour la vie. » Qui sait si les profs de l'ENA n'ont pas appliqué la théorie inventée par Pagnol. Les élèves qui se plaignent aujourd'hui vont pour la plupart se lancer dans un des métiers les plus difficiles qui soient, la politique. Ils s'imaginent peut-être, dans leur naïveté juvénile, que la route qui mène aux lambris dorés des ministères est parsemée de pétales de rose et que l'on n'y progresse que grâce aux vertus conjuguées du travail et du talent. Il est peut-être utile de leur enseigner tout de suite qu'il n'en est rien. Ils vont progresser dans un milieu où fleurissent les chausse-trappes, la jalousie, les coups bas, les rancœurs et les insinuations perfides. Il leur faudra se construire une carapace et se souvenir chaque jour de la phrase de Chateaubriand : « Soyez avare de votre mépris, il y a tant de nécessiteux. » Un ministre nommé fait un heureux et vingt jaloux qui sont persuadés avoir autant que lui les capacités d'exercer sa fonction. Ils apprendront sur le terrain que le talent a pour corollaire la haine et que la médiocrité n'exclut pas la réussite. Ils se souviendront que Joseph Laniel faillit devenir président de la République et que Mendès France ne fut Premier ministre que 245 jours. Ils côtoieront si souvent l'injustice et en seront si souvent victimes que ça n'est peut-être pas une mauvaise idée que de leur inculquer que, dans la carrière qu'ils ont choisie, elle sera leur pain noir quotidien.

Opinions génétiquement modifiées

Étant d'une nature sceptique et peu encline à embrasser une cause sans en connaître les données exactes, je me suis interrogé – comme vous l'avez sans doute fait vous-même – sur les arrachages d'OGM qui sont en train de prendre une dimension rocambolesque. Je me suis dit : « Voyons, si la Confédération paysanne emmenée par José Bové saccage les plantations de maïs transgénique, ça ne peut pas être dans le seul but de faire parler d'elle. Je sais bien que son leader, avec sa bonne tête de Gaulois madré, possède ce don inné d'attirer les caméras de télévision comme la confiture attire les guêpes et qu'il doit mal dormir quand, par hasard, une journée s'écoule sans qu'on parle de lui, mais ma nature bienveillante me pousse à faire crédit aux gens et à ne jamais condamner sans tenter de comprendre leur motivation. » J'ai pensé : « Après tout ils ont peut-être raison, les Organismes génétiquement modifiés sont un danger qui menace notre santé et surtout celle de nos descendants. » Ce bon José n'est pas homme à lancer cette croisade sans avoir des arguments scientifiques solidement étayés. Et j'étais tout prêt à applaudir, voire même à m'acheter une serpe pour me mêler au combat et apporter mon humble contribution à la sauvegarde de l'humanité. Cependant, c'est mon signe qui veut cela (les Balance pèsent toujours le pour et le contre), avant d'aller sectionner le maïs diabolique, j'ai voulu entendre un autre son de cloche. J'ai donc téléphoné au ministère de la Recherche. « Bonjour. – Bonjour, monsieur. – Est-ce que vous auriez quelque documentation sur les OGM ? – Bien sûr, c'est un opuscule que nous venons d'éditer et qui tente de faire le tour du problème. – Et c'est fait par des gens qui s'y connaissent ? – Oh oui, il y a des biologistes, des directeurs de laboratoires d'écologie au CNRS, des professeurs de sciences économiques, en tout une quinzaine de scientifiques de très haut niveau. – Dernière question. Est-ce qu'ils en savent plus sur le sujet que José Bové ? – Plus ? Mon Dieu, peut-être pas, mais certainement autant. – Vous pouvez me l'envoyer, cet opuscule ? – Mais oui, monsieur. » Je l'ai reçu et je l'ai lu de la première à la dernière page. Évidemment, ce n'est pas San Antonio, mais ce n'est pas d'une lecture trop aride pour un béotien, et on y apprend des choses assez surprenantes. Par exemple, qu'un tiers des espèces végétales existant actuellement sur la planète sont des OGM. OGM naturels, car au cours des millénaires les plantes, pour survivre, se sont régénérées par hybridation ; ou artificiels, parce que, depuis la nuit des temps, les agriculteurs ont pratiqué le croisement pour améliorer les produits de leurs cultures. Le mulet, par exemple, n'est rien d'autre qu'un OGM artificiel. Aucun âne n'aurait eu l'idée de s'offrir une jument si on ne l'avait pas aidé, parce que c'était quand même un peu haut pour lui. Les recherches portent aujourd'hui sur la résistance autonome de certaines plantes face à leur ennemi naturel, d'où la diminution, voire la disparition, des herbicides et la régression de la pollution.

La pyrale du maïs, vous connaissiez ? Moi pas ! C'est une chenille qui s'introduit dans la tige et entreprend de la bouffer. En introduisant un gène dans la semence, on rend le maïs autorésistant à la bestiole. Les plantations de coton en Chine étaient détruites par une larve ; le coton transgénique que produisent désormais les Chinois leur ont permis d'éradiquer ce fléau. On pourrait multiplier les exemples.

Un jour peut-être, en Afrique ou en Asie, on sera capable de cultiver des plantes transgéniques qui combattront certaines maladies endémiques, propres à ces pays. D'en créer d'autres qui résisteront mieux à la sécheresse. Par le transfert des gènes, les hommes de science cherchent, avec précaution et humilité, s'il ne serait pas possible d'adapter le lait de vache pour les nourrissons ; un tabac transgénique qui produit de l'hémoglobine humaine, et on entrevoit, par transfert de gènes, la guérison de l'hémophilie et de la mucoviscidose. L'opuscule du ministère de la Recherche précise bien : il faut être prudent, la biotechnologie avance à petits pas, en s'entourant de précautions ; et il conclut : « Il faut confronter les connaissances et aider la décision publique en se démarquant du champ émotionnel. » Si cette étude vous intéresse, elle est disponible sur le site Internet du ministère de la Culture. Alors, en pensant à ceux qui, jadis à Lyon, sur les pentes de la Croix-Rousse, cassèrent les métiers à tisser de Jacquard, je crois que finalement je n'irai pas acheter ma serpe.

Les géants des mots croisés

Sans en être un adepte fervent, je sacrifie parfois aux rites du mot croisé. Cette religion compte quelques millions de fidèles qui, pour rien au monde, ne manqueraient leur grille quotidienne. Rien de tel pour meubler quelques heures de train ou d'avion que de tenter de déjouer les pièges linguistiques que vous tendent des experts qui savent jouer avec virtuosité de toutes les subtilités de la langue française. Né en Angleterre, adopté par les Américains, le mot croisé est arrivé en France dans les années 20 du siècle dernier, et d'emblée, il a séduit quelques esprits affûtés qui ont trouvé dans l'art des définitions un moyen de faire briller les facettes de leur talent. Quelques formules sont restées célèbres.

Comme on ne prête qu'aux riches, c'est à Tristan Bernard qu'on a attribué la fameuse « Vide les baignoires et emplit les lavabos : Entracte », alors qu'elle est d'une femme, Renée David. Mais Tristan en a épinglé quelques-unes à son palmarès : « Femme de feu : Veuve. Suit le cours des rivières : Diamantaire. Lève son drapeau en signe de liberté : Taxi. » (C'était l'époque où le compteur des taxis était à l'extérieur du véhicule, le conducteur rabaissait, quand il était en course, une petite plaque métallique qu'il redressait quand il déposait son client.) « Unit des idées et des localités : Car. Moins cher quand il est droit : Piano. Ne reste pas longtemps ingrat : Âge. »

Les mots croisés mirent même les services secrets en alerte. Quelques semaines avant le débarquement en Normandie, un journal britannique publia des grilles où l'on trouvait Utah, Omaha et Overlord... Trois noms de code ultra-secrets de l'opération. On interpella l'auteur qu'on interrogea longuement, avant de le libérer. Il ne s'agissait que d'une surprenante coïncidence. Il y a peu de femmes ou d'hommes d'esprit qui n'aient un jour voulu goûter à cet exercice. Antoine Blondin lui-même s'y laissa prendre avec le délicieux : « Engendre des pompiers sur une grande échelle : Académisme. » Au dessinateur Chaval, on doit : « Le soleil peut lui être fatal : Acrobate. »

Entre les auteurs de définitions et ceux qui tentent de les déchiffrer s'établit une complicité. Scipion, qui nous a quittés récemment, avait une tournure d'esprit très particulière, et quand on était entré dans son univers, c'est-à-dire quand on l'avait décodé, on résolvait plus facilement ses énigmes : « Du vieux avec du neuf : Nonagénaire. Crevasse : Mourusse. Feu rouge : Staline. Héroïne pure : Blanche-Neige. Un examen où l'on est sûr de se faire étendre : Psychanalyse. » Bien sûr, il fallait un brin de culture pour se lancer dans les grilles de Scipion ; ceux qui ignoraient tout de la chartreuse de Parme ne pouvaient pas trouver : « Aimait trop le Parmesan : Sanseverina », et les technocrates qui encombrent les cabinets ministériels ne lui ont jamais pardonné cette définition de l'ENA : « Fait aller au cabinet. » Max Laclos a laissé quelques formules somptueuses : « Inquiétante à partir de 39-40 : Fièvre. Une bonne partie du Finistère : Bécassine. État de Caroline du Sud : Monaco. Petite pièce qui prolonge la chambre : Rustine. » Et ce petit bijou : « Quarante à l'heure : Moins vingt. » Nous sommes là dans la fine fleur de ce que peut offrir une langue aussi riche que la nôtre, où le jeu de mots allume des feux d'artifice. Et puis, il y a bien sûr, pour tous les adeptes, l'irremplaçable oncle Max, censeur des Chiffres et des Lettres à la télévision. Max Favalelli, dont on se remémore avec délice les classiques : « À sa réception, il y a souvent un chef : Matraque. Ne s'abaisse jamais devant quelqu'un d'important : Strapontin. Avec lui, la lune est dans l'eau : Bain de siège. A les défauts de l'enfance sans en avoir les agréments : Gâteux. » Max s'était même offert le luxe d'un petit clin d'œil qui aurait pu lui coûter cher. Pendant l'Occupation, il donna dans un mot croisé la définition suivante : « A bien mérité le bâton : Maréchal. » C'était en apparence anodin, mais au deuxième degré, quand on pensait à Pétain, un tantinet subversif. Si les vigilants censeurs qui surveillaient la presse s'y laissèrent prendre, certains cruciverbistes savourèrent.

Pour en savoir davantage sur les mots croisés et sur ces exercices de style qui sont les fontaines lumineuses de la langue, je vous renvoie, comme je l'ai déjà fait, au merveilleux livre de Claude Gagnière : *Pour tout l'or des mots*, dont chaque page est à savourer.

À propos... savez-vous à quoi on reconnaît un optimiste à tous crins, celui qui est sûr de lui, qui ne doute de rien ? À ce qu'il fait des mots croisés avec un stylo à encre...

> « Oui je suis juif, et quand les ancêtres de mon honorable adversaire erraient comme des sauvages dans cette île encore inconnue, les miens bâtissaient le temple de Salomon. »
>
> BENJAMIN DISRAELI

Un terreau propice

On a vu réapparaître récemment, sur les murs, çà et là, des inscriptions antisémites dont la communauté juive de France s'est émue. On les a attribuées à la crise du Moyen-Orient, à la guerre antiterroriste en Afghanistan, voire à l'endoctrinement de certains musulmans. Les attentats du 11 septembre et leurs conséquences, la recrudescence du conflit entre Israéliens et Palestiniens sont pour une part sans doute à l'origine de ces graffitis nauséabonds. Cependant, tous les jardiniers vous diront qu'une plante, même vénéneuse, pousse avec d'autant plus de vigueur que le terreau lui est propice, et il existe en France un vieux fond d'antisémitisme latent qui se réveille de temps à autre, comme ces maladies que l'on croit éradiquées, mais dont les virus ne sont qu'endormis, et qui se réveillent brusquement un jour, au grand désarroi des médecins. Il faut regarder en arrière pour tenter de comprendre.

Lorsque éclata en France, en 1896, l'affaire Dreyfus, qui allait pendant dix ans empoisonner la vie politique avec son cortège de haine, de lâcheté et d'ignominies, les autres pays nous regardèrent avec ahurissement. Qu'était-il donc arrivé aux Français, à ces fils de Voltaire, de l'abbé Grégoire, de Condorcet, qui avaient inventé la tolérance et les droits de l'homme, et qui venaient, onze ans auparavant, d'enterrer triomphalement Victor Hugo, lequel n'avait cessé d'exalter la prédominance de l'homme ? Étaient-ils devenus fous ? Non. Plus simplement, l'affaire Dreyfus éclatait dans un pays où le terreau était favorable. Il n'y avait pas, à cette époque, de communauté musulmane en France. Édouard Drumont avait publié *La France juive* et la méfiance, l'hostilité larvée, le rejet sur la communauté juive de nos problèmes, le tout activé par des intellectuels de haut niveau et toléré par des politiques qui ne voulaient pas heurter leurs électeurs, trouvaient un large écho dans la population. La France de 1896 était pour une part antisémite, alors que l'Allemagne ne l'était pas, et l'Angleterre encore moins. Il faudra attendre 1936 pour voir un président du Conseil juif à Paris, alors que les

Anglais avaient été gouvernés par Disraeli en 1868. La Russie des tsars était antisémite, « pogrom » est un mot russe. La Pologne l'était aussi, l'URSS de Staline ne s'en était pas débarrassé ; mais, jusqu'au délire meurtrier des nazis, ce fut en France que, par période, la haine des Juifs fut étayée, relayée par des intellectuels, des artistes, des universitaires, des politiques. Et le poison coula longtemps dans les veines puisqu'en 1945, lors de son procès, Charles Maurras s'écria : « C'est la revanche de l'affaire Dreyfus. » Cette caution de grands esprits offrait une normalité à l'immoral, on était antisémite comme on aurait fait partie d'un club ou d'une association. De braves gens par ailleurs, qui n'auraient pas fait de mal à une mouche, mais que cet empoisonnement à doses répétitives amena à la passivité, le jour où l'on entassa les Juifs dans les wagons de Drancy. « Oui, ce n'est pas bien... surtout les enfants... Mais nous ne sommes pas responsables. » Bien sûr qu'ils l'étaient, et ils le savaient bien. Comme ces femmes polonaises que Claude Lanzmann interroge dans *Shoah* et qui avouent : « On a vu partir les Juives... Maintenant, bien sûr, on sait où elles allaient, mais à cette époque on était plutôt contentes... Les hommes du village revenaient vers nous. »

J'ai déjeuné l'année dernière à côté d'un monsieur fort bien de sa personne qui m'a confié : « Vous savez, je ne suis pas antisémite... » Ce préambule est toujours sujet à surprise : « Mais quand même, ils sont partout, la presse, la télé, la banque, le cinéma... » Je lui ai répondu : « Vous savez que vous êtes en train de reprendre point par point les arguments d'une exposition que les Allemands avaient organisée en 1942 à Paris et qui s'appelait "Le Juif et la France" ? » Eh bien, cet homme fut choqué et ne m'adressa plus la parole. Ce qui ne me fit nulle peine.

Avez-vous remarqué qu'il n'y a pas de contraire à antisémite ? Vous n'entendez jamais quelqu'un dire : « Je suis prosémite », ça ne veut rien dire, c'est idiot... Donc, on est antisémite ou normal, et il en va de même de tous les racismes, qui sont une sorte de maladie mentale contre laquelle la médecine est impuissante. Pierre Dac remarquait : « Quand un Français est con... on dit quel sale con... Quand un Juif est con, on dit quel sale Juif. Je revendique pour les Juifs le droit d'être cons. » Phrase admirable, car en effet le jour où on pourra dire : « Vous êtes con » à un Juif, un Arabe, un Chinois, un Noir, un Corse, un Breton, un Jurassien, non pas à cause de son origine, mais de sa bêtise, parce qu'il y a des tarés partout... le problème du racisme sera résolu. Mais ce n'est pas pour demain.

Peut-on rire de tout ?

Peut-on rire de tout ? Je crois que c'est une question de personnalité. Certains le peuvent, d'autres pas, et je me range dans cette deuxième catégorie. Il est tant de sujets qui prêtent à plaisanteries – les politiques, les technocrates, l'administration et ses outrances, les sociologues péremptoires que le doute n'effleure jamais, les experts qui tranchent les corps constitués – que je me refuse à tenter de faire sourire avec les innombrables misères de ce pauvre monde. Alors, on me rétorque : « L'humour noir. » J'en suis parfois friand, mais ça n'est pas ma spécialité, et ma plume se bloque au seuil de la détresse. D'autres y parviennent, je ne leur jette pas la pierre, et parfois même ils me font rire ; j'applaudis, mais je ne sais pas le faire. Il y a entre l'insolence et la dérision agressive une frontière que j'hésite à franchir. Je vais vous donner un exemple. Vous avez entendu comme moi des plaisanteries sur les camps d'extermination, eh bien, cinquante ans après, je ne les supporte pas, sauf si elles sont racontées par ceux qui les ont connus. Eux seuls ont le droit d'exorciser par le rire ce qu'on leur a fait. Le rire est trop salvateur pour qu'on le gâche, qu'on l'habille de morale ou qu'on le détourne. Il a toujours été, et il reste l'arme des opprimés envers ceux qui les oppressent. Les Italiens se vengeaient des razzias de Bonaparte sur les œuvres d'art. « Les Français sont tous des voleurs, disaient-ils... Il ne faut pas exagérer, pas tous, mais une bonne partie... » Et en italien, une bonne partie se dit « Buonna parte ». Les Français ont ri sous l'Occupation, à mi-voix ; on se murmurait à l'oreille : « Quand même, Pétain prône le retour à la terre ; à son âge il pourrait donner l'exemple. » C'était féroce, mais ça consolait des rutabagas cuits à l'eau. Aujourd'hui, où la perfidie remplace souvent le trait, on se prend à rêver de Rochefort s'écriant à la mort de Thiers : « C'est la deuxième fois qu'il libère le territoire », ou quand on lui reprochait d'attaquer encore Gambetta après son décès et qu'il répondait, superbe : « La mort n'est pas une excuse. » Ou encore Vaugham, le patron de *L'Aurore*, offrant à Félix Faure qui venait de disparaître cette épitaphe : « En entrant dans le néant, il a dû se sentir comme chez lui. » Ces hommes maniaient le fouet, jamais l'insulte. Ils riaient de la mort. Je les admire, cependant je ne cherche pas à les imiter. Je préfère le fleuret moucheté qui égratigne, mais je ne porte aucun jugement sur ceux qui manient la tronçonneuse. Il faut bien que tout le monde vive.

Dieu pour moi

M. George W. Bush a fait voter par le Congrès le principe d'une journée exceptionnelle de prières pour attirer la bénédiction de Dieu sur les soldats américains stationnés en Irak. Les Français, habitués à vivre dans une république laïque, sont toujours un peu étonnés de voir la démocratie américaine faire aussi fréquemment référence à Dieu. Le président élu prête serment sur la Bible, et la formule « *God bless America* » est une constante de toutes manifestations. Cette journée de prières pour les GI est un peu ingrate pour leurs alliés britanniques. Cette façon de dire « Seigneur, protégez d'abord nos soldats et, s'il vous reste cinq minutes, pensez aussi aux Anglais » n'est pas très fraternelle. George W. Bush a adapté l'adage « Chacun pour soi et Dieu pour tous » et l'a transformé en « Chacun pour soi et Dieu pour nous ». Cet appel aux puissances supérieures quand il s'agit d'aller au combat n'est pas une nouveauté. Les Grecs et les Romains ne se lançaient jamais dans une bataille sans demander aux augures d'étriper quelques poulets et de leur donner leur pronostic. Les augures restaient en général évasifs pour éviter les foudres des généraux vaincus qui déjà, à cette époque-là, avaient tendance à faire retomber leur incurie sur la tête des autres. Rares sont dans l'Histoire les stratèges qui ont assumé leur défaite en disant : « C'est ma faute. » Ce fut toujours l'intendance qui ne suivait pas, Grouchy qui arrivait trop tard, le pouvoir politique qui freinait l'action, le roi des Belges qui capitulait, bref tout un tas de boucs émissaires qui avaient compromis l'action du génial commandant en chef. Par la suite, pas une guerre ne se fit sans que Dieu ne fût enrôlé sous les bannières. Des deux côtés, on chargeait en criant : « Pour Dieu et pour le Roi. » Quand on remportait la victoire, on la célébrait par un vibrant « Te Deum » ; quand on prenait une raclée, on se faisait plus discret et l'on pensait que le Tout-Puissant avait voulu, par cette défaite, punir les péchés des princes qui, renonçant pour un temps à leurs amours adultères, retrouvaient miraculeusement le chemin du lit conjugal.

L'Église ayant été séparée de l'État, on a pu croire que cette coutume d'enrôler Dieu dans l'armée était devenue obsolète ; c'était mal connaître la force des habitudes. En 1940, alors que les blindés de Guderian déferlaient à travers les plaines du Nord, le gouvernement au grand complet se rendit à Notre-Dame pour demander à Dieu de sauver la France. Dieu, bien sûr, dut sourire dans sa barbe, car beaucoup de ces ministres qui venaient le solliciter étaient des radicaux-socialistes qui bouffaient du curé depuis leur adolescence, mais dans sa grande bonté il ne laissa rien paraître de l'amusement que lui procurait cette conversion groupée et tardive. Dans le fond, il était bien embêté. Il aurait voulu aider la France qui, depuis des siècles, se proclamait la fille aînée de l'Église, mais d'un autre côté les troupes de la Wehrmacht arboraient sur leur ceinturon « *Gott mit uns* » (Dieu avec nous). Il lui était donc difficile de prendre parti et nul ne peut le lui reprocher. D'ailleurs, je ne suis pas certain que Dieu apprécie beaucoup ceux qui le sollicitent sans arrêt. Quand il a fait l'homme, et la femme bien entendu, il leur a donné des facultés pour réfléchir et agir eux-mêmes, et c'est en quelque sorte lui rendre hommage que de se débrouiller tout seuls sans être sans arrêt pendus à ses basques. « Donnez-nous chaque jour notre pain quotidien », pourquoi pas, mais peut-être a-t-il parfois envie de répondre : « Je vous ai donné deux bras, un cerveau, il serait peut-être bon que vous vous en serviez pour gagner votre pain vous-mêmes sans faire appel à moi tous les jours. »

Pour en revenir à cette journée de prières décrétée par

George W. Bush, il y a tout de même quelque chose qui me chiffonne. Dieu a plusieurs représentants sur la terre dont un, et non des moindres, Jean-Paul II, qui se déclara opposé à la guerre en Irak. Avant de s'adresser au Très-Haut, la moindre des courtoisies eût été, ce me semble, de passer par la voie hiérarchique. Cette façon cavalière de court-circuiter l'intermédiaire désigné pourrait bien indisposer le grand patron dans son fauteuil de nuages. D'autant plus que la résistance irakienne ponctue tous ses attentats de « Dieu est grand et il chassera les infidèles ». Vous me direz, ce n'est pas le même Dieu, quoique je n'en sois pas tout à fait certain ; mais cette bataille par divinités interposées me laisse perplexe, car imaginez que ce soit le même, nous voilà revenus à la case départ avec cette éternelle alternative pour lui de choisir entre ses enfants. S'il y a plusieurs Dieux, un pour les chrétiens, un pour les musulmans, un pour les juifs, un pour les bouddhistes, les réunions là-haut doivent être aussi animées que celles du Conseil de sécurité. Y a-t-il un Dieu qui ait le droit de veto ; les décisions se prennent-elles à la majorité absolue ou relative ? Je trouve que George W. Bush a été bien léger en prenant cette initiative. Moi, j'aurais laissé Dieu en dehors de cette histoire. La guerre est une invention des hommes, et depuis des millénaires, il nous regarde la faire avec l'agacement d'un père qui voit ses enfants enfreindre les règles qu'il leur a enseignées, et peut-être murmure-t-il en soupirant : « Décidément, ils sont incorrigibles... Mais qu'y puis-je ? Ils sont grands maintenant... »

> « Jadis il y avait la torture, maintenant il y a les interviews. »
>
> Oscar Wilde

Un inédit de Courteline

Courteline est mort en 1929. J'ai souvent évoqué l'admiration que je porte à cet homme sceptique et railleur qui a jeté sur son époque un regard où le rire le dispute à la tendresse. Ancien employé du ministère des Cultes où il ne faisait que de brèves apparitions, il s'est moqué dans *Messieurs les ronds-de-cuir* ou *La Lettre chargée* d'une administration engoncée dans ses règlements, où le client, qui en ignore les codes, est baladé de guichet en bureau. Mais l'administration de Courteline est celle d'avant la guerre de 1914, avec ses plumes sergent-major, ses encriers et ses registres soigneusement emplis à la main. Un siècle est passé, l'ordinateur a remplacé le porte-plume, nous serions donc portés à croire que le monde qu'il décrivait fait partie d'un passé révolu, aussi inimaginable aujourd'hui qu'un train tracté par une locomotive Crampton.

Eh bien, écoutez ce qui est arrivé à une de mes lectrices. C'est une pièce de théâtre que le cher Georges aurait pu signer sans en changer une réplique. Pour des raisons familiales, cette dame a été amenée à rechercher le dossier de Légion d'honneur de son père, décoré en 1917. Elle entreprend donc des recherches et apprend que le dossier se trouve au CARAN, organisme relevant du ministère de la Culture, ce qui est déjà étrange pour une décoration militaire. Elle téléphone donc, et tombe sur une dame charmante qui lui dit : « Vous irez rue des Quatre-Fils à Paris, voici le numéro de la cote. Vous vous rendrez au guichet 2 et on vous délivrera un laissez-passer pour consulter votre dossier. » La dame va rue des Quatre-Fils, il est 11 heures du matin, la porte est fermée. Elle sonne, on lui ouvre, elle expose le motif de sa venue : « Ah, c'est pas ici, on est en travaux. Il faut que vous alliez rue des Francs-Bourgeois. » Qu'à cela ne tienne, elle s'y rend et arrive à l'accueil. « C'est pour quoi ? – Pour un dossier de décoration. – Le service a été transféré à la Bibliothèque nationale, rue de Richelieu. » Il fait beau, Paris respire le printemps, une petite balade jusqu'à la Bibliothèque nationale... Pourquoi pas ? « Bonjour, madame. – Bonjour, monsieur... Je viens pour un dossier dépendant du CARAN. – Ah, c'est pas moi, moi je dépends de la Bibliothèque, il faut voir ma collègue du CARAN. – Où est-elle ? – Elle est partie déjeuner... elle sera de retour à 14 heures. » Ma quémandeuse va prendre un café et revient à 14 heures. La collègue est là, ponctuelle. La dame lui raconte sa petite histoire. « C'est fou qu'on vous ait envoyée rue des Quatre-Fils, ça fait plus d'un an que nous avons été transférés ici. Prenez le couloir à gauche, au bout, il y a un bureau, on vous donnera un laissez-passer. » Le bureau est bien là et il y a même une dame dedans. Dialogue : « Vous avez une carte d'identité ? – La voilà. – Vous êtes née en 1928. – Oui. – Vous êtes retraitée ? – Ben oui, quand même. – Je vous délivre un laissez-passer et vous pouvez aller à la salle de lecture. » À l'entrée de la salle se trouve un monsieur. Dialogue : « Vous passez au vestiaire et vous déposez votre sac, c'est pour la sécurité. – Je comprends, comment fonctionne le vestiaire ? – Vous prenez un jeton dans la boîte, s'il y en a. – Et s'il n'y en a pas ? – Vous mettez un euro. – On peut faire de la monnaie quelque part ? – Ah non ! » Heureusement, au vestiaire il reste deux jetons. Sac dans le vestiaire et direction la salle de lecture. Il y a là un préposé. « C'est pour quoi ? » Sixième explication. Le préposé emplit un papier que la visiteuse signe. Dialogue : « Vous avez un numéro de table ? – Ah non ! – On vous en a sûrement donné un. – Non, non, je vous jure. » Regard au ciel du préposé qui fustige intérieurement l'incurie de ses collègues. « Bon... allez chercher votre dossier au guichet 4 et mettez-vous là. » Et enfin... ô joie ! la dame a son dossier. Elle s'installe et le consulte. Au bout de vingt minutes, elle se lève et retourne au guichet 2. « Je peux faire une photocopie ? – Bien sûr... remplissez ce formulaire. » Ce qu'elle fait. Puis direction le service des photocopies. « Bonjour, madame, c'est pour une photocopie, voici le formulaire. – Les photocopies sont payantes. – Ah ! mais mon sac est dans le vestiaire. – Allez chercher de la monnaie. » Direction le vestiaire... Ouvrir l'armoire, prendre la monnaie, pas son sac, uniquement des pièces et revenir payer la photocopie.

À toute pièce de théâtre, il faut une chute, un effet, avant que le rideau ne retombe, et l'administration, excellente dramaturge, n'y manque pas. Notre cliente revient avec ses pièces récupérer ses photocopies, il est 16 h 30. « Combien je vous dois ? – Je ne sais pas, madame, la caisse est fermée, on vous enverra la facture. » Elle l'a reçue cette facture, douze jours plus tard : 2 euros dans une enveloppe timbrée à 50 centimes. L'odyssée a duré cinq heures. Et, là-haut, assis sur son nuage, le vieux Georges, père spirituel de M. Soupe, l'employé du service des dons et legs, sourit dans sa moustache en murmurant : « Je n'ai jamais été à l'Académie française, mais je suis quand même immortel. »

Ce cher vieux La Brige

Ceux qui prennent la route des transhumances estivales vont vite remarquer quelques changements par rapport à l'année dernière : le radar automatique vous contrôle, le képi émerge des champs de blé, l'hélicoptère vous survole et le motard a le geste impératif. Qui s'en plaindrait ! Cette sévérité accrue a déjà permis d'épargner plus d'un millier de vies. Mais, vous connaissez ma mauvaise foi perverse, je me pose quand même une question. Je suis revenu la semaine dernière de Saône-et-Loire à Paris. J'avais fait le trajet aller par l'autoroute, au retour j'ai décidé de flâner un peu. J'aime à m'offrir ce luxe quand aucun rendez-vous ne me contraint à consulter ma montre. Je délaisse même les nationales, je m'aventure sur des départementales, voire des chemins vicinaux, sur lesquels aucun vacancier ne s'égare. Eh bien, en trois cents kilomètres de ce périple à 60 à l'heure pour le seul plaisir des yeux, je n'ai vu ni l'ombre d'un képi ni la boîte noire d'un radar. Je m'en suis donc ouvert à un de mes amis qui travaille au ministère de l'Équipement. « Comprends-moi, m'a-t-il dit, il y a dans l'Hexagone un peu plus d'un million de kilomètres de voies carrossables ; où trouver les gendarmes pour surveiller un million de kilomètres ? Donc, nous ne surveillons pas les petites routes où personne ne peut rouler à plus de 80 km à l'heure sans risquer de se casser la figure, nous portons notre effort sur les autoroutes et les grandes nationales. » Il y a dans ce raisonnement un illogisme qui me contrarie. Nous sommes dans un pays où les automobilistes peuvent se défouler à 160 km à l'heure sur des chemins de traverse, au risque de tuer tout ce qui se présente en face, mais se font en revanche sanctionner s'ils roulent à 138 sur une autoroute rectiligne à quatre voies. La logique est si souvent mise à mal en France qu'il est vain de s'en étonner. Prenons un autre exemple. Il est interdit d'avertir, par un appel de phares, le conducteur qu'on croise pour l'informer de la présence d'un contrôle routier. Ce procédé s'est généralisé. L'appel de phares en plein jour à ceux qui viennent en face signifie : « Attention, il y en a deux cachés en haut de la côte. » C'est, je crois, un signe encourageant de solidarité en ces temps où l'on s'émeut de l'égoïsme de nos compatriotes. La « fraternité » descend des frontons des monuments pour fleurir sur la route. La Brige, ce personnage contestataire de Courteline, serait superbe en la circonstance. Constatant qu'aucun article du code de la route ne lui interdit de faire des appels de phares en plein jour, il pousserait le président du tribunal dans les ultimes retranchements de la logique.

« Monsieur le Président, ai-je le droit, en conduisant, de passer la main par la portière pour saluer l'automobiliste qui va me croiser ?

— Oui.

— Ai-je le droit pour ce salut de garder la main bien à plat, puis de la lever et de la baisser plusieurs fois ?

— Non.

— Curieuse législation en vérité que celle qui m'autorise à saluer un automobiliste et prétend dans le même temps limiter les gestes de ce salut amical. Allons plus loin, ai-je le droit de vérifier, pour ma sécurité, lorsque je roule, si mes phares fonctionnent bien ?

— Tout à fait.

— Ai-je le droit de le faire en plein jour ?

— Rien ne s'y oppose.

— Ai-je le droit de procéder à cette vérification alors que je viens d'apercevoir un gendarme caché dans le fourré ?

— Non.

— Pourquoi ?

— Parce que.

— J'en conclus donc que parler à un automobiliste dans un restaurant et l'inciter à la prudence, c'est se conduire en homme de bien, mais l'inciter à la même prudence à 500 m d'un contrôle routier fait de moi un délinquant. Je pose donc cette question : à quelle distance du gendarme l'homme de bien se transforme-t-il en prévenu ? »

Logique, arme redoutable qu'on enseigne aux adolescents sur les bancs de l'école sans savoir quel usage ils en feront. Car elle est terrible la logique dans sa froide rigueur, elle peut même devenir dévastatrice. Vous avez, comme moi, pris connaissance des résultats du bac 2003. Plus de 80 % de reçus – chiffre inespéré eu égard aux grèves et aux blocages qui ont perturbé les cours. Quel est le département où il y a eu le plus de reçus ? La Réunion, avec 84 % et des poussières. Mais la Réunion est également le département où les grèves ont été les plus dures et les cours les plus souvent suspendus. Entrevoyez-vous les conclusions de la logique ? Moins on donne de cours aux gamins, plus ils réussissent au bac. Donc, si on ne donne plus de cours du tout, on devrait atteindre les 100 %. Moi, je propose qu'on retire la logique des programmes ; entre les mains de gens de mauvaise foi, c'est une pratique beaucoup trop dangereuse.

Un petit carnet noir

Avec les feuillets de votre déclaration d'impôts, vous avez reçu le fascicule édité par le ministère de l'Économie et des Finances expliquant où va aller l'argent que vous verserez. Ces quatre pages sont une constante, tous les ministres des Finances ont eu à cœur de dire aux contribuables-citoyens ce qu'ils comptaient faire de leurs sous, se fendant même d'un texte autographe suivi de leur signature. Le procédé est fort courtois et, s'il n'adoucit en rien la dureté de la ponction, il part d'un bon sentiment. Sous le titre « À quoi servent vos impôts », on trouve deux colonnes : en jaune les recettes, en bleu les dépenses. D'emblée, une anomalie saute aux yeux. Recettes : 280,4 milliards d'euros ; dépenses : 325 milliards. Le plus naïf des contribuables se pose d'emblée cette question : « Où vont-ils trouver les 44,6 milliards qui manquent ? »

Il y a quelques années, en fouillant dans les vieux papiers de la famille, je suis tombé sur un objet émouvant, le livre de comptes que ma grand-mère tenait avant la guerre de 1914. C'est un livre à couverture noire où, chaque mois, elle inscrivait d'une fine écriture ses dépenses sur une page. En haut, elle notait : « entrée : 7 louis et 7 francs ». C'était le salaire de mon grand-père, commis épicier à Béziers. Cent quarante-sept francs qu'il rapportait chaque fin de mois en étalant sur la table sept louis d'or, une pièce de 5 francs et deux de 1 franc, ne conservant pour son usage personnel que ce qu'il dépensait pour le barbier – cérémonie rituelle du dimanche matin où il allait se faire raser, suivie d'un apéritif avec ses amis au café, avant de rentrer déjeuner en famille. Chaque jour, ma grand-mère notait ses dépenses, et presque toujours le total du mois était inférieur à ces 147 francs : 132... 139... 143. Les économies étaient enregistrées avec les deux lettres C.E. : Caisse d'épargne, ainsi que la somme versée : 15 F, 12 F. Quand elle était ric-rac, elle écrivait même, avec un regret que je perçois dans son libellé : « Caisse d'épargne : 0 ». Et puis, il y avait les mauvais mois dont on devine les raisons dans le détail : Docteur... costume Jacques (Jacques, c'était mon père)... réparation fuite d'eau, et ces mois-là, elle notait soigneusement : retiré Caisse d'épargne 20 F. Je sais bien qu'aujourd'hui, comme au temps où ma grand-mère rédigeait son livre, l'État se permet des privautés qui ne sont pas autorisées au citoyen, mais tout de même, l'idée qu'on puisse encaisser 280 francs et en dépenser 325 aurait fait rêver cette chère femme. Alors ! qui va payer ces 44,6 milliards ? Poser la question, c'est y répondre. Louis XIV disait : « L'État, c'est moi » ; nous avons le privilège aujourd'hui de pouvoir dire : « L'État, c'est nous. » Il y a donc toutes les chances pour que ce soit « nous » qui réglions le déficit, le seul suspense étant de savoir « quand ». Vous noterez par ailleurs que, si les recettes sont chiffrées d'une façon assez précise : TVA 40 %, impôts sur le revenu 19 %, taxe sur les produits pétroliers 9 %, les dépenses en revanche restent plus évasives. « Dotations budgétaires et prélèvement au profit des collectivités locales 15 %. » Voilà, me semble-t-il, une rubrique où l'on peut faire entrer une foultitude de dépenses diverses, car l'État « dote » énormément, quoiqu'il n'ait plus beaucoup de filles à marier. La plupart sont casées mais, bon prince, il continue à verser la dot au conjoint. Nos rois jadis n'avaient pas cette rigueur ; pour marier leur fille ils promettaient des dots énormes que, la plupart du temps, ils ne versaient jamais. La république a une morale dont la royauté se souciait peu. Il faut dire à sa décharge que si elle s'avisait, non pas de supprimer, mais de diminuer du soupçon d'un chouia ses dotations, le long et plaintif couinement des bénéficiaires ferait un vacarme d'enfer. J'ai remarqué avec intérêt dans cette brochure que 870 emplois allaient être créés dans les prisons. Peut-être faudrait-il y ajouter l'acquisition de quelques canons de 75 sans recul, afin de défendre les prisons contre ceux qui les attaquent au lance-missiles. Vous me direz, la prochaine fois, ils viendront avec un char Leclerc ; qu'à cela ne tienne, il suffira de mettre un canon antichar dans la cour de chaque prison. Quant à l'évasion qui a eu lieu à la prison de Borgo, permettez-moi de m'étonner de la polémique qu'elle a soulevée. On a voulu que les détenus corses y soient incarcérés pour qu'ils soient plus proches de leur famille ; elle remplit donc parfaitement son rôle puisque certains détenus qui y entrent le matin se retrouvent chez eux le soir.

Les agents des impôts, eux, se sont mis en grève. Qu'ils me pardonnent cette négligence, je n'ai pas eu le temps d'étudier en détail leurs revendications, mais sans les connaître, je le dis tout net, je les trouve absolument légitimes. Sans savoir ce qu'ils veulent, je les soutiens sans réserve. Percepteurs, agents du fisc, mes frères, ne faiblissez pas. Votre mouvement est soutenu par quelque trente millions de contribuables qui vous exhortent à ne pas céder. Faites grève un an, deux ans s'il le faut. N'encaissez plus les chèques, jetez-les au panier. La température est encore fraîche, chauffez-vous avec les rappels pour retard de paiement et les avis de saisie sur salaire, bourrez-en vos poêles jusqu'à la gueule. Jamais grève n'aura été si populaire. Voulez-vous des pétitions en votre faveur ? Vous en aurez. Des défilés de soutien ? Nous irons occuper vos perceptions, nous viendrons faire barrage de nos corps pour que les CRS ne vous en chassent pas. Nous vous prouverons que la solidarité n'est pas un vain mot dans ce pays. Oui, je sais, je m'enflamme, je m'exalte, mais c'est ma nature généreuse qui me pousse à aider mon prochain... On ne se refait pas.

Un autre géant

On a célébré le bicentenaire de la naissance de Victor Hugo. Le géant a été sanctifié, magnifié, en laissant tout de même une petite place à un autre écrivain, né la même année que lui – non pas à Besançon, vieille ville espagnole, mais à Villers-Cotterêts, vieille ville picarde –, Alexandre Dumas. Oh certes, les deux hommes ne se comparent pas. Hugo le visionnaire, l'exilé de Guernesey, le prophète de la *Légende des siècles* et des *Misérables*, s'érige en intermédiaire entre Dieu et les hommes. Il le dit sans fausse modestie : « Dieu m'a mis au centre de tout comme un écho sonore. » Il est investi d'une mission et il l'accomplit. Rien de tel chez Dumas. Pas de philosophie, pas de mission salvatrice, mais un but, un seul, distraire ceux qui le lisent. Il a failli voler à Hugo le vedettariat de chef de file du romantisme – le triomphe d'*Henri III et sa cour* est antérieur à celui d'*Hernani*, mais il a vite compris que, sur le terrain de la prosodie, il n'était pas de taille.

Alexandre n'est pas, comme Victor, cette ahurissante machine à pondre des alexandrins. Qu'importe, il va tailler son chemin ailleurs. Il invente le roman historique, et là il est, sans comparaison possible, le plus grand. L'idée est simple : créer des personnages fictifs et les mêler à des personnages historiques. Charles Ier d'Angleterre a bien crié *Remember* avant que la hache du bourreau ne s'abatte, mais peut-être pas pour Athos caché sous l'échafaud. Mazarin a bien signé le traité mettant fin à la Fronde, mais peut-être pas parce que d'Artagnan et Porthos l'avaient enlevé dans l'orangerie de Rueil. Le succès est immédiat et foudroyant. *Les Trois Mousquetaires* paraissent dans le quotidien *Le Siècle*, savamment distillés. Trois colonnes sur un quart de page chaque jour, on s'arrache le journal, et quand Dumas clôt *Les Trois Mousquetaires*, la pression des lecteurs est telle qu'il est obligé de les ressusciter dans *Vingt Ans après*, puis dans *Le Vicomte de Bragelonne* à la fin duquel il les fait mourir, sauf Aramis, pour être certain qu'ils ne reviendront pas. Dumas d'ailleurs prévenait ses lecteurs : « Vous êtes priés de ne tenir mes personnages pour morts que lorsque je les aurai moi-même enterrés, et encore. »

On imagine mal aujourd'hui ce qu'il y avait d'audacieux dans ses romans pour l'époque. Dans *Les Trois Mousquetaires*, cinq gentilshommes assassinent de sang-froid une femme sans jugement. Toute l'épopée sur la Révolution : *Joseph Balsamo, Le Collier de la reine, Ange Pitou, La Comtesse de Charny*, est fondée sur le viol d'Andrée de Taverney par Gilbert, un serviteur du château. Dans *Le Comte de Monte-Cristo*, la fille de Danglars, pour échapper au mariage avec Andréa Cavalcanti, s'enfuit avec la femme qu'elle aime, à une époque où l'homosexualité, a fortiori féminine, était loin d'être admise. Dumas fait passer tout ça avec une santé et un brio où se révèle le génie du narrateur. Il n'est pas le plus grand écrivain français, loin de là, mais il est le plus grand conteur et, quand on met le nez dans ses romans, on ne le relève plus avant la fin. Alors, bien sûr, il y a des outrances, des invraisemblances. Quand d'Artagnan se glisse dans le lit de Milady en prenant la place de celui qu'elle aime : qui peut croire que, même dans l'obscurité, une femme amoureuse, au premier souffle, à la première caresse, ne va pas s'apercevoir qu'il y a eu substitution. Dans son dictionnaire de cuisine, Dumas donne une recette pour accommoder des pattes d'éléphant. Vous vous imaginez demander des pattes d'éléphant à votre boucher ! Mais ça, c'est Dumas. On l'a adapté, trahi, mis à toutes les sauces et il est encore là, intact. Je l'ai beaucoup lu, pas tout bien sûr, personne ne l'a lu en entier, Hugo non plus d'ailleurs. J'ai encore relu récemment *Le Comte de Monte-Cristo* que je connais pourtant presque par cœur, pour comparer avec ce qu'on en a fait à la télévision. Je crois qu'il n'y a pas photo, l'original est supérieur à la copie.

J'aime cet homme qui a appris l'Histoire de France à quelques générations ; une histoire déformée, je vous l'accorde, arrangée, malmenée, mais qui permettait de savoir au moins que Charles X n'était pas le fils de Charles IX. « Vous avez violé l'Histoire », reprochait-on à Dumas. « C'est vrai, répondait-il, mais je lui ai fait de beaux enfants. » Il avait un autre point commun avec Hugo. Leurs pères étaient deux généraux issus de la Révolution et mis à l'écart par Napoléon. Victor rendit hommage au sien par un poème : « Mon père, ce héros au sourire si doux... » Alexandre, d'une manière plus discrète, en inventant des personnages qui ressemblaient au sien, colosse capable, si l'on en croit ses *Mémoires*, de soulever un cheval entre ses cuisses en s'agrippant à une poutre. Ange Pitou et Porthos, cœurs purs et force herculéenne, sont l'évocation romanesque du général Dumas.

Le président de la République a décidé de transférer le corps d'Alexandre au Panthéon, où il a retrouvé Victor. C'est un hommage national mais je ne suis pas certain que ce soit une bonne idée. La crypte du Panthéon est un lieu sombre et quelque peu sinistre où ne pénètre jamais un rayon de soleil. Alexandre qui, entre deux romans, s'offrit le luxe de parcourir l'Europe, se sentirait sûrement plus à l'aise sous la lumière du cimetière de Villers-Cotterêts. En revanche, je crois qu'il faut inciter ceux qui le connaissent mal à rejoindre ses millions de lecteurs puisque, comme le disait André Maurois dans *Les Trois Dumas* : « À n'importe quelle heure de la journée ou de la nuit, il y a toujours dans le monde quelqu'un qui lit *Les Trois Mousquetaires*. »

Dumas a gagné, au cours de sa vie, des sommes colossales qu'il a dépensées avec allégresse. Quelques jours avant sa mort, il confiait à son fils : « Tu vois, on m'accuse d'avoir dilapidé une fortune immense tout au long de ma vie, c'est faux, je suis arrivé à Paris avec un louis d'or, regarde, je l'ai encore. »

« La sagesse des vieillards... une plaisanterie. Ils ne deviennent pas plus sages, mais plus prudents. »

ERNEST HEMINGWAY

Pour la prostitution, vous fîtes ce que vous pûtes...
(Maurice Horgues)

En a-t-elle fait couler de l'encre et de la salive cette manifestation des prostituées sur le pavé parisien. Encore un sujet pourtant qu'il convient d'aborder avec délicatesse alors qu'on s'est jeté à la tête des arguments péremptoires. Éradiquer le plus vieux métier du monde est impossible puisqu'il fonctionne depuis la nuit des temps selon le principe de l'économie de marché qui veut que la demande engendre l'offre. Bien sûr il faut faire la distinction entre les prostituées qui ont choisi cette activité et la revendiquent, et tant d'autres, issues des pays de l'Est ou d'Afrique, jetées sur le trottoir par des réseaux de proxénètes, privées de papiers et de ressources, et battues si elles ne ramènent pas le quota fixé par leurs geôliers. On est là en plein paradoxe, où l'État lui-même affiche ses contradictions puisqu'il soumet à l'impôt sur le revenu celles qui pratiquent un métier illégal où le client réclame rarement une facture.

Fruit de la rencontre des fantasmes à assouvir et de l'appât du gain, la prostitution est née sans doute à l'âge des cavernes et s'est épanouie dans les civilisations antiques. Il est rare qu'autour du bassin méditerranéen l'archéologue qui fouille avec sa petite cuillère (ce n'est pas une contrepèterie) ne mette à jour un lupanar. Celui de Pompéi renferme des fresques particulièrement évocatrices. Naguère, les guides ne laissaient pas entrer les dames sous prétexte que le spectacle pouvait choquer leur pudeur. En réalité, c'était moins pour respecter la sensibilité des dames que pour préserver l'orgueil des hommes. Ces fresques représentent des couples, dénudés, en pleine activité ou sur le point d'entrer dans le vif du sujet, et les messieurs ont été exagérément gâtés par les décorateurs ; si bien qu'aujourd'hui les visiteurs masculins sortent de là complexés et cafardeux, tandis que leurs épouses se montrent ironiques, lançant des réflexions du genre : « Ah là là, ça a bien changé depuis la Rome antique ! »

Certains, et même certaines, préconisent la réouverture des maisons closes en oubliant ce que les bordels d'avant-guerre, dans les villes de garnison, avaient de sordide. Ils furent fermés en 1946 à l'instigation de Marthe Richard qui n'avait pourtant pas eu une existence de dame patronnesse et avait découvert sur le tard des pudeurs que sa jeunesse avait contournées sans état d'âme. Cette fermeture donna à Alphonse Boudard l'occasion d'un de ces mots dont il était coutumier : « Mon Dieu, que c'est triste tous ces volets ouverts ! » « Vous couchez avec nous et vous votez contre nous », affichait une pancarte de la manifestation devant le Sénat. Le premier réflexe fut de réclamer des noms, mais la déontologie de la profession exige l'anonymat de la clientèle, et puis nous ne sommes plus sous la IIIe République où les ministères se faisaient dans les salons du One Two Two ou du Chabanais, maisons huppées pour clientèle haut de gamme. La mythologie qui s'attache à ces maisons est due aussi au fait que les peintres et les écrivains les ont magnifiées. De Maupassant à Courteline, de Toulouse-Lautrec à Degas (je pense à l'admirable *Fête de la patronne*) et jusqu'à Picasso avec les *Demoiselles d'Avignon*, toute une littérature, toute une iconographie ont fini par tisser une légende qui masquait une réalité d'où était exclue toute poésie.

Certains disent que ces mœurs sont l'apanage de l'homme et qu'aucun animal ne s'y livre. Eh bien, détrompez-vous. Une équipe de chercheurs a étudié les pingouins de l'île de Ross dans l'Antarctique. Pour construire leurs nids, ces oiseaux ont besoin de cailloux. Ce sont les mâles qui se chargent de les apporter, mais c'est un travail difficile, les cailloux sont bloqués par la glace, il faut beaucoup de patience pour les extraire et, comme chez les hommes, il y a des pingouins courageux et des pingouins feignants. Les pingouines qui ont hérité d'un feignant ne voient jamais arriver les cailloux. Parti le matin en disant : « Je vais au boulot », l'élu de leur cœur préfère se prélasser au soleil de minuit. Alors que font les pingouines ? Eh bien elles draguent les pingouins qui passent avec un caillou et, en échange de la précieuse marchandise, elles leur accordent leurs faveurs. Elles ne le font pas par vice ou par plaisir, simplement pour protéger leur progéniture.

Je pressens, messieurs, que certains d'entre vous qui m'écoutez vont se réjouir de savoir qu'ils ne sont pas seuls, sur cette planète, à céder à la tentation, en enviant bien sûr ces oiseaux qui peuvent s'envoyer en l'air pour quelques cailloux, qui sont la monnaie locale. Heureux pays que l'Antarctique où les pingouines font la banquise pour construire leur nid et offrent des plaisirs furtifs aux mâles en mal d'amour. Quand je dis « furtifs », c'est une litote, car il paraît que, dans l'art d'aimer, les pingouines ne sont pas manchotes.

Un parolier de renom

Les éditions Frémeaux viennent de sortir en trois CD les œuvres de Karol Wojtyla, poèmes et pièces de théâtre, publiées entre 1950 et 1979 sous divers pseudonymes et enfin rendues à leur auteur. Karol Wojtyla est plus connu sous le nom de Jean-Paul II, et l'on savait que, dans sa jeunesse, il s'était laissé aller à taquiner les muses, mais jamais encore l'œuvre complète n'avait été éditée sous son nom... Voilà donc qui est fait. En ses années de jeunesse polonaise, le pape fut même comédien, ce qui est une belle revanche pour ce métier tant décrié jadis par l'Église. Il n'est qu'à relire les anathèmes que lança le grand Bossuet contre le théâtre et les comédiens, condamnations où le ridicule le dispute au dogmatisme le plus étroit, pour imaginer la tête que doit faire l'Aigle de Meaux sur son nuage en voyant un ancien comédien assis sur le trône de saint Pierre. Molière, enterré la nuit à la sauvette et qui ne dut qu'à l'intervention de Louis XIV d'avoir un prêtre pour bénir sa sépulture, doit savourer sa revanche.

J'ai écouté ces trois CD, ils témoignent d'un don indéniable. Le jeune Karol s'essayait à des genres divers. Des poésies, parfois mystiques, quelquefois enjouées, des essais de dialogues, et même des chansons de belle facture. Le jeune abbé aimait la vie et savait traduire cette félicité. Il m'est revenu en mémoire ce qui s'est passé récemment au festival de la chanson italienne qui se déroule chaque année à San Remo. Le bel canto tient une place importante en Italie dont la langue semble avoir été inventée pour être chantée, au point qu'un Viennois comme Mozart renia sa langue maternelle : l'allemand, et préféra l'italien pour ses opéras. Il est vrai que « *Cosi fan tutte* » est plus joli à l'oreille que « *So wie sie es alle machen* ». Bref, un groupe avait l'intention de présenter une chanson de Karol Wojtyla. Les organisateurs du festival, dans l'embarras, refusèrent en arguant d'un article du règlement stipulant que les auteurs doivent être italiens. Les chanteurs du groupe répondirent que si Karol Wojtyla était polonais de naissance, en ses qualités d'évêque de Rome il jouissait aussi de la nationalité italienne. À bout d'arguments, les organisateurs écartèrent la chanson sous le prétexte que la notoriété de l'auteur risquait de léser les autres concurrents, argument parfaitement fallacieux : un peu comme si les promoteurs du grand prix de l'Eurovision refusaient une chanson parce que Wladimir Poutine ou Tony Blair en étaient les auteurs. Je vous laisse imaginer le tabac que ferait aujourd'hui dans un album de Johnny une chanson dont les paroles seraient composées par Jean-Pierre Raffarin, et la musique par Jean-Jacques Goldman.

Le fait d'avoir été poète et comédien a sans doute aidé Jean-Paul II. Il y a dans la liturgie catholique, comme dans celle de la plupart des religions, un cérémonial qui s'apparente au théâtre, avec un texte, des costumes et une mise en scène immuables. Bossuet se doutait-il, quand il se préparait pour la messe chaque matin, qu'il accomplissait le même rituel que celui que Molière effectuait dans sa loge avant de jouer *Tartuffe*... ? Mais peut-être était-ce justement ce *Tartuffe* qui restait en travers de la gorge de Bossuet. De surcroît les innombrables voyages que Jean-Paul II a faits à travers le monde s'apparentent aux tournées des vedettes sous les chapiteaux devant lesquels se pressent les foules enthousiastes. Le comédien débutant que fut le pape avait peut-être rêvé dans son jeune temps de ces triomphes. Je vous accorde que la finalité n'en est pas la même, néanmoins le principe est identique. Quand une photo satellite montre cent mille personnes devant un proscenium, il faut une loupe pour distinguer s'il s'agit d'Elton John, de Pavarotti ou de Jean-Paul II... Le public est d'ailleurs peut-être le même, car on peut très bien se déplacer pour les trois. On ressent à travers les poésies du jeune Karol le frémissement d'un être qui aspire à la liberté. Il l'exprime avec gravité souvent, avec humour parfois. Connaissant la puissance dévastatrice des mots, le jeune abbé se faisait les dents et il n'a jamais dû oublier ce qu'il écrivait quand, plus tard, parvenu au sommet, il prit une part non négligeable dans l'effondrement de l'empire soviétique et la chute du communisme qui avait asservi son pays. Et, quand à son tour, Jean-Paul II arrivera là-haut, peut-être, au hasard d'une rencontre, dira-t-il : « Allez Bossuet, faites vos excuses à Molière. » Et je n'imagine pas Bossuet désobéir au pape.

« Mon enfance s'est passée à Varsovie dans une famille mi-heureuse, mi-polonaise. »

WIESLAWA SZYMBORSKA

J'accuse

Sous le titre « Les enfants de Zola », le *Nouvel Obs* a interrogé vingt écrivains. Deux questions : « La littérature a-t-elle encore une action sociale ? », « Si vous écriviez un "J'accuse", quel serait l'accusé ? » Joli thème de dissertation pour le bac. Quand Zola accédait à la célébrité, Hugo y était installé depuis quarante ans, idole intouchable. On pourrait croire que ces deux hommes avaient des connivences. Ils ont peint l'un et l'autre la misère du peuple. Entre Gervaise et Cosette, il y a un lien de fraternité, comme il en existe entre Jean Valjean et le Lantier de Germinal. Eh bien, les deux auteurs, qui cohabitent aujourd'hui au Panthéon, ne s'aimaient pas. « Cet homme n'est pas des nôtres », disait Zola en parlant de Hugo, et il ajoutait : « À mesure que l'âge est venu, il est tombé dans une humanitairerie de bon vieillard, c'est que j'appelle le gâtisme humanitaire. » On imagine volontiers que le patriarche encensé de toutes parts et juché sur son ego démesuré prit bien mal la chose. Sa réponse fut courte : « Tant que monsieur Zola n'aura pas décrit sur plusieurs pages un pot de chambre plein, il manquera quelque chose à son bonheur. »

Mais, en dépit de cette hostilité, force est de reconnaître une similitude entre ces deux hommes. L'un et l'autre ont pris des risques, dont les accusateurs d'aujourd'hui, Dieu merci, sont à l'abri. Hugo s'oppose à Napoléon III, mais il paye comptant cette opposition par dix-neuf ans d'exil. Combien de ceux qui aujourd'hui mettent leur nom au bas d'une pétition seraient prêts à payer ce prix pour leur signature ? Zola écrit « J'accuse » en sachant qu'il tombe sous le coup de la loi. C'est ce qu'il cherche pour que son procès rouvre le dossier Dreyfus. Il est condamné à un an de prison et s'exile en Angleterre. La république ayant quand même fait, quoi qu'on en dise, quelques progrès depuis cent quatre ans, il faudrait que l'auteur d'un « J'accuse » actuel soit convaincu de diffamation pour être condamné à l'euro symbolique. Et c'est pourquoi les deux questions posées aux écrivains d'aujourd'hui ont reçu des réponses diverses. De la pudeur de Françoise Chandernagor : « Je m'accuse de ne pas être digne d'accuser autrui », à Edgar Keret, écrivain israélien, qui avoue : « J'accuse ceux qui choisissent d'accuser... », jusqu'à Régine Desforges qui accuse pêle-mêle le monde occidental, Sharon, Bush, la république, l'Éducation nationale, l'Angleterre et les industries pharmaceutiques. Pour connaître un peu Régine avec ses indignations volcaniques, le contraire m'eût étonné d'elle. Permettez-moi, chère Régine, de vous faire remarquer que vous avez oublié dans votre liste Sarkozy, le cinéma américain, les OGM, la télé, Antoine Seillière et les banquiers ; mais l'hebdomadaire vous ayant déjà concédé deux colonnes et demie, peut-être aurait-il coupé, ce qui vous aurait permis d'accuser les censeurs.

Le « J'accuse » publié le 13 janvier 1898 dans *L'Aurore* de Vaugham et Clemenceau était une bombe. Clemenceau trouva le titre et fit à Zola un de plus beaux compliments venant de lui, qui n'en faisait guère : « J'aurais aimé l'écrire. » Le style est étonnant, très différent du Zola écrivain qui s'attarde souvent au détail. L'article est un réquisitoire implacable, rédigé en phrases courtes d'où sont bannies les enjolivures. Peu d'adjectifs, presque pas d'adverbes. Les 300 000 exemplaires s'arrachent en une matinée. L'effet fut foudroyant parce que l'affaire Dreyfus était une affaire classée qui allait devenir, dès le lendemain, une affaire d'État, et surtout parce que le principe n'était pas courant.

L'accusation, aujourd'hui, s'est banalisée. Tout le monde accuse tout le monde et la plupart du temps les accusateurs en profitent pour imputer aux autres les fautes qu'ils ont commises. Le « mea culpa » n'est plus à la mode et le bouc émissaire foisonne. Il suffit pour s'en convaincre d'ouvrir un quotidien ou un hebdo. L'accusateur d'aujourd'hui ne fait pas davantage dans la nuance que Zola, cependant les sujets n'ont pas l'ampleur de celui qu'il traitait. Les procureurs de 2004 ont certes du talent, toutefois à la fin de leur réquisitoire, quel que soit le problème abordé, on peut leur répondre : « Vous avez peut-être raison, mais... » Et c'est ce « mais » qui change tout. Ces quatre lettres ouvrent les portes de la contestation, voire de la contradiction. Ce « mais » est l'arme des sceptiques face aux pragmatiques, de ceux qui doutent face à ceux qui tranchent. À la fin de « J'accuse », il n'y a pas de « mais » possible, et la preuve c'est que les anti-dreyfusards ne tentèrent pas de contester les affirmations de Zola ; ils choisirent l'insulte et, au procès qui s'ensuivit, les faux-fuyants et les artifices de procédure. On trouve encore, quelquefois, lors de ventes aux enchères, *L'Aurore* du 13 janvier 1898, jauni, passé (méfiez-vous, on a tiré beaucoup de fac-similés qu'on peut vous faire passer pour l'original). Il faut le regarder comme ces machines de guerre du Moyen Âge qu'on voit dans les musées et qui abattaient les murailles. Ainsi les attendus de Voltaire sur l'affaire Callas, *Le Mariage de Figaro*, ou le discours de Vergniaud à la Convention après le retour de Louis XVI de Varennes. Sans nostalgie aucune on peut dire, en parlant des accusateurs : où sont les neiges d'antan ?

La vieille Europe

En a-t-elle fait couler de l'encre et de la salive l'apostrophe de Donald Rumsfeld sur la « vieille Europe » qui rechigne à s'aligner sur la « jeune Amérique ». D'abord, tout en sachant que Donald est un prénom courant aux États-Unis, l'amateur de bandes dessinées que je suis ne peut s'empêcher d'assimiler M. Rumsfeld au canard coléreux de Walt Disney. Bon bougre ce canard, pas méchant pour un dollar, mais d'une irascibilité maladive qui l'amène à se fourrer dans des situations inextricables.

Vieille Europe ! Le propos de Donald n'était pas dans son esprit un compliment, cependant, à la réflexion, je trouve que nous devrions en être plutôt flattés. Nous sommes la vieille Europe, continent déchiré par dix siècles de guerres et qui tente, dans la douleur, de forger son unité. Les Américains n'ont eu qu'une guerre civile, nous en avons eu cent, ça laisse des cicatrices. De Varsovie à Madrid et de Londres à Athènes, ce vieux continent est couturé de partout et il a abandonné sur ses champs de bataille presque autant de morts qu'il porte aujourd'hui de vivants. Cela conditionne nos réactions. La guerre, le Français connaît. La plupart du temps, les conflits lui étaient étrangers. Peu lui importait qu'un Bourbon s'installât sur le trône d'Espagne, ou qu'un archiduc autrichien se fît flinguer à Sarajevo, et pourtant c'était toujours à lui qu'on mettait un fusil dans les mains et c'était toujours sa maison qui brûlait. Et on lui a fait le coup si souvent que la seule guerre pour laquelle il aurait dû être motivé – parce qu'un gang d'assassins psychopathes avait pris le pouvoir à Berlin – il y est parti en traînant les pieds. Ce sont justement tous ces conflits, cher Donald, qui ont peuplé votre pays. Las des famines, des massacres, des intolérances, des édits de Nantes et des synagogues incendiées, les Européens ont traversé l'Atlantique pour trouver, non pas le paradis perdu, mais la tranquillité. Si cette vieille Europe avait été depuis quatre siècles un havre de paix et de concorde, ses habitants seraient restés chez eux, et les tribus indiennes déambuleraient aujourd'hui en toute quiétude dans les grands espaces du Middle West. En voulez-vous une preuve ? Demandez donc aux Archives de l'immigration combien de Suisses sont venus se réfugier chez vous en quatre siècles.

Cette vieille Europe n'a quand même pas que des défauts, même si elle est parfois frileuse comme les vieilles personnes qui ont eu souvent froid dans leur vie. Elle sait bien que le leadership que vous exercez sur le monde, ce rôle de gendarme universel que vous vous êtes attribué, c'est elle qui vous l'a offert sur un plateau en venant sonner à votre porte chaque fois qu'elle a eu des ennuis. Vous êtes venus, et nous ne l'avons pas oublié ; mais puisque, faisant enfin preuve d'intelligence, l'Europe est en train de s'unifier, comme vous le fîtes à Philadelphie en 1787, laissez-lui le temps de prendre ses marques ; c'est une jeune Europe qui est en train de naître et qui jamais ne se permettra, cher Donald, de vous traiter de vieille Amérique.

Et puis, je vous connais, en dépit de vos humeurs, vous avez pour cette vieille Europe une fascination que vous ne cherchez même pas à dissimuler. Vous savez bien qu'avant même que le premier Américain ait abattu le premier arbre pour construire sa maison sur la côte est, Shakespeare avait écrit ses pièces, Michel-Ange sculpté son *David* et Molière jouait *Le Misanthrope*. Sinon comment expliquer ce musée des Cloîtres à New York où les visiteurs restent scotchés des heures devant des chapiteaux romans, ou l'Art Museum de Chicago où ils se pressent devant les meules de Monet, car enfin, cher Donald... Monet, Picasso, Raphaël, Dürer, Van Dyck, Molière et Cluny, c'est aussi cela la vieille Europe. Alors, même si elle est critique et ronchonne, il faut peut-être essayer de parler avec elle, l'écouter. Elle est vieille, c'est vrai, mais elle a de l'expérience et aussi cette sagesse qui ne s'acquiert qu'avec le temps et le souvenir des malheurs passés.

Vieille Europe, cher Donald, moi je l'ai pris comme un compliment.

« Je suis athée, Dieu merci ! »

GEORG CHRISTOPH LICHTENBERG

Quand les dieux étaient à notre image

« Les religions ne doivent plus être motif d'affrontements », a déclaré le pape qui a convié les représentants de toutes les religions à en discuter à Assise. C'est une noble pensée à laquelle on se doit de souscrire en cette période où le fanatisme prend souvent le pas sur la tolérance. La religion et la politique sont si étroitement imbriquées qu'il est bien difficile de séparer ce qui relève de la foi et ce qui s'attache aux intérêts. « Sus aux infidèles », clament les extrémistes musulmans, reprenant le vieux cri que poussaient les croisés il y a mille ans et les conquistadors espagnols il y a cinq siècles. On est toujours les infidèles de quelqu'un, et si l'on détient quelques richesses que les autres convoitent, cela aggrave l'infidélité. Les Incas auraient pu rester infidèles toute leur vie s'ils n'avaient pas eu cet or qui faisait rêver les rois d'Espagne. Les religions monothéistes se sont allègrement entre-tuées en vertu de cette « infidélité ». Les catholiques ont massacré les cathares, puis les vaudois, puis les protestants, lesquels leur ont rendu la pareille en Angleterre. Ils sont allés exterminer des mahométans à Jérusalem avant de se faire passer au fil de l'épée à leur tour. Entre-temps, comme il ne fallait pas perdre la main, on exilait ou massacrait les juifs.

J'en viens à regretter les religions à dieux multiples, comme celle des Grecs anciens. Pas les Romains, qui avaient perverti le système et envoyaient les chrétiens, les infidèles déjà, se faire bouffer dans le Colisée par des lions, qui auraient certainement préféré une bonne antilope si on leur avait demandé leur avis. Ah ! les dieux grecs, ça c'était le bonheur... Bons vivants, pas féroces pour un drachme, ils passaient leur temps à festoyer sur l'Olympe et à faire l'amour. Amours incestueuses quelquefois, car on ne rechignait pas là-haut à emballer sa sœur, ou le père sa fille, pour peu qu'elle fût mignonne. De temps à autre, pour changer, ils descendaient de leurs nuages pour lutiner une mortelle ; de ces unions naissaient des demi-dieux et demi-déesses qui, à leur tour, s'envoyaient en l'air avec leurs cousines, ou leurs oncles. Les frasques des dieux grecs auraient occupé plusieurs centaines de pages de *Gala* ou de *Voici* chaque semaine, s'ils avaient paru à l'époque. Ces mœurs dissolues réjouissaient fort le petit peuple qui aimait ses dieux parce qu'ils lui ressemblaient. Le citoyen moyen d'Athènes ou de Sparte se reconnaissait parfaitement dans ces divinités paillardes et infidèles, au sens conjugal du terme. Cette complicité n'empêchait pas qu'on leur élevât des temples superbes et d'admirables statues de marbre, mais les prêtres n'auraient jamais osé ameuter les foules et les pousser au meurtre au nom de Zeus ou d'Apollon. Les citoyens grecs se seraient dit : « Qu'est-ce qui leur prend... ils ont encore bu un coup de trop, là-haut ? » Avec les religions monothéistes nous avons perdu cette complicité. Certes, Dieu est descendu une fois pour faire un gamin à une dame, mais ça n'a pas dû lui plaire, car il n'a jamais recommencé, alors que Zeus avait pris goût à la chose et multipliait les visites nocturnes. Comme Dieu reste sur ses nuées et que le dernier homme auquel il ait parlé fut Moïse, les prêtres, les imams, les rabbins interprètent ses pensées et extrapolent ses intentions. Combien de fois, devant tant de massacres, de victimes innocentes, de conflits sanglants, nous sommes-nous écriés : « Ce n'est pas possible que Dieu accepte ça ! » Bien sûr qu'il ne l'accepte pas. Mais alors, qu'il s'exprime haut et fort, qu'il fasse comme les dieux grecs, qu'il descende et qu'il dise aux prêtres de toutes les religions qui se couvrent de son nom : « Je vous préviens : ou vous arrêtez, ou je m'en occupe moi-même... Et si je m'en occupe, vous allez avoir des surprises, et pas des bonnes. » Et brusquement, sur terre, tout redeviendrait comme sur l'Olympe... luxe, calme et volupté.

Allais et Guitry

Je voudrais, par la présente, adresser une supplique à la commission qui, à l'Hôtel de Ville de Paris, s'occupe des noms de rues. Je n'ignore pas qu'il est très difficile d'obtenir l'honneur d'une plaque émaillée à son nom dans la capitale. L'attribution en est parcimonieuse et je conçois volontiers qu'elle se fasse au compte-gouttes. Elle oblige ceux qui habitent dans la rue nouvellement baptisée à changer les intitulés de leur carte de visite et documents à en-tête, et puis la gloire est chose si furtive, « posée, ainsi que le disait si joliment Hugo, comme l'oiseau sur le toit », qu'il faut être très circonspect dans cette distribution d'immortalité urbaine. Le Larousse, le *Quid*, le *Who's Who*, on y entre et on en sort, il suffit de cliquer sur un ordinateur. Les plaques, il faut les dévisser, c'est plus long. Toutefois, comme il n'est pas nécessaire d'espérer pour quémander, je vais quand même faire ma démarche en faveur de deux hommes disparus dont j'imagine que la notoriété, qui n'a cessé de grandir, ne s'effacera pas de sitôt.

Le premier, c'est Alphonse Allais, qui préconisait de bâtir les villes à la campagne parce que l'air y est plus pur ; il fut le premier des humoristes français. En pratiquant un humour glacé, presque distant, il annonçait Raymond Queneau, et par le goût de l'absurde Pierre Dac, Francis Blanche et Devos. Comment ne pas aimer celui qui, au premier jour de son service militaire, se présenta à l'adjudant-chef dans une salle pleine de sous-officiers et les salua d'un joyeux : « Bonjour, messieurs dames » ? Lorsque le colonel décida d'accorder un jour de permission aux hommes mariés, Allais en réclama deux. « Pourquoi deux ? » « Parce que je suis bigame. » Il avait créé le club des hydropathes, littéralement : « Ceux à qui l'eau fait du mal. » Il a écrit plus de mille cinq cents contes, publiés quotidiennement dans les journaux de l'époque. En lisant chaque jour l'article d'Alphonse Allais, des milliers de gens ont pu croire que la vie n'était pas si triste. Jeune journaliste, il passait toutes les fins de mois à la caisse : « Je viens toucher mon appointement. – On dit mes appointements, fit remarquer un jour le caissier. – Oh ! pour ce que je touche, je vais pas déranger le pluriel. » Il ne s'embarrassait jamais d'un parapluie ; si une averse survenait, il repérait un immeuble où l'on voyait « Appartement à louer ». Il montait avec le concierge, visitait les lieux, discutait du loyer tout en jetant des regards par la fenêtre. Dès que l'averse avait cessé, il déclarait : « Non, c'est trop petit pour moi », et prenait congé. Un jour, pris sur le boulevard des Italiens d'une envie pressante et ne voyant aucun édicule dans les parages, il entra dans une pharmacie : « Vous faites des analyses d'urine ? – Bien sûr. – Donnez-moi un bocal. » Revenu de l'arrière-boutique, il déposa le bocal plein sur le bureau : « Je passerai demain chercher les résultats. » Bien entendu, le pharmacien ne le revit jamais. C'était l'époque où l'on prolongeait les lignes de tramway en banlieue. Avec quelques amis, Allais choisissait une rue où il y avait un restaurant. Ses complices tiraient une chaîne d'arpenteur et Alphonse Allais prenait des notes. Intrigué par ce manège, le patron sortait : « Qu'est-ce que vous faites ? – Le tracé du futur tramway, on choisit l'arrêt. – Mettez-le devant mon restaurant. – Ah, on voudrait bien, mais votre concurrent, à 300 m d'ici, nous a invités à déjeuner si on mettait l'arrêt devant le sien. – Qu'à cela ne tienne, venez, c'est bien meilleur chez moi. » Et, deux fois par semaine, toute la bande déjeunait à l'œil. Un de ses amis, noble, vint un jour trouver Allais : « Il faut que tu me sortes d'un épouvantable guêpier, ma famille veut me marier à une riche héritière... La présentation a lieu demain dans l'hôtel particulier de mes futurs beaux-parents. – Laisse-moi faire », répondit Allais. Le lendemain, il se présenta, habillé tout en noir, et demanda à voir le marié. On l'introduisit dans un salon où les deux familles et une trentaine d'invités célébraient les fiançailles. Allais regarda le marié et, sur un ton dramatique : « Malheureux, tu fais la noce pendant que ta maîtresse accouche. » Allez savoir pourquoi, le mariage fut rompu ! Comment ne pas aimer un homme qui gardait dans sa bibliothèque des classiques où l'on pouvait lire en dédicace : « À Alphonse Allais, avec le regret de ne pas l'avoir connu », signé Molière, Ronsard ou La Fontaine ? Il possédait dans son appartement, rue Royale, un petit musée personnel où l'on voyait sous vitrine le crâne de Voltaire enfant et un véritable morceau d'une des nombreuses fausses croix authentiques de Notre-Seigneur Jésus-Christ. Comment ne pas être reconnaissant envers celui qui écrivait : « La maman de l'enfant auquel j'ai dit hier, sur le coup de 15 heures, dans le tramway Madeleine-Bastille, à la hauteur de l'Opéra : "Toi, si tu continues à crier, tu vas prendre un coup de pied dans les testicules" et qui m'a répondu : "Monsieur, c'est une fille", est priée de se faire connaître à la rédaction du journal » ?

Le second pour qui j'adresse une supplique à l'Hôtel de Ville de Paris fut un ami d'Alphonse Allais et devrait, à mon sens, bénéficier de la même faveur, il s'agit de Sacha Guitry. Cet homme, qui fut l'un des plus brillants, des plus spirituels, des plus innovateurs du XXe siècle, mériterait cette récompense qu'on a accordée à de moins talentueux que lui. Je sais combien les rancunes sont tenaces. Guitry arrêté à la Libération, le 23 août 1944, libéré le 25 octobre. Arrêté par qui et pourquoi ? Par qui, on l'a oublié, mais pourquoi, en revanche on le sait. Pour rien. La justice conclut à un non-lieu et en face de la question manuscrite : « Motif de l'arrestation », le juge d'instruction écrivit de sa main : « Ignoré. » Que lui reprochait-on à cet homme ? D'avoir fait jouer ses pièces sous l'Occupation. Il l'avait fait, c'est vrai, comme tant d'autres auteurs, comme Jean-Paul Sartre, par exemple, à cette nuance près qu'à la Libération Sacha Guitry fut emprisonné, alors que Sartre s'érigeait en épurateur. D'avoir eu de l'entregent pendant ces quatre années noires. Il en eut et s'en servit, mais il en fit surtout profiter les autres, sortant Tristan Bernard de Drancy, qui était l'antichambre d'Auschwitz. On lui reprocha d'avoir rencontré Goering à Paris, entrevue étrange qui dura un quart d'heure et dont il dit : « Je ne saurai jamais pourquoi il a demandé à me rencontrer. Je n'avais aucune envie de voir Goering, mais je crois que Goering avait très envie de rencontrer Guitry. » Il ne donna aucune conférence et n'écrivit aucun article favorable à la collaboration. Il refusa que ses pièces fussent jouées en Allemagne et n'apporta aucun scénario à la « Continental », maison de production contrôlée par l'occupant. « Quand avez-vous été mis en prison ? » lui demandait-on parfois. « Le jour de la Libération. » Et il ajoutait : « La Libération de Paris, je n'en ai pas été le premier averti, mais j'en ai été le premier prévenu. » Pourquoi ce déferlement de haine ? Parce qu'on ne lui pardonnait pas son talent. Arletty, elle aussi, incarcérée, avait superbement résumé cette époque où les artistes s'excommuniaient : « Le comité d'épuration, ça veut dire, tu as du talent, j'en ai pas, faut que ça change. »

Cette période offrit à Guitry l'occasion, non pas de faire de l'esprit, il n'avait nul besoin d'en faire, il en avait, mais d'avoir des mots féroces. À propos d'un de ses détracteurs, accusé comme lui d'intelligence avec l'ennemi, il disait : « Je réponds de son innocence. "Intelligence avec l'ennemi..." Pourquoi diable en aurait-il eu brusquement avec l'ennemi ! » Je vous épargnerai le florilège de ses mots, ils sont si nombreux et si connus. Allez, quand même, pour le plaisir, deux ou trois : « La pire vengeance à l'égard d'un homme qui vous a pris votre femme, c'est de la lui laisser » ; « Abstenez-vous de raconter à votre femme les infamies que vous ont faites celles qui l'ont précédée, ça n'est pas la peine de lui donner des idées » ; « Si ceux qui disent du mal de moi savaient ce que je pense d'eux, ils en diraient bien davantage » ; « Ce qui fait quelquefois rester une femme, c'est la peur qu'elle a qu'on se console vite de son départ ». Il savait de quoi il parlait, ayant eu quelques infortunes conjugales. Yvonne Printemps le quitta pour Pierre Fresnay. Fresnay était marié à Berthe Bovy, sociétaire de la Comédie-Française. Quand il apprit son infortune, Guitry téléphona à Bovy : « Je vous appelle, madame, parce que je ne voudrais pas que vous appreniez par d'autres que nous le sommes par eux. » Il épousa Jacqueline Delubac, qui obtint le divorce et alla s'installer dans un appartement en face de son hôtel particulier. Et Guitry constata : « Nous étions côte à côte, puis dos à dos, nous voilà désormais face à face. » Dans son hôtel de l'avenue Élysée-Reclus, il renfermait, sous vitrine, le gilet de Marat, le jabot de dentelle de Robespierre, le pinceau de Monet, l'écharpe de Camille Desmoulins, le manuscrit de *L'Éducation sentimentale* de Flaubert, un original d'*Athalie* dédicacé par Racine et un exemplaire de *L'École des femmes* où Molière, de sa main, a rayé le mot « amour » pour le remplacer par « esprit ». Il possédait aussi la *Colombe* de Picasso dont il disait : « Je la voulais à tout prix, je l'ai d'ailleurs payée ce prix-là. » Cet hôtel est tombé sous la pioche des démolisseurs et la collection a été dispersée ; dommage. Cet homme a écrit plus de cent pièces et tourné trente-huit films. Aujourd'hui, un directeur de théâtre en mal d'auteurs n'a qu'à remonter un Guitry pour voir ses recettes assurées. Quant aux films de Sacha, Dieu sait qu'ils furent accablés par la critique, raillés par la nouvelle vague... jusqu'au jour où l'on s'aperçut qu'il avait inventé beaucoup de choses, ne seraient-ce que l'élégance et la virtuosité des génériques. Il n'est qu'à regarder aujourd'hui *La Poison* ou *Le Roman d'un tricheur* pour s'apercevoir qu'il fut, en ce domaine aussi, un maître.

Alors, monsieur le maire, un petit geste. Oh, je ne demande pas pour Guitry ou Allais une grande avenue, mais un square, une petite rue, celle qui mène au Théâtre Édouard-VII par exemple, il aimait beaucoup les femmes ce bon roi, comme Guitry, il ne lui en voudra pas. Quand on parle des gens de talent, il vaut mieux leur laisser la parole, je vous offre ce quatrain. C'est tout Guitry, cette façon de couler les vers sans recherche, comme si c'était sa langue naturelle. Il l'a écrit avant de tourner *Si Versailles m'était conté* :

> « On nous dit que nos rois dépensaient sans compter
> Qu'ils prenaient notre argent sans prendre nos conseils
> Mais quand ils construisaient de semblables merveilles
> Ne nous mettaient-ils pas notre argent de côté. »

Suivez le guide

Le guide est une spécialité française. Les autres pays en éditent, certes, mais la palme de la quantité revient à la France. Une bonne trentaine de guides gastronomiques évaluent et classent les restaurants en fonction de ce qu'on y mange, du prix, du décor, de l'accueil. Pour les vins, là encore vous n'avez que le choix des conseils. Il y a des guides pour les hôtels, pour les boutiques et, pour compléter le tableau, les hebdomadaires ont pris l'habitude de publier régulièrement des palmarès qui ne sont rien d'autre que des guides, puisqu'on y classe les établissements du plus performant au moins efficace. Nous avons eu ainsi les hôpitaux, ceux où il faut se faire soigner et ceux qu'il faut éviter ; ensuite les lycées, ceux qui fabriquent des cancres et ceux qui ouvrent la voie royale des grandes écoles. Ces classements qualitatifs sont sujets à controverse. Pour un restaurant, tout est facile... on le choisit, on fait le détour, et en sortant de table on compare son propre jugement à celui du guide qui nous l'a recommandé. Pour les lycées, c'est déjà plus délicat, tous les parents savent combien il est difficile de faire inscrire un gamin dans un lycée quand on n'est pas domicilié dans la commune. Pour les hôpitaux, c'est pire. Vous tombez dans la rue à Agen, vous vous fracturez la cheville et vous lancez à l'ambulancier : « Emmenez-moi à l'hôpital de Strasbourg, ce sont les meilleurs pour les pieds, mais en passant par Quimper où ils sont épatants pour les radiographies. » Le sommet a été atteint avec *Le Point* qui a publié récemment le « Palmarès des tribunaux ». On apprend, grâce à cette enquête, des choses surprenantes. Si le malheur veut que vous passiez en cour d'assises, mieux vaut le faire en Corse que dans le Maine-et-Loire : à Bastia, vous avez une chance sur cinq d'être acquitté. À Angers, une sur quatre-vingt-dix. À Grenoble ou à Reims, vous ne vous en sortirez pas trop mal, en revanche, à Nancy ou à Montpellier vous avez intérêt à faire votre provision d'oranges. Vous me direz, les jugements de cour d'assises sont le fait de tribunaux populaires et les Corses sont peut-être plus enclins à l'indulgence que les Lorrains. Il y a là sujet à une étude sociologique qui ne manquerait pas d'intérêt, mais en correctionnelle où les juges sont seuls maîtres de leur décision, les variations sont également sensibles. Pour le petit voleur à la tire, le pire c'est de se faire juger à Guéret où 93 % des délits sont sanctionnés, et le meilleur à Thonon où le pourcentage tombe à 42 %.

Face à ces disparités, le contribuable-citoyen s'étonne. La majorité ignore les arcanes de la justice... les magistrats du siège, le parquet, tout cela leur est étranger. La justice a d'ailleurs tout fait pour qu'il reste à l'écart, elle s'est dotée depuis des siècles d'un langage ésotérique qui rebute le béotien. Les magistrats et les avocats ont compris depuis le Moyen Âge, que dis-je, depuis les Romains, que si la justice employait des termes clairs, les citoyens allaient pouvoir ergoter. Courteline a eu cette formule superbe : « Un gredin qui tourne la loi est moins à craindre en son action qu'un honnête homme qui la discute. » Or, on ne peut contester que ce qu'on comprend ; en se drapant d'obscurité la justice se mettait à l'abri des controverses. Le contribuable-citoyen croit naïvement qu'à chaque délit correspond une sanction, c'est d'ailleurs ce qu'il vérifie quand il prend une contravention. Pas de paiement d'horodateur, c'est tant... sur un emplacement de livraison, c'est plus cher... sur les clous encore plus cher... et ce à Paris, comme à Bayonne, comme à Saint-Quentin. Il s'imagine donc que pour tous les délits le même principe s'applique sur l'ensemble du territoire. Le juge ouvre son code : « Voyons, pour ce que vous avez fait, article 742 bis, vous êtes condamné à... » Lourde erreur ! La sanction varie suivant le lieu, le mois, la pression atmosphérique et la température ambiante... et de surcroît, cerise sur la toge, du syndicat auquel appartient le juge. Selon que le cher homme est de droite ou de gauche, vous pouvez, pour un délit similaire, vous retrouver le soir même dînant en famille ou à trois dans une cellule. Mais ça ne doit pas dater d'aujourd'hui. Il y a quelques lustres, quelqu'un écrivait : « Le devoir des juges est de rendre la justice [...] leur métier est de la différer. Quelques-uns savent leur devoir et ils font leur métier. » Ce monsieur s'appelait Jean de La Bruyère, et il écrivait cela sous le règne de Louis XIV.

Ce qui fut avant ce qui est

C'est un document étonnant qui date d'un peu plus d'un siècle et demi. 1847 : c'est loin, et à la fois si proche... la fin du règne de Louis-Philippe, la préhistoire. Mais sept ans plus tard allait naître Philippe Pétain et il y a encore aujourd'hui en liberté conditionnelle un fonctionnaire de Pétain. Vous voyez que c'est à la fois loin et proche.

Ce document est un règlement, on dirait aujourd'hui une convention collective, régissant le travail des employés de bureau d'une société. L'article premier donne le ton : « Notre firme ayant considérablement réduit les horaires de travail, les employés n'auront plus à être présents que de 7 heures du matin à 6 heures du soir, et les jours de semaine seulement. » On imagine ce que devaient être les horaires avant d'être considérablement réduits. Article 2. « Une prière sera dite chaque matin dans le grand bureau, tous les employés devront y assister. » La prière bien entendu était catholique, les employés juifs, protestants ou athées, devaient s'y soumettre. La France était redevenue la fille aînée de l'Église et le travail était rare. Article 5. « Notre firme met un poêle à la disposition des employés, afin qu'ils puissent se chauffer. Il est demandé à tous les membres du personnel d'apporter chaque jour 4 livres de charbon pendant la saison froide. » La maison ne fournissait pas le charbon, elle ne fournissait que le poêle. Il est vrai que les employés arrivant à pied, apporter leur poêle les aurait retardés. Article 6. « Aucun employé ne sera autorisé à quitter le bureau sans la permission du chef de service. Cependant, les appels à la nature étant permis, les membres du personnel utiliseront le jardin en dessous de la seconde grille. Cet endroit devra être tenu dans une propreté parfaite. » De 7 heures du matin à 6 heures du soir, on peut avoir envie de faire pipi ; il y avait le jardin. Pour qu'il reste propre, ça devait être une autre histoire... Ce qui est certain, c'est qu'il n'avait pas besoin d'engrais. Article 8. « Le tabac, le vin et l'alcool étant des faiblesses humaines, l'usage en est strictement interdit. » Vous remarquerez que déjà, à cette époque, les interdits s'accompagnaient d'une leçon de morale, habitude qui s'est perpétuée jusqu'à nos jours. C'est défendu, mais c'est pour votre bien. Article 9. « Maintenant que les heures de bureau ont été énergiquement réduites (ils insistent), la prise de nourriture est encore autorisée (...) » Cet « encore » est superbe. Non seulement on réduit le temps de travail, mais de surcroît on vous laisse aussi le droit de manger, entre 11 heures et 11 h 30 précise le règlement, seulement le travail ne devra pas être interrompu. C'est-à-dire interdiction d'aller grignoter dans le jardin sous la deuxième grille. Il y a encore cinquante lignes du même acabit. « Les jeunes employés se présenteront quarante minutes avant la prière du matin et resteront après la fermeture du soir pour procéder au nettoyage, mais les balais et les serpillières seront fournis par la direction. » Et enfin, cerise sur le gâteau, cette conclusion : « Les employés reconnaissent et acceptent la générosité des nouvelles lois du travail et la direction en attend un accroissement du rendement. »

C'était le temps où les canuts descendaient de la Croix-Rousse à Lyon pour réclamer du pain, le temps où les enfants travaillaient dans les houillères du Nord. La société industrielle naissait en appliquant des règles issues de l'Ancien Régime, comme si la Révolution et les Trois Glorieuses n'avaient pas eu lieu. Je vous offre ce document comme une pièce de musée qu'on regarde avec étonnement. Il est salutaire de temps en temps de jeter un œil en arrière. Contempler ce qui était permet parfois de mieux apprécier ce qu'on a.

Les élites

Je suis tombé cette semaine sur une article fort intéressant : « Y a-t-il un divorce entre les Français et les élites ? » La fracture serait profonde entre le contribuable-citoyen moyen et la caste privilégiée chargée de l'éclairer, au point que l'auteur de l'article n'hésite pas à parler de « démocrature », néologisme formé par la fusion des mots démocratie et dictature. Dans cette élite, il place pêle-mêle les hauts fonctionnaires, les banquiers, les médias, les dirigeants des grandes entreprises, les ministres et les intellectuels. Alors qu'en revanche, les maires, les patrons des PME, les membres du corps enseignant semblent plus proches de nos préoccupations quotidiennes.

À la lecture de cet article, je me demande si son auteur n'a pas cédé à ce manichéisme qui semble prévaloir aujourd'hui quel que soit le problème qu'on aborde. Une frontière arbitrairement érigée entre le bien et le mal, le bon et le méchant, l'intelligent et le taré. Pour évoquer les élites, encore faudrait-il les définir. L'élite ne serait-elle pas une caste autoproclamée, se perpétuant par cooptation, comme de vulgaires poulets qui se pareraient de plumes de paon pour aller faire la roue, jusqu'au jour où un fermier un peu moins naïf que les autres leur arrache leurs plumes et les ramène au poulailler à grands coups de pompe dans le croupion ? Il faut revenir à l'origine des mots pour s'apercevoir à quel point on les a déformés. « Élite, dit le Littré : groupe d'individus qui se distingue par ses qualités. » Si le haut fonctionnaire, le ministre, l'intellectuel font preuve d'une perspicacité remarquable, d'une efficacité rare et d'une rigueur sans faille dans l'exercice de ces métiers, ils peuvent briguer l'appartenance à l'élite ; en revanche s'ils se révèlent, ce qui peut arriver, incompétents, un peu filous sur les bords ou simplement pas très malins, ils n'en font partie que parce qu'ils le croient et que leurs pairs, par solidarité, les confortent dans cette opinion. Je vous avoue, par parenthèse, que le mot « intellectuel » m'a toujours fait sourire. Ce vocable passe-partout, qui recouvre une marchandise hétéroclite, est largement utilisé. On l'oppose au « manuel », celui qui sait se servir de ses mains alors que l'intellectuel use de son esprit. L'intellectuel appelle le manuel pour changer un joint de robinet, et le manuel, le soir, ouvre sa télé pour que l'intellectuel lui explique les tensions entre l'Inde et le Pakistan à propos du Cachemire. L'ennui, c'est que n'importe qui peut, sur l'heure, se déclarer intellectuel, alors qu'on ne s'improvise pas plombier. Il est vrai qu'au siècle des Lumières, Diderot et d'Alembert, qui étaient eux de vrais intellectuels, consacraient l'essentiel des trente-cinq volumes de leur Encyclopédie à décrire par le menu comment travaillaient les manuels, tant ils avaient compris qu'écrire *La Religieuse* c'est bien, mais savoir fabriquer un tonneau, ce n'est pas mal non plus. Si l'on redonne au terme « élite » son véritable sens, celui qui se distingue par son talent, la fracture entre ceux qui en font partie et le citoyen lambda disparaît. L'ébéniste qui restaure une commode Louis XIV et qui retrouve les gestes et le savoir-faire de celui qui l'a signée il y a trois siècles, le chef qui mijote un plat dont les saveurs vous émerveillent, le vigneron qui surveille le vin que vous boirez dans cinq ans, le journaliste qui risque sa vie pour vous informer, le chercheur du CNRS dans son laboratoire, le médecin qui sait vous rassurer, le comédien qui vous émeut, l'écrivain qui ne joue pas à l'intellectuel donneur de leçons mais dont le roman vous captive font partie de l'élite, la vraie.

Peut-être faudrait-il une nouvelle nuit du 4 août : « abolition de l'élite ». Ceux qui se sont parés du titre indûment redeviendraient ce qu'ils sont, des personnages qu'on ne remarquait que parce qu'un projecteur les éclairait. Apparaîtrait alors la véritable élite, la minorité, de celles et de ceux qu'on distingue même dans l'ombre.

La violence et la télé

De façon récurrente, en écho de faits divers tragiques, revient le thème de la responsabilité du cinéma ou de la télévision, accusés d'exalter la violence et en quelque sorte de la banaliser. Il n'est pas de jour, disent les accusateurs, sans qu'elle ne montre aux heures de grande écoute des meurtres, des règlements de comptes et des affrontements. Certaines voix s'élèvent pour demander que les téléfilms incriminés soient diffusés après 23 heures. Il faut admettre que le flic est le grand pourvoyeur des séries télévisées. Trapu comme Navarro ou Maigret, en jupon comme Julie Lescaut, en gros plan à New York, en tee-shirt à Los Angeles, avec un imper comme Columbo ou des lunettes comme Derrick, le flic fait la loi, ce qui est son métier, mais il fait surtout de l'audience. Il est mesuré et maître de lui, mais il a devant lui des malfrats qui ne sont pas tombés de la dernière promotion de l'Armée du Salut. Il lui arrive de devoir dégainer et la violence s'installe. Violence contagieuse qui, comme toute contagion, prolifère quand elle trouve un terrain propice.

Une récente enquête a montré qu'un adolescent américain ayant consommé normalement sa pâture télévisuelle a ingurgité à l'âge de 18 ans entre 20 000 et 30 000 meurtres, enlèvements et sévices en tout genre. S'il délaisse la télé pour ses propres jeux en CD-Rom, il va devoir supprimer lui-même un nombre considérable de malfaisants que l'ordinateur prend soin de lui offrir, de chair et surtout de sang. Le gamin français ne doit pas être loin de cette moyenne. Étant soumis au même virus, le taux de criminalité devrait exploser. Or, curieusement, une immense majorité d'entre eux regardent les programmes, mitraillent les monstres, puis ferment la télé ou l'ordinateur et vont tranquillement au lycée sans éprouver le besoin d'exterminer leurs semblables. J'ai la faiblesse de penser que, même dans les banlieues chaudes, la plupart des adolescents, nourris au même lait des violences télévisuelles, s'amusent, travaillent, écoutent de la musique, font la cour aux filles, et évitent soigneusement de croiser les vingt ou trente petits caïds qui prétendent faire régner leur loi ; et eût-on abreuvé les terreurs en herbe pendant toute leur enfance de Blanche-Neige et de contes de fées qu'ils agiraient de même. C'est aux psychologues de tenter de comprendre pourquoi, dans le même environnement familial, avec les mêmes programmes télévisés, les mêmes instituteurs, il y a à l'arrivée des filles et des garçons curieux de tout et intelligents, et d'autres agressifs, révoltés et stupides.

Mais raisonnons par l'absurde et admettons que la télé exalte la violence, peut-être moins d'ailleurs dans les séries en prime-time que dans les journaux télévisés qui, à Tel-Aviv, à Naplouse, à Jolo, en Irak, au Liberia ou en Tchétchénie, nous démontrent qu'il n'est nul besoin de scénaristes pour l'inventer. Programmons les séries télévisées après 23 heures. Par quoi les remplacer objecte-t-on aux heures de grande écoute ? Il suffit, répondent les bons esprits, de puiser dans le vaste florilège de la littérature. Eh bien, puisons et éduquons les téléspectateurs avec des œuvres universellement reconnues, admirées, qui les changeront de ces sempiternelles histoires de flics et de voyous qui s'entre-tuent. Prenons Shakespeare. Voilà un auteur dont la gloire est mondiale. Va pour Shakespeare !... mais pas *Hamlet*, tout tourne autour d'un meurtre et l'assassinat de Polonius derrière un rideau est difficile à supporter ; pas *Macbeth* non plus, le sang y coule à flots. *Roméo et Juliette*, le romantisme, le balcon, oui, mais sous le balcon les Montaigu et les Capulet s'étripent. Tournons-nous vers la France, Corneille : *Le Cid*, un mort quand même, le futur gendre qui tue son futur beau-père, mauvais exemple. Horace : c'est pis, cinq cadavres et un frère qui tue sa sœur. Voyons Racine. *Britannicus*, on s'y empoisonne avec férocité. Phèdre ? une dame sur le retour qui tente d'emballer son beau-fils, comme moralité il y a mieux. *Athalie* ? Ce n'est pas la plus rigolote des pièces de Racine et je me demande quelle part de marché ferait *Athalie* à 20 h 45 face à Patrick Sébastien, et de surcroît on y trouve ces deux vers : « Des lambeaux pleins de sang et de membres affreux que les chiens dévorants se disputaient entre eux. » La vision de ces clébards en train de bouffer le héros, c'est pire qu'*Alien*. Qu'à cela ne tienne, me direz-vous, il y a l'opéra. Mais là encore, la violence est présente. *Carmen, Rigoletto, La Tosca* se terminent par un meurtre. Alors, rabattons-nous sur les adaptations des chefs-d'œuvre du roman. Stendhal : *Le Rouge et le Noir* ? Éliminé, un meurtre plutôt crapuleux. Flaubert ? Madame Bovary se suicide ; *Salammbô* : le supplice de Matho n'est pas à mettre sous tous les regards. Alors Hugo ? *Notre-Dame de Paris* : Esméralda est suppliciée, Quasimodo pousse Frolo dans le vide et se suicide. Il y a moins de sang dans *Julie Lescaut*. Alors Dumas, me direz-vous, le fabuleux, l'inusable Dumas. *Les Trois Mousquetaires* : cinq gentilshommes se réunissent au bord d'une rivière et font décapiter une femme par un bourreau ; dans tous les pays civilisés, on appelle ça un meurtre en bande organisée. *Joseph Balsamo* : le héros, Gilbert, hypnotise une jeune noble, la viole et, quand elle accouche sous l'opprobre de sa famille, enlève son fils qui ne reverra sa mère devenue la comtesse de Charny que douze ans plus tard... bel exemple de moralité à donner aux gamins. Hélas, je crains fort que la violence dans la fiction ne soit pas une invention moderne. De Sophocle à Zola, d'Eschyle à Camus, de Shakespeare à Hemingway, la plupart des auteurs ont noué leurs intrigues dans le sang, la mort, la trahison ou la vengeance. Imaginez un film aujourd'hui où le héros tuerait son père et coucherait avec sa mère. Quel tollé ! Quelle indignation ! Et pourtant, c'est *Œdipe*.

Le colloque sur l'insulte

Récemment s'est tenu à Chambéry un colloque international sur l'insulte, car l'insulte a une histoire, et même, à l'université de Savoie, une historienne, Mme Dominique Lagorgette, qui en connaît sur le bout de la langue les origines et les évolutions. L'insulte a sans doute l'âge de l'*Homo erectus*. Dès que notre lointain ancêtre a abandonné les cris et rugissements inarticulés pour construire une phrase, il a dû inventer le mot qui blesse, la formule qui exprime la colère, le mépris ou le ressentiment. Comme dans toute société, il devait y avoir à l'âge des cavernes des femmes et des hommes infidèles, des profiteurs, des feignants, des voleurs et des malfaisants. Les différends se réglaient à coups de hache de silex sur la tête, mais avant de s'occire, les adversaires devaient s'insulter. Comment disait-on « cocu » ou « salope » au temps de la guerre du feu ? Nul ne le sait, mais à l'évidence les mots, qui ne sont que le constat d'une situation, existaient déjà. Selon Dominique Lagorgette, l'insulte tourne autour de six catégories. Les métiers : putain, flic, bouseux ; les animaux : cochon, poule, blaireau, vache ; l'apparence physique : grande gueule, échalas, bas du cul ; les traits moraux : feignasse, radin, ahuri ; les noms propres : Marie couche-toi-là, Harpagon, et les substances nauséabondes : sac à merde et dérivés. Comme la langue, l'insulte, au fil du temps, s'est modifiée. On dit aujourd'hui d'un enfant : « Il est mignon », alors que sous le règne d'Henri III, traiter quelqu'un de « mignon » était prélude à la paire de claques. J'ai également appris qu'au XIIIe siècle on organisait des tournois d'insultes, à l'issue desquels on proclamait un champion. Ces mœurs étranges ont été de nos jours abandonnées. Quelle qu'ait pu être la vigueur des insultes proférées à l'époque de Villon et de Rutebœuf, le tournoi d'insultes est aujourd'hui quotidien grâce à l'automobile. Quel chercheur s'amusera un jour à calculer combien d'agressions verbales quotidiennes échangent entre eux les conducteurs français ? Maurice Horgues les évoquait dans son petit chef-d'œuvre : « Le mec à son volant » :

« Qu'est-ce qu'il a, qu'est-ce qu'il me veut
ce monsieur distingué ?
La vache y m'traite de con...
Ta gueule, eh, enfoiré. »

Le détournement du métier est un exercice courant pour un automobiliste averti. Le Parisien en vacances ne manquera pas d'afficher au moins une fois sa morgue en lançant au fond de nos provinces : « Alors paysan... t'avance ! » À celui qui vient de heurter votre véhicule à l'arrière, vous avez le choix, soit de lui lancer : « Eh connard, mets tes lunettes », soit d'user de l'ironie, tout aussi insultante, descendre et demander au fautif : « Pardonnez ma curiosité, mais quand je ne suis pas là, vous faites comment pour vous arrêter ? » Le substantif « con », qui est de nos jours d'un usage intensif, n'est plus suffisant. On lui adjoint la plupart du temps un adjectif : petit, gros, vieux ou sale, qui nuance le terme : « petit con » est plutôt gentil, teinté d'indulgence ; « vieux con » n'est qu'un rapport d'âge ; en revanche « gros con » laisse entendre que le dénommé est incurable, tant sa connerie est lourde, épaisse et adipeuse ; quant au « sale con », il ajoute le vice à son état naturel. Il convient de noter que l'insulte peut n'être parfois qu'une ponctuation. Dans le quartier de Saint-Sernin à Toulouse, vous découvrirez encore quelques autochtones qui ponctuent leur phrase en utilisant « putain » pour les virgules et « con » pour les points. Exemple : « Je suis allé au rugby dimanche, je les ai vus les petits contre Biarritz, putain... ils ont été mauvais, con ! » Les esthètes de cette langue particulière peuvent pousser la démonstration jusqu'à utiliser deux fois le mot, d'abord comme adjectif, et ensuite comme ponctuation. Exemple : « Écoute-le parler, putain... ce mec, il est con con ! »

La classe politique a beaucoup usé de l'insulte. Si elle est rare aujourd'hui à l'Assemblée nationale où le président veille à la bonne tenue des échanges, il n'en fut pas toujours ainsi, et les archives du Palais-Bourbon ont gardé en mémoire l'apostrophe célèbre que lança Jeannette Vermeesch, élue communiste et épouse de Maurice Thorez, à l'adresse du président du Conseil, Robert Schuman : « Espèce de vieil enculé ! » Formule d'autant plus surprenante qu'elle émanait d'une femme et qu'elle ne s'appuyait sur aucune preuve formelle. Sans oublier, bien entendu : « l'assassin de Clichy » du même Thorez à Léon Blum, le « voyou » de Clemenceau à Briand, la « madone des aéroports » de Poniatowski à Mitterrand, et « l'agité du bocal » de Céline à Jean-Paul Sartre. Je préfère pour ma part que l'insulte se pare de l'esprit, elle devient alors chatoyante sans rien perdre de sa férocité. Il y avait avant la guerre un producteur de cinéma qui s'appelait Richebé et qu'Henri Jeanson avait simplement surnommé : « Pauvre C ». C'est de l'insulte de haute volée. Faute de retrouver ces jurons d'antan que chantait Brassens, on devrait revenir, pour changer de ces « connards » usés jusqu'à la corde, aux insultes de jadis. Je vous garantis que, si demain un automobiliste dans Paris me traite de « paltoquet » ou de « maraud », je l'invite à prendre un verre.

Le rire, c'est d'un commun !

Les Molières récompensent chaque année un certain nombre de spectacles vivants, cet adjectif définissant ceux qui se jouent sur scène, c'est-à-dire qui « vivent », qui se modifient chaque soir, ni tout à fait un autre, ni tout à fait le même, au contraire du film ou du téléfilm qui, une fois gravé, ne bouge plus. Les récompenses sont attribuées par un vote des professionnels du spectacle, qui ne reflète pas toujours le goût du public, mais bon an mal an s'en approche suffisamment pour qu'aucun spectateur, celui qui paye sa place et qui est *in fine* le maître juge, ne puisse crier au scandale et relever de cuisantes injustices. J'ajouterai que, de toutes les cérémonies de remises de prix, 7 d'Or, Victoires de la musique ou Césars, celle des Molières est la plus agréable à regarder, la moins sophistiquée et, à mon goût, la plus chaleureuse. La famille des saltimbanques est à l'image de celle des Atrides, mais lors des Molières il arrive parfois qu'Électre laisse le poignard au vestiaire et consente à embrasser Clytemnestre.

Or, cette année, l'Association professionnelle et artistique du théâtre, maître d'œuvre de la cérémonie, a supprimé le Molière de la meilleure pièce comique, ce qui est assez paradoxal si l'on songe que Jean-Baptiste Poquelin a usé son génie et sa santé à tenter de faire rire ses contemporains et qu'il reste, trois siècles après sa mort, l'un des auteurs les plus divertissants du répertoire. Même lorsque le drame se profile, comme dans *Tartuffe*, au moment où Orgon refuse obstinément de sortir de dessous la table où l'a dissimulé Elvire. Sa réticence déclenche le rire salvateur qui libère le spectateur de son angoisse. Dans *L'École des femmes*, Arnolphe, trompé, abandonné, pitoyable, parvient à faire rire. Pourquoi dès lors cet ostracisme envers le spectacle comique, cette injure faite au nom de celui auquel la cérémonie fait référence ? Parce que le comique est depuis longtemps en France frappé d'un étrange anathème. Le phénomène n'est pas nouveau. Courteline, qui lui aussi s'essaya à distraire ses contemporains, disait : « Il n'y a pas de genre mineur, et le comique qui divertit prime le tragique qui n'émeut pas. » La télévision nous offre pléthore de séries et de téléfilms dramatiques qui abordent des problèmes de société ; on y voit des commissaires de police, des juges, des enquêteurs, des proviseurs, des instits, mais très rarement des productions comiques. Pourquoi ? Parce qu'il est beaucoup plus facile de susciter l'émotion que de déclencher les rires. Émouvoir ou faire pleurer procèdent d'une recette éprouvée, pour peu qu'on en sélectionne avec soin les ingrédients, mais le rire en revanche est un miracle, une alchimie que nul ne maîtrise avant de l'avoir expérimentée sur le public. Je parle là, croyez-moi, d'un sujet que je connais fort bien pour en faire chaque soir l'expérience depuis des lustres, l'angoisse de l'effet qu'on essaye et auquel le public ne répond pas, qu'on peaufine le lendemain, qu'on modifie jusqu'au jour où il porte. Aucun auteur n'a jamais été certain de faire rire en écrivant une réplique, le rire est un mystère dont nul ne possède les clefs et c'est sans doute pour cela qu'il est mal vu de l'intelligentsia qui s'arroge le droit de définir ce que le public doit aimer. « Faire rire, mon Dieu, ne serait-ce pas un peu vulgaire ? » Au point d'ailleurs que certains metteurs en scène ont réussi à monter Molière sans arracher un sourire à la salle. On lui a tout fait à cet homme. On a transformé le Bourgeois gentilhomme en contestataire et Scapin en apôtre des revendications sociales, mais la pire avanie qu'on lui inflige, c'est de le rendre ennuyeux et pontifiant. Il m'est arrivé de voir – pas longtemps parce que dans ce cas-là je m'en vais à l'entracte – des Labiche soporifiques et des Feydeau insipides. « Vous comprenez, il y a dans *On purge bébé* un message sous-entendu sur les mœurs politiques, sinon ça n'est qu'une vulgaire histoire de pot de chambre. » Eh bien non ! il n'y a pas de message dans Feydeau, il y a une prodigieuse gaieté, un sens aigu du mot qui fait mouche, un don rarement égalé des situations comiques. Car le public, celui qui prétend qu'on satisfasse ses goûts sous le fallacieux prétexte qu'il paye sa place, raffole du comique. Il veut bien aller au théâtre ou au cinéma pour qu'on le plonge dans l'angoisse de problèmes auxquels il est confronté tous les jours, mais de temps en temps il se dit : « Il n'y aurait pas quelque chose de marrant ? » Il y a en France des centaines de villes dont les habitants voudraient voir des pièces comiques dans leurs ravissants théâtres à l'italienne. *Joyeuses Pâques* avec Arditi, une opérette, Muriel Robin, voire même, c'est vous dire le goût dépravé qu'ils ont, des chansonniers. Mais ces théâtres sont désormais théâtres nationaux subventionnés par la Ville et le ministère de la Culture, et un théâtre national ne s'abaisse pas à accueillir ces fariboles dégradantes. Si les habitants de la ville veulent se marrer, ils n'ont qu'à prendre le TGV et aller à Paris.

De Funès n'a jamais reçu de récompense. Darry Cowl a attendu d'avoir quarante ans de carrière pour recevoir un Molière. Coluche a reçu un prix pour *Tchao Pantin*, mais aucun pour avoir fait hurler de rire, tout seul en scène pendant deux heures, des milliers de spectateurs, et certains ont même dû lui dire : « Vous êtes tellement émouvant dans le tragique, pourquoi allez-vous galvauder votre talent à faire le pitre ? »

Au fond, en supprimant le Molière de la pièce comique, les responsables n'ont fait qu'entériner une réalité. Faire rire sur scène, c'est d'un commun... !

Une croisière de chansonniers

La première escale fut Istanbul. Je rêvais depuis longtemps de découvrir cette ville. Pour deux raisons. La première pour visiter Sainte-Sophie, la seule basilique romaine au monde encore debout. En vieil amoureux de Rome, chaque fois que je passe sur le forum devant les vestiges de la basilique de Maxence, je m'interroge : « Comment était-elle au temps de sa splendeur ? » Sainte-Sophie offrc la réponse. En dépit des mutilations, des pillages, des ajouts, elle se présente telle que l'empereur de Byzance la consacra il y a 1 700 ans. L'œil oublie ce qui fut modifié et confie à l'imagination le soin de restituer l'original. Et, comme au Panthéon de Rome ou devant le Pont du Gard, on se dit : « Ils savaient faire ça, et le faire aussi bien ! » La seconde raison de mon attirance pour Istanbul, qui a changé trois fois de nom en vingt siècles, c'est que mon père m'en avait beaucoup parlé. Il aurait pu faire en 1922 son service militaire dans une quelconque ville de garnison. À vingt ans, lui qui n'avait jamais quitté son département de l'Hérault natal, on l'expédia à Constantinople parmi les troupes d'occupation de la Turquie vaincue. Toute sa vie, il m'a parlé de la Mosquée bleue, de la Corne d'Or et des odeurs d'épices du bazar, au point qu'en les découvrant j'ai eu l'impression de les avoir toujours connus. La croisière a un avantage sur les autres modes d'excursion, votre chambre d'hôtel vous suit, vous exemptant de la corvée de faire et de défaire ses valises. Pour moi qui quitte rarement une chambre d'hôtel sans y oublier quelque chose, c'est appréciable. Seconde escale, Yalta. Ce petit port régla le sort du monde pour cinquante ans lorsqu'un Roosevelt naïf et épuisé offrit à Staline la mainmise sur les nations qui furent, jusqu'à la chute du mur de Berlin, des démocraties populaires – ainsi nommées parce que ce n'étaient pas des démocraties et qu'elles n'étaient guère populaires, surtout aux yeux de ceux qui en subissaient le joug. Yalta est une toute petite et ravissante station balnéaire de Crimée avec une végétation méditerranéenne. Elle commence à prendre conscience de son charme et de ses possibilités, ce qu'était sans doute la Côte d'Azur dans les années 20, avant que les bétonneuses et les promoteurs n'y fassent la loi. Yalta s'initie au tourisme, encore timidement. Sur la promenade du bord de mer quasiment aucune voiture : le bonheur ; en revanche, dans les restaurants à quelques mètres de la mer, les plats sur la carte sont rédigés exclusivement en russe, et quand on ne maîtrise pas l'écriture cyrillique, il est très difficile de distinguer un filet de poisson d'un poulet frites. Oh, ils vont s'y mettre très vite, j'ai vu des bétonneuses qui rôdaient dans les parages. Dans dix ans, un petit aéroport, un ou deux casinos, une dizaine d'hôtels et quelques nostalgiques qui évoqueront le temps heureux où Yalta n'était cité que dans les livres d'histoire. 8 mai, Odessa et les 192 marches du fameux escalier Potemkine. Nous avons croisé dans la ville quelques très vieux messieurs qui portaient leurs décorations. Ce sont les anciens combattants de l'armée rouge qui célèbrent à leur manière la capitulation de l'Allemagne, mais toute l'Ukraine travaille ce jour-là, comme d'ailleurs la Russie, l'Angleterre et les États-Unis. Seule la France en a fait un jour férié, parce que, comme tout le monde le sait, la France a vaincu toute seule le régime nazi, aidée, mais si peu, par ses alliés. Ce 8 mai férié chez nous fait un peu sourire à Londres, à Moscou et à Washington, et même à Berlin, mais avec indulgence. « Que voulez-vous, disent-ils en souriant... ce sont les Français, il faut les prendre comme ils sont ! » Ces décorations, au marché aux puces d'Odessa, il y en a des milliers à vendre, en vrac, dans des paniers. Rubans, médailles, étoiles rouges, faucilles et marteaux, Lénine, Staline, en vrac, dans des paniers, cinq au choix pour un euro. Grandeur et décadence dont on peut se gausser, mais je n'ai pu m'empêcher de penser que, derrière chacun de ces petits bouts de métal de ces rubans défraîchis, il y avait du sang et des larmes. Dernière escale : Nessebar en Bulgarie. Dans un tout petit périmètre se chevauchent vingt-cinq siècles de remparts, de temples, d'églises, de maisons médiévales, quelques hectares classés au patrimoine de l'humanité, fabuleux décor pour tous les films historiques. Un bijou. Bon, je tourne au guide, je m'arrête. J'ai vécu huit jours sans rien savoir de ce que disait Raffarin, de ce que pensait Hollande, de ce que voulait Juppé. Le 13 mai, nous avons débarqué à Toulon. Les trains pour rentrer à Paris, il n'y en avait pas, les avions..., il n'y en avait pas non plus, c'était jour de grève générale. Aucun doute nous étions bien revenus chez nous.

Quand le livre est en fête

J'ai profité du mois d'août pour participer à quelques fêtes du Livre. Je les sélectionne avec soin en fonction du bonheur qu'elles m'apportent et de l'amitié qui me lie aux organisateurs. Il est réjouissant de constater que les Français continuent à être de grands consommateurs de livres et le succès de ces fêtes estivales, où l'on vient les traquer dans leurs vacances, en est la preuve.

Les nocturnes du Var, organisées par mon ami Pierre Defandini, sont un régal pour ses invités. Les auteurs signent le soir, de 20 heures à minuit, sur les ports des stations balnéaires du Var et des Bouches-du-Rhône, Bormes-les-Mimosas, Sainte-Maxime, Bandol, avouez qu'il y a des lieux plus déshérités. Les chalands déambulent devant nous, s'arrêtent, prennent un livre, le feuillettent, le posent et s'éloignent sans un mot. Il y a aussi ceux qui se renseignent... « Vous parlez de quoi ? – De tout, enfin de tout ce qui m'intéresse. – Et c'est le même texte que celui qu'on entend à la radio ? – Le même, madame, mais réécrit, il faut toujours réécrire les chroniques qui sont faites pour être dites à l'antenne. – Ah ! et pourquoi ? – Parce que, si on écrit comme on parle, on écrit mal. » La dame prend le livre, lit avec attention la quatrième de couverture et se décide : « Vous pouvez me le dédicacer ? – Mais je ne suis là que pour ça. – C'est pour ma grand-mère, elle vous adore. » Je m'exécute. Il fut un temps où les dames me disaient : « Je vous aime beaucoup », quelques années plus tard, ce fut : « Ma mère vous aime beaucoup. » Je suis passé aux grands-mères. Je ne m'en plains pas, je suis certain qu'après l'avoir lu, la grand-mère le prêtera à sa fille qui le passera à la sienne. Il y a aussi les badauds qui sont venus pour parler. Cela donne parfois des dialogues surprenants. « Les chansonniers se raréfient », me dit une dame charmante. Prudent, je réponds : « Oui, comme tous les métiers, mais ils se renouvellent. – Quand même, insiste-t-elle, il y a quelques années, vous avez perdu Dadzu. – C'est vrai. – Et encore récemment, ce pauvre monsieur Amadou qui est mort. » Je reste une seconde interloqué. « Vous êtes sûre de ne pas faire erreur ? – Ah oui ! c'est Maurice Horgues. » À ce moment-là seulement, ses yeux tombent sur mes bouquins étalés devant moi, elle bafouille : « Amadou, c'est vous. – Eh oui. – Et vous n'êtes pas... – Eh non. » Elle est tellement affligée de sa bévue que je la console, elle m'a pris un livre et je lui ai fait une très longue dédicace en pensant que de là-haut, assis sur leur nuage, Horgues et Dadzu, qui ne doivent plus se quitter, ont dû éclater de rire.

Le problème des nocturnes du Var est celui de la circulation. Rejoindre Sainte-Maxime à 19 heures en venant de Cogolin relève de l'exploit et nécessite une infinie patience. On fait dix mètres, on s'arrête cinq minutes... encore dix mètres, encore cinq minutes. Cela m'a rappelé une anecdote célèbre. Il y a une quinzaine d'années, un metteur en scène américain était venu présenter son film au festival de Cannes. Au cours d'une interview le journaliste d'une radio locale lui demande : « Vous connaissez la Côte d'Azur, bien entendu. – Oh, je la connais très bien, j'y viens souvent, mais je l'ai découverte d'une façon très émouvante. J'avais vingt ans, j'étais un tout jeune GI et j'ai participé le 15 août 1944 au débarquement franco-américain sur les côtes de Provence. J'ai mis les pieds sur le sol de France à Cavalaire, ce fut pour moi une grande émotion, et je vais même vous raconter la suite. À dix heures et demie avec ma section, quelques jeeps, deux half-tracks, nous avons fait mouvement et à midi nous sommes arrivés devant Saint-Tropez. J'ai participé à la libération de cette ville qui est maintenant mondialement connue. » À ce moment-là, le journaliste lui dit : « Vous vous rendez compte, un 15 août vous avez quitté Cavalaire en voiture à dix heures et demie et vous êtes entré dans Saint-Tropez à midi. Un 15 août ! Vous ne risquez pas de le refaire aujourd'hui. » Et l'Américain de rétorquer : « On ne peut pas comparer, il y avait beaucoup moins d'Allemands à cette époque-là ! »

« Le jargon est l'enfant naturel de la platitude. »

MARCEL AYMÉ

Nuggets de poulet

Ceux d'entre vous qui me font l'honneur de leur fidélité savent à quel point mon attachement à l'Europe ne peut être suspecté. Je suis convaincu que sa construction, pour lente et conflictuelle qu'elle soit, est la seule bonne idée qu'ait eue ce vieux continent depuis des siècles. Je suis admiratif du fait que, quatre-vingt-huit ans après la bataille de Verdun et soixante ans après celle des Ardennes, on puisse circuler en toute liberté, de telle sorte qu'un Italien se sent chez lui à Lyon tout autant qu'un Bordelais à Munich ou un Belge à Florence. Le nationalisme, qui fit naguère s'étriper les Européens pour quelques arpents de territoire, est en voie d'extinction et la monnaie commune cimente ce rapprochement.

Mais ça n'est pas parce que j'aime l'Europe, même si l'Europe fédérale dont je rêve n'est encore qu'une lointaine utopie, que je vais me priver d'en contester certaines directives. Qu'est-ce que cette idée biscornue qui a germé dans la cervelle des fonctionnaires de Bruxelles d'autoriser la vente de certains produits alimentaires ou autres avec une étiquette rédigée dans une langue commune, qui est évidemment l'anglais ? Le français a repris ses droits dans des domaines où l'anglais n'était pas particulièrement gênant. « Filet », crie désormais l'arbitre à Roland-Garros avec son index posé sur la bande. Il y a quelques années, il criait « Net ». Tout le monde comprenait, mais la Fédération a réagi, elle a eu raison, la défense de la langue commence par la tolérance zéro. Ça sera plus long pour le football. « Pénalité dans la surface de réparation à la suite d'un coup de pied de coin », ça prend plus de temps que « Penalty à la suite d'un corner ».

Tout cela n'est pourtant que broutilles comparé à l'embarras du consommateur dans son supermarché en arrêt devant une boîte cartonnée où s'inscrit « Nuggets de poulet », ce qui est parfaitement idiot. Ou bien on écrit « Beignets de poulet » ou alors « Chicken's nuggets ». Nuggets de poulet est un barbarisme aussi affreux que beignets de chicken. Vous me direz, il y a la photo sur l'emballage, qui aide le consommateur à se faire une vague idée de ce qu'il va trouver dans son assiette. Mais si on entrouvre la porte, les fabricants vont s'y ruer et bientôt nous n'aurons plus que la photo et l'énoncé en anglais. Or, voulez-vous me dire ce qui différencie sur une photo de surgelé un beignet de poulet d'un beignet de morue ? Ce qu'on voit surtout, c'est le beignet. Il va donc falloir s'habituer à aller faire ses courses avec un dictionnaire ce qui, dans un hypermarché un samedi après-midi, pourrait créer quelques embouteillages et offrir un spectacle pittoresque. On pourrait aussi, bien sûr, embaucher quelques étudiants bilingues qui, devant chaque rayon, traduiraient les étiquettes pour les béotiens, cela créerait des emplois. « Holland cheese, madame, c'est du fromage de Hollande. Product of Germany, fabriqué en Allemagne. – Du fromage de Hollande fabriqué en Allemagne ? – C'est l'Europe, madame. – Mais pourquoi on ne met pas sur l'étiquette "Fromage de Hollande" ? – Parce que ça permet au fabricant de n'utiliser qu'une seule étiquette, ce qui lui permet de faire des économies. – Ah ! et le fromage est moins cher qu'avant ? – Non, pourquoi le serait-il ? – S'ils font des économies, ils devraient les répercuter sur le consommateur. – Ça, madame, c'est un raisonnement de consommateur, pas de fabricant. »

Il va donc falloir que nous nous battions pour obtenir que les produits vendus en France soient étiquetés en français, quitte à ce que le fabricant inscrive en dessous la traduction anglaise si ça fait vendre. Nous souffrons déjà de certains modes d'emploi de produits fabriqués en Extrême-Orient qui laissent perplexes ceux qui les découvrent. À l'évidence, ils ont été traduits du japonais ou du chinois en bantou, puis du bantou en finlandais, et enfin en français, à moins que la traduction n'ait été confiée à un étudiant en première année de l'université de Tokyo qui ne possède de notre langue que quelques rudiments très vagues. On pourrait user de l'arme du boycott, mais « boycott » est un terme anglais, ça serait donner des armes à l'adversaire. Je serais plutôt partisan de la mauvaise foi. Accabler les préposés des hypers de questions : « Fish, c'est quoi ? – Du poisson. – Vous êtes sûr ? – Oui. – Ah... et whing ? – C'est l'aile. – Pas la cuisse ? – Non. – Très bien, attendez, j'en ai encore une dizaine à vous faire traduire. » Au bout d'une semaine de ce régime, les responsables de rayon seraient au bord de la dépression nerveuse, et la direction dans l'obligation de téléphoner au fabricant pour lui demander de revoir son étiquetage. Ce combat, je vous en préviens, sera long, car les technocrates de Bruxelles sont têtus, mais s'il est mené conjointement par les deux cents millions de consommateurs de la Communauté, avec ce mot d'ordre : « Je veux bien apprendre l'anglais pour lire Shakespeare ou Mark Twain, mais pas pour savoir ce que je bouffe », il devrait avoir des chances d'aboutir. Sinon nous verrons bientôt sur nos étals du « Roquefort cheese », du « Cassoulet of Castelnaudary », et même, pourquoi pas, du « Chambertin french wine, product of Burgoudy », hérésie qui fera se retourner dans leur tombe les moines de Cîteaux.

Ce vieux lycée Ampère

Le lycée Ampère de Lyon a fêté son 200e anniversaire en qualité de lycée d'État, mais les murs qui l'abritent sont bien plus anciens puisqu'il y a presque cinq siècles que fut édifié en bordure du Rhône le collège de la Trinité. Je suis entré dans ce vénérable établissement quelques mois après la débâcle de 1940 et le premier professeur qui nous accueillit avait pour mission de nous enseigner le latin et le français. J'ai oublié, qu'ils me le pardonnent, la plupart des noms des autres profs, en revanche je me souviens de celui-là, Raquin, un petit homme vif, boitillant, mélange de sévérité et de bienveillance, avec lequel j'ai tissé, bien des années après, une amitié qui a duré jusqu'à sa disparition à plus de 90 ans. Il m'a avoué alors avoir décelé en moi, dès les premières semaines, une plus grande aptitude à distraire mes camarades qu'à ingurgiter Virgile ou Cicéron.

Les circonstances avaient modifié les règles strictes et ancestrales du lycée. Il y avait toujours le tambour qui ponctuait les heures et il régnait une discipline qui paraîtrait aujourd'hui bien obsolète. Chaque cours était interrompu par une distribution de lait et de pilules vitaminées au goût de framboise. Il s'agissait de pallier le manque de nourriture dû aux restrictions et de protéger cette génération montante en pleine croissance qui se nourrissait à domicile de rutabagas et de sucre de raisin. Je fus chargé d'aller chaque jour chercher les corbeilles de pilules vitaminées ; en les apportant j'en avalais quelques-unes et ce surcroît de vitamines explique peut-être les 196 centimètres que j'atteignis lorsque je parvins en seconde. Les profs enseignaient, c'était leur rôle, mais nous couvaient aussi, s'inquiétant d'une toux ou d'un amaigrissement, héritiers de ces « hussards noirs de la République » qui, pendant soixante-dix ans, avaient été pour leurs élèves des mentors, ainsi que des tuteurs attentifs au moindre fléchissement des jeunes pousses dont ils avaient la charge. Les échos du monde à feu et à sang venaient battre les murs du vieux lycée et parfois nous y participions. En 1941, on nous sortit tous, en rang, on nous mit dans la main un petit drapeau en papier et on nous posta à l'angle du pont Lafayette avec mission de l'agiter quand passerait le cortège. J'ai encore, soixante-trois ans après, l'image aussi nette et précise qu'une photographie du vieux maréchal passant devant nous dans sa voiture décapotable. Je ne dirai pas que ma méfiance à l'égard des militaires est née ce jour-là, toutefois cette corvée n'y fut sans doute pas étrangère.

Le censeur était barbu, ce qui nous évitait de lui inventer un surnom, le surveillant général était redouté, ce qui peut paraître surprenant aujourd'hui, et nous allions faire des barres parallèles dans l'ancienne chapelle des jésuites, signe probant de la séparation de l'Église et de l'État. Ce vieux lycée sur lequel on peut faire une bien jolie contrepèterie : « J'ai vu ce vieux lycée Ampère » a vu passer sur ses bancs quelques célébrités. Alphonse Daudet, Nîmois exilé à Lyon, transplanté de son soleil natal aux brouillards du Rhône, y fut pendant quelques années le « Petit Chose » avec sa blouse ridicule et son cartable collé. Claudius Petit, Albin Chalandon et Michel Noir y forgèrent les premières armes qui allaient les amener sur les bancs de l'Assemblée nationale.

Bernard Pivot y apprit les rudiments de cette langue française qu'il défend si bien aujourd'hui. Pouvais-tu te douter, cher Bernard, en faisant les pleins et les déliés des dictées qu'on t'imposait, que tu allais, quelques années plus tard, faire souffrir quelques milliers de volontaires angoissés en t'entendant dire : « Des thuriféraires schizophrènes, virgule » ? Marcel Maréchal, en s'initiant à Molière, se doutait-il qu'il le jouerait un jour et Jacques Martin a-t-il appris entre ces murs austères ce sens de la dérision qu'à Lyon tous les gones ont peu ou prou hérité du Guignol Mourguet ? Charles Baudelaire y fut pensionnaire et, en me retournant sur ces années anciennes, je commence à mieux saisir le sens de son alexandrin : « J'ai plus de souvenirs que si j'avais mille ans ». Un des plus célèbres professeurs d'Ampère fut Édouard Herriot. Surdoué, agrégé de lettres à 20 ans, nommé à Lyon après sa sortie de Normale Sup, il avait dans sa classe un jeune garçon qui n'avait que 12 ans de moins que lui et qui se nommait Édouard Daladier. L'élève allait plus tard disputer au prof la présidence du parti radical. Un peu comme si Emmanuelli avait eu Hollande dans sa classe, ou si Sarkozy avait été l'élève de Juppé. Herriot avait une tendresse pour l'andouillette et la comparait à la politique en disant : « Il faut que l'une et l'autre sentent la merde... mais pas trop. » Il avait eu cette formule mémorable : « Le Sénat est une assemblée de notables conservateurs et rétrogrades dont les méfaits sont heureusement compensés par une forte mortalité. »

Chaque fois que je reviens à Lyon et qu'il m'arrive de passer sur les quais du Rhône, j'ai un regard vers la porte peinte en vert par laquelle nous entrions le matin, puis un autre vers la passerelle du collège sur laquelle je traversais le Rhône. Certains jours de neige ou de grand vent, elle était fermée, alors j'enjambais la barrière ; comme j'arrivais toujours à huit heures moins deux, pas question d'aller faire le tour par le pont Lafayette. J'imitais à la perfection la signature de ma mère pour les billets de retard, sans en abuser. Je n'ai pas fait au lycée Ampère des études brillantes, et j'emploie la litote par pudeur. Les sept années que j'y ai passé ont laissé des traces qui ne se sont jamais effacées. Quand je le fréquentais, quatre cent cinquante ans de culture imprégnaient ses murs ; à force de parcourir ses couloirs quelques atomes ont dû, en dépit de ma paresse, s'accrocher à ma peau. S'ils me regardent de là-haut, mes profs de maths qui me voient encore fâché avec les chiffres doivent penser que je n'ai guère changé, en revanche mon vieil ami Raquin, peut-être, se dit qu'après tout il n'a pas complètement perdu son temps.

Les plagiaires

Roland de Chandenoy vient de publier chez Perrin un dictionnaire des plagiaires, dans lequel il montre que la plupart des écrivains français, même les plus illustres, ont consciencieusement pillé leurs confrères sans vergogne aucune. Ce livre iconoclaste et réjouissant ne discrédite pas les grands maîtres, car le plus souvent, en piquant une idée ils l'ont améliorée, voire sublimée ; mais, sans entamer leur génie, Roland de Chandenoy démontre qu'ils avaient leurs petites faiblesses, ce qui les rend peut-être plus humains, et plus proches de nous. Prenons par exemple le grand Corneille. Il ne s'était pas caché d'avoir adapté, avec *Le Cid*, la pièce espagnole *La jeunesse du Cid* de Guilhem de Castro. Dans sa bibliothèque à Rouen il épluchait aussi ses contemporains. C'est ainsi qu'il tomba sur une tragédie, *Porcie* de Robert Garnier. Vous connaissez ? Moi non plus. Il découvrit ces deux vers :

« Faites dessus la plaine ondoyer votre sang
Coulant à gros bouillons de son généreux flanc. »

Ce sang qui ondoyait était assez ridicule, mais le second alexandrin plut à Pierrot, qui le mit tel quel dans la bouche de Chimène :

« Sire mon père est mort, mes yeux ont vu son sang
Couler à gros bouillons de son généreux flanc. »

Un autre jour, il découvrit un vers de Mathurin Régnier :

« Comblant les bons d'amour et les méchants d'effroi ».

C'est pas mal, ça, songe Corneille, et Don Gormas à l'acte I du *Cid* dit :

« Remplir les bons d'amour et les méchants d'effroi ».

Par scrupules, il a remplacé combler par remplir ; on a sa

fierté quand même ! Détail amusant, le principal détracteur du *Cid* fut Scudéry qui, dans un pamphlet aussi injuste que fielleux, démolit ce chef-d'œuvre en lui reprochant ses emprunts à l'Espagne. Or, ce bon Scudéry écrivit lui-même une tragédie, aujourd'hui aussi oubliée que son auteur : *Arminius*. Et que trouve-t-on dans *Arminius* ? Cet alexandrin :

« Et vaincre sans péril serait vaincre sans gloire. »

Ça ne vous rappelle rien ?

« À vaincre sans péril, on triomphe sans gloire. »

Allez savoir pourquoi, l'alexandrin de Corneille, avec les mêmes mots, est sublime alors que celui de son détracteur plagiaire est plat.

Comme Scudéry, Boileau fut un donneur de leçons, avec le talent en prime. Il avait aussi bonne mémoire, Nicolas. Racine, dans *Phèdre*, avait écrit :

« Et pour sauver votre honneur combattu
Il faut immoler tout, y compris la vertu. »

Boileau s'en saisit et le transforme à peine :

« Qu'à l'amour comme au seul Dieu suprême
On doit immoler tout, jusqu'à la vertu même. »

Ce n'est pas mal, mais la copie ne vaut pas l'original. Racine, le grand, l'incomparable, avait aussi de bonnes lectures. En lisant *Judith* de Marie Puech de Calages – vous connaissez ? moi non plus –, il découvre ce vers :

« Qu'un soin bien différent l'agite et le dévore ».

Et que trouve-t-on dans *Phèdre* :

« Qu'un soin bien différent me trouble et me dévore ».

Dans *Judith* encore :

« Il se cherche lui-même et ne se trouve plus »

devient dans *Phèdre* :

« Maintenant je me cherche et ne me trouve plus ».

Racine et Corneille, cet antagonisme sur lequel ont planché des milliers de lycéens. Corneille écrit dans *Le Cid* :

« Ma plus douce espérance est de perdre l'espoir » ;

Racine dans *Bajazet* :

« Mon unique espérance est dans mon désespoir ».

C'était peut-être pour rendre hommage à son illustre prédécesseur, qui sait ?

Voltaire, l'esprit français par excellence, fustigeait volontiers les plagiaires. Tout le monde connaît cette épigramme fameuse contre son vieil ennemi Jean Fréron :

« L'autre jour, au fond d'un vallon
Un serpent piqua Jean Fréron
Que croyez-vous qu'il arriva
Ce fut le serpent qui creva. »

C'est joliment tourné ; l'ennui c'est que, quelques années auparavant, était paru un recueil d'épigrammes publié à Amsterdam, dans lequel on trouve :

« Un gros serpent mordit Aurèle
Que croyez-vous qu'il arriva
Qu'Aurèle en mourut, bagatelle
Ce fut le serpent qui creva. »

Sacré Voltaire.

Mais il y a encore plus étonnant. Boileau a écrit une ode contre les Anglais dans laquelle on lit ceci :

« Leur sang coulant à gros bouillons
Paya l'usure de nos peines
Et leurs corps pourris dans nos plaines
N'ont fait qu'engraisser nos sillons. »

Ce sang impur qui vient engraisser ou abreuver nos sillons, ça ne vous rappelle rien ?

Pierre Benoît, auteur bien oublié aujourd'hui, fut l'écrivain à la mode pendant l'entre-deux-guerres. Toutes ses héroïnes avaient un prénom qui commençait par un « A ». Un de ses romans a quand même survécu, c'est *L'Atlantide* dont on fit plusieurs adaptations au cinéma. Que lit-on dans *L'Atlantide* ? « On ne pouvait se trouver en présence de cette femme sans évoquer celle pour qui Ephractaeus soumit l'Atlas, pour qui Sapor usurpa le sceptre d'Ozymandyas, pour qui Mamylos subjugua Suze, et Tentyris, pour qui Antoine prit la fuite. » Les lecteurs s'interrogeaient : « Mais où Pierre Benoît va-t-il chercher tout ça ? » Il avait été le chercher dans *La Légende des siècles*, un de ces poèmes où Hugo emploie des noms propres à coucher dehors :

« Pour elle, Ephractaeus soumit l'Atlas, Sapor
Vint d'Ozymandyas saisir le cercle d'or.
Mamylos conquit Suze et Tentyris détruite,
et Palmyre, et pour elle Antoine prit la fuite. »

Pierre Benoît avait tout simplement repris les vers de Hugo et les avait mis en prose en pensant : « Personne n'en saura rien, qui lit *La Légende des siècles* ? » Hélas, il y a toujours un fouineur qui, un jour, décèle le larcin.

Un certain Nicolas Germain Léonard, poète créole, vous connaissez ? Moi non plus ! – avait écrit un très beau vers :

« Un seul être me manque et tout est dépeuplé »

qui tomba sous les yeux de Lamartine et devint :

« Un seul être vous manque et tout est dépeuplé. »

Honnête, Lamartine a quand même changé le « me manque » en « vous manque ». Il y a bien d'autres noms dans ce *Dictionnaire des plagiaires*, des écrivains contemporains que je croise souvent dans les foires du Livre auxquelles je suis invité, mais je tairai leur nom, ils ne me salueraient plus. Et puis, cette chronique, je l'ai faite en citant le livre de Roland de Chandenoy et, à bien y réfléchir, c'est un peu du plagiat.

Question de budget

Dans son livre *Versailles ou le chantier de Louis XIV*, Frédéric Tiberghien raconte en détail ce que fut la construction de ce palais, un des monuments les plus visités au monde, ses travaux pharaoniques, sous la surveillance quasi quotidienne de Louis XIV qui veilla aux moindres détails. Chantier avec ses pots-de-vin déjà, ses malversations, ses sous-traitances douteuses et cette conclusion pour le moins inattendue. Versailles, tout compris, bâtiments, jardins, adductions d'eau et achat du mobilier, a coûté 100 millions de livres. En évaluant la livre à 15 euros, Versailles a coûté le même prix que la Très Grande Bibliothèque François-Mitterrand qui s'élève sur les rives de la Seine, face à Bercy. Et à comparer les deux monuments il m'est venu cette réflexion : « Ou bien Versailles n'a pas coûté cher, ou alors la Très Grande Bibliothèque est vraiment hors de prix... »

« Il y a trois sortes de mensonges. Les mensonges, les mensonges par omission et les statistiques. »

MARK TWAIN

Les saisonniers des élections

Il est des professions que les campagnes électorales réjouissent. Les imprimeurs notamment les voient arriver avec délectation : les commandes affluent, les machines tournent jour et nuit ; les professions de foi, les affiches, les tracts, empaquetés, ficelés, étiquetés, s'entassent jusqu'au plafond ; le téléphone n'arrête pas de sonner. « Vous voulez un clocher d'église dans le fond... ? Mitterrand l'avait déjà fait, vous ne préférez pas une cheminée d'usine... ? Non... d'accord pour le clocher. » « La France, en bas, c'est trop petit, je vous l'agrandis. Et votre nom... un peu plus gros aussi... plus grand que la France ?... Très bien... et d'un bleu plus soutenu, outremer... Vous aurez ça demain. »

Les publicistes sont également sur les dents, c'est à eux que s'adressent les directeurs de campagne pour inventer la phrase choc que les gazettes et les radios répercuteront le lendemain. Le candidat doit se rendre dans l'Aude et l'Hérault et parler aux viticulteurs. Dès l'aube, toute l'équipe est réunie et commence alors un épuisant *brainstorming*, cet essorage de cerveau en groupe qui dure jusqu'au soir, à peine entrecoupé de café, de bières et de sandwiches. « Qu'est-ce que vous proposez, François ?... Le vin est le sang du Languedoc... c'est pas terrible ça, mon vieux... Et puis, ne nous en tenons pas au Languedoc ; en parlant à Narbonne et à Béziers, c'est à tous les viticulteurs français que nous nous adressons... Comment Ghyslaine ? Le vin est la richesse de la France... Ah ! voilà qui est nouveau et original, c'est ce que disait Marcellin Albert en 1908... Non, mes enfants, ce qu'il faut, c'est du lyrisme... Épluchez-moi Rabelais et Montaigne... du style... "Le vin c'est la vie, et nous allons vous aider à vivre." » Le soir, le candidat a son bréviaire sur le vin et l'équipe part se coucher hagarde, hébétée, pour trois petites heures de sommeil, car le directeur de campagne les a prévenus : « Demain, on attaque à 6 heures sur les pêcheurs pour le déplacement en Bretagne. »

Autre métier qui vit dans l'angoisse cette période particulière, les libraires. Ce sont, tout au long de l'année, gens paisibles et discrets, qui conseillent les clients. « Le Clézio, non je ne l'ai plus, mais je vais vous le commander. Je vous signale que je viens de recevoir le dernier François Nourrissier... très joli roman. » Ces usages sont provisoirement abolis, le libraire voit s'entasser sur ses rayons les livres politiques. « Le bouquin sur Chirac, madame, bien sûr, lequel ? il y en a douze... *La Dame des 35 heures* de Philippe Alexandre, voilà... Le juge Halphen, oui... Le bouquin de Jospin ? il est là. » Malheur au romancier qui tenterait de s'immiscer au milieu de cette avalanche, pas un ne s'y risque, tous corrigent leurs manuscrits en attendant le reflux de cette marée politique, à l'automne, quand le livre sera redevenu le véhicule du rêve et de l'évasion. Je connais même un libraire auquel une dame a demandé : « Vous avez *Les Misérables* ? – *Les Misérables*, c'est quoi ça... ? C'est un bouquin de Martine Aubry sur l'UMP ou de Patrick Devedjian sur le PS ? Ah, *Les Misérables* de Victor Hugo... Oh non ! madame, où voulez-vous que je le mette... je n'ai plus de place. »

Ce qui est tout à fait surprenant dans ce déferlement, je ne dirai pas de littérature, le terme ne serait pas approprié, mais de pages imprimées, ce sont certaines biographies. Jadis, et même naguère, pour qu'un politique voie sa vie racontée, il fallait qu'il ait atteint un certain âge, celui où l'on s'éloigne des affaires publiques auxquelles on a consacré une grande part de sa vie. Aujourd'hui, on découvre ce que je pourrais appeler la biographie à la dent de lait. Vous en trouverez une de Bernard Kouchner et une de François Hollande. Que diable, voilà deux hommes dans la force de l'âge, à l'orée de leur carrière politique qui peut se révéler riche en promotions et on leur consacre une biographie, un peu comme si on publiait les œuvres complètes d'un écrivain après son premier roman. La vie d'un politique se juge sur la durée et c'est, je crois, au moment où ils en tournent eux-mêmes la page ultime qu'on peut raconter leur vie. Ceux qui se seraient hasardés à écrire une biographie de Clemenceau en 1914, de Pétain en 1938, de De Gaulle en 1947 auraient manqué quelques chapitres importants. Il convient donc de laisser passer patiemment ces temps tumultueux où le règlement de comptes et l'hagiographie encombrent les rayons des libraires. Quand la sérénité sera revenue, les politiques gouverneront ou s'opposeront, les juges jugeront, les écrivains, les vrais, regagneront leur primauté, et les libraires retrouveront leurs habitudes. « Le dernier Irène Frain... oui, je dois encore l'avoir... Ah, on va recevoir le Dutourd la semaine prochaine... D'accord, je vous le mets de côté. »

Les parrains

Les candidats à l'élection majeure en appellent volontiers aux parrains. Je ne parle pas des comités de parrainage où un certain nombre de personnalités viennent publiquement affirmer leur soutien à tel ou tel candidat ; c'est fort sympathique, mais, je le crains, d'une efficacité relative. Aucun de ceux qui se déclarent ainsi ouvertement, et j'en connais personnellement beaucoup, n'a, je pense, la fatuité de croire que son nom, si illustre qu'il soit, va influencer l'électeur lambda. Le contribuable-citoyen moyen ne va pas se dire : « J'aime bien machin... j'adore ce qu'il écrit, ou ce qu'il chante, ou la façon dont il joue la comédie. Il vote pour untel... eh bien, tiens, moi aussi ! » Sans compter qu'en prenant ostensiblement position, le saltimbanque en question se prive du droit de critique si, par hasard, celui qu'il a choisi de soutenir le déçoit... C'est rare, me direz-vous, toutefois cela peut arriver. D'autant que ces comités de soutien ne comportent que des noms connus. Si certains artistes de moindre réputation, qui ne manquent pas de talent mais dont la carrière est plus obscure, tentent de postuler, on les rembarre gentiment : « Vous avez fait quoi récemment ? – J'ai tourné trois téléfilms dans l'année. – Avec le rôle principal ? – Hélas, non... dans l'avant-dernier, je jouais un notaire et dans le dernier un brigadier-chef de gendarmerie, ce qui ne m'empêche pas d'être un chaud partisan de votre candidat et de souhaiter ardemment sa victoire. – Eh oui, mais malheureusement nous ne prenons que des artistes connus du grand public... Cependant si vous voulez passer à la permanence, nous avons du travail pour vous, il y a des tas d'enveloppes à rédiger et des paquets d'affiches à emballer. » Et voilà comment on offre bêtement une voix à l'adversaire.

Non, ce ne sont pas de ces parrains-là que je veux vous entretenir, mais des illustres ancêtres, auxquels les candidats font référence et qu'ils incorporent dans leur comité de soutien sans, bien sûr, leur demander leur avis puisqu'ils sont morts. Le plus utilisé est de Gaulle. Il a disparu il y a trente-quatre ans et le monde, l'Europe, la France ont beaucoup changé depuis 1970. Possédant une sorte de génie politique rarissime chez les militaires, il était surtout pragmatique. Ceux qui l'évoquent peuvent-ils imaginer comment il réagirait aujourd'hui face au problème corse, à l'insécurité, au terrorisme international, à la mondialisation ? De Gaulle appliquait à merveille l'art du contre-pied, qui déstabilisait ses adversaires et rendait perplexes ses fidèles. Il avait gardé de ses années de l'école de guerre le don d'attaquer là où on ne l'attendait pas, et ceux qui étaient à ses côtés avouaient ingénument être déroutés. Ceux qui l'enrôlent aujourd'hui sous leur bannière me paraissent bien audacieux.

Autre parrain embrigadé malgré lui, Clemenceau. Je voudrais rappeler à ses filleuls qu'en 1913, lors de l'élection présidentielle, Clemenceau soutenait Pams contre Poincaré. Pams était un homme charmant, mais parfaitement inodore et incolore, autant fait pour être président de la République dans cette période angoissante que moi pour être archevêque. En fait, Clemenceau détestait Poincaré, et quand on lui demandait : « Mais pourquoi soutenez-vous Pams ? », il répondait avec sa délicatesse coutumière : « Je vote pour le plus bête ! » Les candidats qui évoquent Clemenceau devraient se souvenir de cette phrase.

On fait référence à Jaurès, parfois à Mendès, rarement à Blum, et presque jamais à Mitterrand. Et pourtant, quelques-uns de ceux qui sollicitent nos suffrages lui doivent d'être où ils sont... Même Chirac, puisque si l'on en croit les gazettes, mais faut-il croire les gazettes ?... il lui donna un petit coup de main en 1995 pour contrer Balladur. Eh bien, curieusement, Mitterrand est le grand absent des parrainages posthumes. Ah ! décidément, comme le disait Alexandre Dumas, « il y a des services si grands qu'on ne peut les payer que par l'ingratitude ».

L'UMP va-t-elle devenir un parti à courants ?

Si j'en crois les rumeurs de couloir, le problème est désormais posé. Vous me direz que le contribuable-citoyen de base se préoccupe peu de savoir s'il y aura, au sein de la formation majoritaire, des tendances, des orientations ou des états d'âme. Je n'irai pas jusqu'à dire qu'il s'en fout, mais ça n'est pas le premier de ses soucis. S'il a voté pour l'UMP, il attend simplement qu'elle tienne ses promesses, et s'il a voté contre, il attend ses faux pas en espérant ses échecs. La gauche et la droite savent pertinemment que la démocratie française est à l'image du poker, on ne rafle pas la mise sur sa propre valeur, on attend les fautes de l'adversaire. Pour ceux qui, malgré tout, à mon image, sont friands de ces arcanes byzantins, je vais me permettre de les initier.

Le parti à courants est une invention française qui correspond parfaitement à notre caractère. Nous avons eu naguère quelques grands partis monolithiques, le PC au temps lointain de sa splendeur, et les partis gaullistes sous leurs diverses appellations successives. Celle ou celui qui n'était pas d'accord avec la ligne définie par Waldeck-Rochet ou Georges Marchais n'avait pas le loisir de créer un courant, on lui signifiait sans ménagement que la porte de sortie était ouverte et qu'il avait intérêt à la prendre vite fait. Il voyait arriver en même temps le taxi et le bon d'exclusion pour déviationnisme. De même, au temps où le Général régnait à l'Élysée, toute tentative de discussion argumentée d'un : « Il me semble que, dans ce domaine, on pourrait peut-être... » était sanctionnée d'un courtois : « Voulez-vous avoir l'extrême obligeance d'aller exprimer vos états d'âme ailleurs. » Rien de plus ennuyeux qu'un parti monolithique. Le parti à courants, au contraire, est un vrai bonheur. Inventé par les radicaux avant la guerre, il permet de faire cohabiter dans une même formation des gens qui ne sont d'accord sur rien, qui s'affrontent tout au long de l'année, qui se jalousent, voire se détestent, et qui se réconcilient lors du congrès sur une motion rédigée en termes à ce point obscurs et évasifs que tout le monde feint d'en être satisfait. Après la guerre, les radicaux poussèrent l'obligeance jusqu'à accepter en leur sein tous ceux qui ne savaient pas où aller. On ne leur demandait rien de leur passé ou de leurs convictions, le parti radical était devenu une sorte de Légion étrangère de la politique où l'on pouvait venir se refaire une virginité en attendant de voir d'où soufflaient les vents porteurs.

Y aura-t-il donc à l'UMP un courant chrétien-démocrate, un autre libéral, un autre souverainiste ? MM. Juppé, Gaudin et Douste-Blazy, qui en sont les parrains, n'envisagent pas cette hypothèse d'un bon œil. L'archétype du parti à courants est aujourd'hui le PS, et ceux-là sont si tourbillonnants que François Hollande a bien de la peine à diriger son bateau. Les pêcheurs de l'île de Sein vous le diront, quand le jusant vous entraîne au large et que le vent vous pousse à la côte, il faut une science aiguë de la navigation pour ne pas être drossé sur les récifs. Et encore les pêcheurs n'ont-ils à lutter que contre deux courants ; Hollande, lui, en a cinq ou six à maîtriser. Alors, on évoque avec nostalgie, rue de Solférino, le temps du fameux capitaine François qui avait navigué sur toutes les mers et essuyé tant de coups de chien que les courants ne l'impressionnaient plus. Au contraire, il savait en jouer à merveille, les utilisait et savait même à l'occasion les opposer. Quand le temps se gâtait, il disait, sans élever la voix : « Tout le monde sur le pont... Fabius à la barre, Mauroy au hunier, Rocard à la vigie... », et personne ne mouftait. Mais tout le monde n'est pas le capitaine François qui avait flibusté pendant quarante ans sur tous les océans politiques. C'est pourquoi Juppé redoute ces histoires de courants. En sa qualité de maire de Bordeaux, il connaît les confidences que se font les vieux marins qui sèchent leurs os au soleil sur le quai des Chartrons. On y parle tempête et naufrage. Lorsque le maire vient s'asseoir avec eux, il leur dit : « Moi aussi, vous savez, en janvier 2004, au tribunal j'ai pris un sacré coup de torchon... j'ai démâté, le bateau a pris l'eau et on n'a même pas sauvé la cargaison... Alors maintenant, j'aimerais bien naviguer tranquillement. » Les vieux marins hochent la tête.

« Ah ! monsieur le Maire... la politique et la marine, ça se ressemble. Nous, si on avait voulu vivre peinards, on n'aurait pas choisi ce métier... »

Le BDGP

Le BDGP va bientôt arriver à son terme. Qu'est-ce que le BDGP ? C'est le bilan désastreux du gouvernement précédent, argument utilisé par tous les ministres d'un gouvernement qui s'installe. Il s'agit d'un rituel immuable qui ne prête plus à polémique tant il est devenu routinier. Le mardi et le mercredi, jours des questions à l'Assemblée nationale, tout ministre interrogé, quel que soit le thème du débat, en fait le préalable obligé de sa réponse. « Il est vrai, monsieur le député, que nous avons dû réajuster le budget inhérent à... » Là, se placent les sujets qui sont de la responsabilité du ministre : la CMU, les emplois-jeunes dans l'éducation, les gardiens de prison, les aides aux agriculteurs... « Mais qu'avons-nous trouvé en arrivant ? Des promesses qui n'avaient pas été chiffrées. Eh bien ! ces promesses, monsieur le député, nous, nous les tenons et nous les chiffrons. C'est ce qui nous différencie et qui me permet de vous dire que nous n'avons en ce domaine aucune leçon à recevoir de vous. » Ce préambule achevé, à ce point classique qu'il ne soulève même pas de protestations de la part de l'opposition, le ministre donne sa réponse, argumentée, et cède la place au ministre suivant qui reprend le même préambule, sur un autre sujet. C'est une constante qu'on peut ériger en principe. Le gouvernement précédent n'a rien fait de ce qu'il aurait dû faire, et celui qui est en place, qui lui le fait, n'a aucune leçon à recevoir de la part de ceux qui ont soutenu naguère le pouvoir en place. Aucun Premier ministre n'a dérogé à cette coutume. En 1981, Pierre Mauroy en a largement usé : « Savez-vous dans quel état Mme Simone Veil nous a laissé la Sécurité sociale ? Alors, s'il vous plaît, monsieur Toubon, nous n'avons aucune leçon à recevoir de vous. » Quand Laurent Fabius succéda à Pierre Mauroy, il ne put évidemment user du même procédé, camaraderie oblige. En privé, Laurent Fabius ne se privait pas de dire qu'il avait trouvé tous les clignotants au rouge, en revanche à la tribune, le propos était plus nuancé : « Mon prédécesseur, mesdames et messieurs les députés, avait envisagé cette réforme qu'il vous appartient de mettre en œuvre aujourd'hui. Il s'est heurté à des difficultés générées par la mauvaise gestion de la droite, on ne peut donc lui tenir rigueur des échecs qu'il a subis. » En fait, les reproches contenus dans le paquet étaient les mêmes, seul l'emballage changeait ; avec un beau ruban rose, ça ressemblait à un cadeau. Chirac en 1986 s'en donna à cœur joie, le BDGP fonctionna à plein régime. Rocard en 1988 reprit le flambeau, avec une certaine nuance cependant, Chirac n'était resté que deux ans à Matignon et en deux ans, c'est mathématique, on fait moins de conneries qu'en cinq. Quand Édith Cresson succéda à Rocard, elle s'abstint de tout commentaire malveillant, quoique Mitterrand l'y encourageât : « Quand ça ne va pas, dites que c'est la faute à Rocard » ; mais Édith, en bonne camarade, ne tomba pas dans le piège. Bérégovoy, en dépit de ce qu'il pensait du bilan d'Édith, respecta la règle de la solidarité. Arriva Balladur en 1993 ; le BDGP reprit de plus belle. Ce fut le bilan désastreux des trois gouvernements précédents, dont, bien entendu, on n'avait aucune leçon à recevoir. Juppé en 1995 fit comme Cresson, il résista aux conseils de Chirac qui lui disait : « Là où ça cafouille, tu n'as qu'à dire que c'est Balladur. » Jospin en 1997 et Jean-Pierre Raffarin depuis 2002 lui ont rendu tout son éclat oratoire.

Mais le BDGP n'a plus que quelques mois à vivre car son efficacité est éphémère, avec le temps il perd toute crédibilité et tombe à plat. Il arrive un jour où un gouvernement est obligé d'assumer ses erreurs et ne peut plus les faire endosser par ses prédécesseurs. Sans être un politologue averti, vous remarquerez que la fin du BDGP a toujours pour corollaire une chute de popularité du Premier ministre. Dès l'instant où il annonce. « Voilà ce que j'ai décidé de faire », après avoir expliqué pendant deux ans : « Voilà ce que je suis obligé de faire parce que les autres ne l'ont pas fait », il est jugé sur ses propres actions et non plus par le biais de la publicité comparative. Il convient de remarquer également que ce procédé ne s'applique pas seulement à la politique. Quand un artisan vient chez vous et examine vos installations, vous avez droit à un : « Eh ben ! dites-moi ! Mais qui c'est qui vous a fait ça ? » Ce constat fait sur un ton désabusé est le préambule obligé au devis qu'il va vous présenter. S'il vous confiait : « Mais tout ça est parfait, ça a été très bien conçu ! ça fonctionne à merveille », vous le congédieriez aussitôt : « Merci beaucoup, pardonnez-moi de vous avoir dérangé. » Le BDGP fonctionne aussi à fond dans les administrations et dans les multinationales. Il a l'avantage de laisser un an de répit à celui qui s'installe : « Vous savez dans quel état j'ai trouvé la société, alors laissez-moi d'abord corriger les âneries de mon prédécesseur avant de juger mon action. » Le BDGP est une tradition républicaine, il n'existait pas sous l'Ancien Régime où il était délicat pour le roi nouvellement couronné d'affirmer : « Si ça va mal, c'est parce que papa était vraiment nul ! » Jean-Pierre Raffarin est désormais seul comptable de ses actions, le bilan désastreux du gouvernement précédent étant devenu caduc. On s'en réjouit pour le Premier ministre. C'est plus valorisant d'être jugé sur ses propres qualités que par comparaison.

« Ne pas monter bien haut, fanfaronnait Cyrano... mais tout seul. »

La guerre inévitable

À la façon dont c'est parti, je ne vois pas comment on va pouvoir éviter la guerre. Le conflit franco-américain paraît désormais inéluctable. L'escalade verbale a atteint un tel degré de part et d'autre de l'Atlantique que la seule issue ne peut être qu'une confrontation armée. La presse américaine nous traite de singes capitulards bouffeurs de fromage et un hebdomadaire français, *VSD*, n'a pas hésité à demander en couverture : « Pourquoi Bush est un guignol », déclaration argumentée sur sept pages intérieures d'un réquisitoire où l'on apprend que le président des États-Unis est crédité d'un QI de 91, alors que Clinton affichait 185, Kennedy 174 et Reagan 105. Nul besoin d'être Élisabeth Teissier pour comprendre qu'un tel échange de propos diffamatoires ne va pas se régler par la diplomatie. « Embrassons-nous Folleville, tout est oublié ! » Il faut être réaliste, la guerre est inévitable.

Examinons calmement la situation. Si nous déclarons la guerre aux États-Unis, nous pourrons compter dans notre camp les Allemands et les Belges, alors que les Américains obtiendront le concours des Italiens, des Anglais et des Espagnols. Les Français aux côtés des Allemands contre les Américains et les Anglais... ça changera un peu des deux scénarios précédents, il faut savoir varier les plaisirs. L'histoire est emplie de ces retournements d'alliances, qui voyaient côte à côte les ennemis de la veille. Schroeder ne sera pas obligé de déclarer la guerre aux États-Unis, aucun traité ne l'y oblige ; cela dit Hitler n'y était pas non plus contraint en 1941. Le traité entre l'Italie, l'Allemagne et le Japon prévoyait l'entrée en guerre au cas où l'une des trois nations serait attaquée ; or, ce fut le Japon qui attaqua à Pearl Harbor le 7 décembre. L'Allemagne aurait pu exciper de ce fait pour rester à l'écart, cependant allez savoir pourquoi, Hitler, qui n'avait jamais respecté aucun traité, mit un point d'honneur à faire du zèle. Ce ne fut sans doute pas la meilleure idée qu'il ait eue, mais oublions le passé.

Avons-nous quelques chances de gagner ? Sur le papier, nous ne partons pas favoris, mais au royaume de Mars, entre les pronostics et la réalité, il y a souvent un abîme. Je ne me fais pas trop de souci en ce qui concerne les Anglais. Comme ils ont acheté plus de la moitié des résidences secondaires de Normandie, en bloquant les ferries et le tunnel sous la Manche, on devrait en capturer quelques milliers dès l'ouverture du conflit, dont quelques membres importants de l'état-major et du gouvernement. Car s'ils n'aiment pas les Français, les Anglais adorent la France, et M. Tony Blair lui-même trouve le climat du Gers meilleur que celui de Brighton. En revanche, notre campagne contre les Américains exigera de l'imagination. Irons-nous débarquer aux États-Unis ou attendrons-nous qu'ils débarquent chez nous ? Pour l'instant, nous en sommes à un débarquement partout : Rochambeau en 1777, Eisenhower en 1944. Les timorés pencheront pour la seconde solution en prenant prétexte qu'étant désormais alliés aux Allemands, nous pouvons leur demander de fouiller dans leurs archives pour retrouver les plans du mur de l'Atlantique. Les partisans du débarquement sur les côtes américaines feront valoir au contraire qu'il faut toujours surprendre l'ennemi, et ce d'autant plus qu'il y a désormais très peu de militaires américains sur leur territoire : ils sont en Irak, au Japon, en Allemagne, aux Philippines, en Corée ou en Italie. Quelques milliers de soldats français, belges et allemands débarquant à l'improviste dans la baie du Potomac, un dimanche matin, devraient s'emparer en quelques heures de la Maison-Blanche et du Pentagone, et obliger Bush à demander l'armistice. Quelles en seront les conditions ? Je crois que les vainqueurs se devront d'être magnanimes. Les Américains ayant été pendant deux siècles nos alliés et nos amis, pas question de les humilier et de les faire signer sur le pont du *Charles de Gaulle*, comme le fit Macarthur en 1945 dans la baie de Tokyo. Nous saurons être grands seigneurs dans la victoire, tout en étant fermes sur certains points. En particulier, consommation obligatoire pour chaque Américain de 250 g de roquefort par jour, et un oscar réservé tous les ans à Hollywood à un film français. Vous allez me dire... et si nous perdons ? Il faut tout envisager, même l'improbable. Eh bien, nous subirons ce que connurent jadis l'Allemagne et le Japon, c'est-à-dire une embellie économique foudroyante, les Américains ayant cette étrange habitude d'inonder de leurs dollars les pays qu'ils ont vaincus. Que voulez-vous, ça sera éprouvant, mais on s'y fera...

L'orme et le copalme

Comme le veut la tradition, le Premier ministre a planté son arbre dans le parc de l'hôtel Matignon. Instaurée par Raymond Barre en 1980, cette coutume veut que chaque Premier ministre choisisse une espèce et laisse ainsi une trace enracinée de son passage. M. Raffarin a choisi un arbre du Liban sans donner d'explication symbolique à cette préférence. On peut y voir un hommage rendu à ce pays francophone militairement occupé par une puissance étrangère et qui tarde à retrouver sa prospérité et son libre arbitre, car le choix de l'espèce n'est jamais tout à fait innocent. Raymond Barre avait, lui aussi, fait un clin d'œil au Liban en plantant un cèdre, mais c'était surtout parce que ce conifère demande peu d'eau. Raymond était économe et n'aimait guère arroser. Il n'ouvrait qu'avec parcimonie le robinet des subventions et des prébendes, c'est pourquoi un arbre qui ne réclamait qu'un demi-arrosoir par mois lui plaisait bien. Son successeur, Pierre Mauroy, avait planté un chêne, symbole de la justice depuis que Saint Louis avait érigé son ombre en tribunal. Ce fut d'ailleurs peu de temps après que ce chêne eut été planté que les juges commencèrent à mettre leur nez dans des affaires dont ils étaient auparavant écartés. Et puis, le chêne était aussi l'image de cette force tranquille que François Mitterrand avait gravée sur son blason. Ce que l'ancien président s'était bien gardé de dire à son Premier ministre, c'est qu'il privilégiait pour sa part le roseau. On le vit bien quand les vents contraires se levèrent : le chêne fut emporté ; le roseau plia mais ne rompit point. Michel Rocard avait opté pour un copalme. C'était bien entendu pour étonner car, à part les jardiniers, et encore pas tous, personne ne sait à quoi ressemble un copalme. Cela permettait à Michel Rocard de l'expliquer longuement à ses visiteurs. Il leur décrivait le copalme, leur racontait ses origines et la manière de le tailler. Michel excelle en ce genre d'exercice qui laisse ses interlocuteurs pantois. Le syndicaliste qui venait à Matignon demander un réajustement de salaire repartait sans son augmentation, mais avec une connaissance complète de l'histoire et de l'usage du copalme. Il paraît même qu'on a entendu Rocard confier à ses collaborateurs : « Mitterrand, qui prétend s'y connaître en arbre, ne sait rien sur le copalme. Ça vous situe le personnage ! » Balladur avait planté un érable dont la sève est sucrée. Cet homme tout miel avait trouvé un arbre qui lui ressemble. De sa sève, on fait un sirop, cela ne l'empêche cependant pas de faire de l'ombre. Édith Cresson avait choisi un arbre chinois, totalement impropre à l'ébénisterie, ce qui était normal pour une dame qui n'en avait rien à cirer, et Alain Juppé un katsura, appelé aussi arbre à caramel. Ceux qui pratiquent le rugby savent qu'en jargon d'Ovalie, prendre un caramel, c'est se faire plaquer sévèrement. Le Premier ministre se doutait-il, en plantant son katsura, qu'il allait, quelques années plus tard, prendre un caramel qui allait le laisser tout étourdi alors qu'il se voyait déjà marquer entre les poteaux ? Lionel Jospin avait choisi un orme. Il connaissait l'expression populaire : « Attendre sous l'orme », qui signifie avoir confiance en sa cause et être sûr de son bon droit, mais on avait omis de lui préciser que l'orme est un arbre fragile menacé par une maladie, la graphiose, transmise par un champignon. C'est dire que, lorsque plusieurs champignons nommés Arlette, Jean-Pierre, Jean-Marie ou Noël, s'attaquèrent ensemble à l'orme, il s'écroula brusquement un soir, vers 20 heures, alors que rien ne le laissait prévoir. Moi, à la place de Jean-Pierre Raffarin, j'aurais planté non pas un seul arbre, mais plusieurs bouleaux. Avouez que le parc de Matignon parsemé de petits bouleaux, ce serait symbolique. Oui, je sais, c'est facile, mais c'est trop tentant...

Des problèmes de robinet

Francis était assis à son bureau. Devant lui se chevauchaient plusieurs feuilles de papier couvertes de chiffres. Il se leva et marcha jusqu'à la fenêtre. À ses pieds, sur la Seine embrumée, une péniche remontait lentement le courant. Francis envia l'homme qui tenait la barre : lui au moins savait où il allait. Il revint comme à regret s'asseoir, jeta rageusement au panier les feuilles qui s'y étalaient, en prit une nouvelle, toute blanche, soupira et recommença ses calculs...

On dirait le début d'un roman de gare, mais ça n'est pas un roman, c'est ainsi que j'imagine Francis Mer, notre ministre des Finances, dans son bureau de Bercy, tentant de répondre à cet insoluble problème : « Comment régler les factures dont le montant augmente avec des recettes dont le montant diminue ? » Francis Mer est d'un âge à avoir connu dans sa scolarité les problèmes de robinet dont, Dieu merci, sont exemptés les gamins d'aujourd'hui. « Une cuve contient 184 litres d'eau. Par le haut, son robinet débite 6 litres et demi par minute, et par le bas la cuve se vide dans le même laps de temps de 10 litres 225 centilitres. Combien de temps faudra-t-il pour que la cuve soit vide ? » Il y avait des variantes, parfois il coulait davantage d'eau par le haut qu'il ne s'en échappait par le bas : « Dans combien de temps, la cuve sera-t-elle pleine » ? Mon esprit cartésien, conforté par le sens de l'économie que m'inculquait ma mère, se révoltait contre ces imbéciles qui s'amusaient à emplir une baignoire sans fermer l'écoulement, mais logique et mathématique n'ont en commun que la rime... et encore, n'est-elle pas riche. Eh bien, ces problèmes, M. Mer les retrouve. Le robinet d'en haut, ce sont nos impôts ; l'écoulement en bas, ce sont les dépenses de l'État, et, à l'évidence, la cuve est en train de se vider : il en rentre moins qu'il n'en sort. Ça n'est pas la première fois que le cas se produit. Tous les ministres des Finances de la République, comme ceux de l'Ancien Régime, ont été confrontés à cette situation et, pour s'en sortir, ils ont tous employé le même moyen, augmenter le débit du robinet des impôts en diminuant celui des dépenses... Tous, sauf Laurent Fabius qui, un matin, téléphona à Lionel Jospin en lui disant : « Écoute, ça n'est pas croyable... la cuve se remplit. » C'était l'époque de la fameuse cagnotte, l'économie mondiale en plein boom, la croissance à 4 % le Dow Jones et le CAC 40 au plus haut, mais ceci se passait en des temps très anciens. Dans la grande tradition de ses prédécesseurs, M. Mer est tenté de recourir au vieux procédé éprouvé, augmenter les impôts et freiner les dépenses. Malheureusement Jean-Pierre Raffarin a été très clair : « Pas question de rigueur ou d'austérité, on ne change rien à ce qui a été prévu. – Comment je fais pour payer les factures, proteste Francis Mer. Ah ça ! mon vieux, vous vous démerdez... c'est votre problème. » Le plus étrange, c'est que les difficultés que rencontre le ministre sont exactement les mêmes que celles auxquelles sont confrontés des milliers de contribuables-citoyens. Eux aussi ont ce problème de robinets, seuls les intitulés changent. Pour le ministre, c'est défense, fonction publique, santé ; pour le contribuable-citoyen, c'est traites de la voiture, loyer et changer le lave-linge, à cette nuance près cependant que le citoyen n'a pas à sa disposition les mêmes palliatifs que le ministre. Le déficit de l'État dépasse les 3 % et Bruxelles nous menace de sanctions qui prendront effet dans deux ans ! Mais en deux ans, il en coule de l'eau au pied de Bercy ! Le banquier du contribuable, en revanche, ne se contente pas de le sermonner avec des phrases du style : « Ce n'est pas bien ce que vous faites là, 950 euros de découvert, il faut que vous fassiez un effort, sinon je vais me fâcher. » Non, le ton est beaucoup plus direct et la discussion moins courtoise. Alors, le contribuable-citoyen n'a plus qu'une solution, fermer le robinet d'écoulement, le lave-linge tiendra bien un an de plus, et, au lieu des vacances en Grèce, il ira en Ariège. Il y a moins de temples à visiter, mais c'est très joli quand même.

Les estocades de jadis

Jean-Pierre Raffarin se laisse aller à une saillie un peu facile sur les socialistes et le purgatoire, cris indignés de François Hollande. Silvio Berlusconi dérape en traitant un député allemand de kapo, Gerhard Schröder exige des excuses. Jean-Pierre Raffarin proteste qu'il n'a voulu offenser personne, Berlusconi exprime ses regrets ; les incidents sont clos. Les seuls qui se réjouissent de ces écarts, ce sont évidemment les gazetiers, ceux qui signent les petits encadrés confidentiels dans les hebdomadaires ou ceux, comme votre serviteur, qui sont à l'affût des petites phrases qui font leur manne. De quoi vivrions-nous, je vous le demande, si les politiques ne se mordaient pas de temps en temps les mollets et avaient des rapports toujours teintés d'exquise urbanité ? La vacherie, le coup de pied sournois et le croc-en-jambe ont toujours été liés à la vie politique. Ils en sont le piment, au point que, si la coutume en disparaissait, les princes s'ennuieraient. En public, ils s'en indignent, mais en privé ils apprécient en connaisseurs. François Hollande a été assez bon à ce petit jeu pendant les cinq années du gouvernement Jospin. Le Premier ministre répugnait à se livrer à ces joutes perfides ; la seule fois où il se laissa aller à évoquer l'âge de Chirac, il s'en excusa. Il confiait donc à Hollande le soin de distiller de petites phrases assassines. Pourtant, Lionel n'était pas dépourvu d'esprit, si j'en crois le mot qu'on m'a rapporté.

Il y a quelques années, Danielle Mitterrand déclara : « Castro n'est pas un dictateur », et Jospin, pince-sans-rire, laissa tomber : « Ça ne m'étonne pas d'elle, elle a toujours cru que son mari était socialiste. » Comparé à d'autres, je trouve notre époque bien fade au plan de la vacherie politique ; les mœurs se sont policées, la méchanceté est plus sournoise mais moins directe. Les prédécesseurs des princes d'aujourd'hui ne s'embarrassaient pas de litotes. André Le Troequer, président de l'Assemblée nationale, avait perdu une main à la guerre de 1914, et Édouard Herriot disait : « C'est le seul manchot que je connaisse qui touche des deux mains. » Promenons-nous, si vous le voulez bien, dans ce florilège à seule fin de montrer que le purgatoire de Jean-Pierre Raffarin n'est qu'égratignures comparé aux coups de sabre de jadis. Les rapports entre le parti communiste et le Parti socialiste ne sont pas actuellement d'une excessive cordialité, mais que sont les flèches qu'ils se décochent à côté de ce que disait Maurice Thorez de Léon Blum : « Assassin de Clichy, Tartuffe immonde, hideux d'hypocrisie jusqu'à en donner la nausée. » Et plus tard, lors de la rupture de l'union de la gauche en 1977, Georges Marchais confiait à ses intimes : « Quand je rencontre Mitterrand, je ne sais pas ce qui me retient de lui foutre mon poing dans la gueule. » Quand on rapporta le mot au futur président de la République, il fit ce simple commentaire : « Je sais qu'il ne m'aime pas. Ceux qui me détestent oublient qu'il y a deux *r* dans mon nom, ils disent "Mitrand" alors que ça se prononce Mitterrand... comme Talleyrand. » Clemenceau disait de Poincaré : « Il sait tout, mais rien d'autre. » Mitterrand n'a pas épargné de Gaulle : « Partout où il va dans le monde, il est le symbole des libertés, sauf en France. Il fait du social comme on fait du tourisme. » Et lui-même a reçu quelques coups : « Mitterrand, disait Michel Poniatowski, super-Charlot, madone des aéroports et étoile filante des sondages. » De Gaulle a porté quelques jugements sans nuances... Sur Albert Lebrun : « Il ne lui manqua que deux choses pour être un chef d'État : qu'il fût un chef et qu'il y eût un État. » Et sur Édouard Herriot : « Je lui demandai de m'aider à la reconstruction de la France, il me répondit qu'il se consacrerait à la reconstruction du parti radical. » Les militaires n'ont pas été épargnés et, là encore, Clemenceau se distingue : « En 1918 je devais nommer le généralissime des armées alliées, j'avais dans mon cabinet deux hommes... Pétain qui était défaitiste et Foch qui était fou... J'ai choisi le fou. » Quant à Joffre, avec le Tigre il en a pris, si je peux me permettre, pour son grade : « Il ne suffit pas de cinq étoiles pour faire d'un imbécile un homme intelligent. » François

Léotard a-t-il pardonné cette pique de Philippe de Villiers : « J'ai prêté un livre à Léo, il n'a pas fini de le colorier », et Chirac pardonne-t-il à Alexandre Sanguinetti : « Chirac, c'est un cheval, le problème commencera quand il voudra devenir jockey » ? Fabius parlant de Raffarin : « Après supermenteur, nous avons superbonimenteur. »

Les cibles, qui poussent des cris effarouchés, oublient souvent qu'elles furent elles-mêmes des archers. En politique, tout est pardonnable, à condition que ça soit drôle. Quand de Gaulle disait de Pompidou : « Il calcule toujours soigneusement ses maladresses », ou lorsque Herriot disait de Pinay : « Il est malin, il s'est fait une tête d'électeur », c'était bien plus féroce que l'attaque haineuse. On peut exécuter un homme d'une phrase, et le maître en la matière fut Talleyrand parlant de Decaze : « Il est à la fois suffisant et insuffisant. » L'autre ne s'en est jamais relevé ; mais, pour moi, le jugement le plus cynique et le plus prémonitoire c'est celui que porta Mirabeau lors de sa première rencontre avec Robespierre : « Méfiez-vous, cet homme est dangereux, il croit ce qu'il dit. »

Viens voir les comédiens

L'ancien directeur de cabinet du Premier ministre, M. Olivier Schrameck, aujourd'hui ambassadeur, vient d'ouvrir son cœur : « J'aurais aimé faire du théâtre ; l'effort de se mettre dans la peau d'un autre doit être, pour l'esprit, un élément de curiosité et d'enrichissement personnel. »

Cher Olivier (pardonnez-moi cette familiarité, vous rêvez d'être saltimbanque, il se trouve que je le suis, et dans le chariot de Thespis, on fait peu cas des titres), vous auriez aimé faire du théâtre et vous avez choisi de faire de la politique ? Nul choix ne pouvait être plus judicieux, tant les deux professions ont des points de similitude. La politique a les mêmes hiérarchies que le théâtre : les vedettes qui sont en haut de l'affiche, au-dessus du titre, les seconds rôles sans lesquels il n'y a pas de distribution possible, et les figurants, ceux qui au théâtre tiennent les hallebardes ou disent « Madame est servie », et qui, en politique, collent les affiches et tiennent le standard des permanences. Dans l'une et l'autre profession, les vedettes ne se montrent qu'en de rares occasions, mais qu'elles montent les marches du palais des Festivals à Cannes ou qu'elles traversent la place d'une ville, la foule est tenue à distance derrière des barrières. Les vedettes du show-biz donnent des autographes, celles de la politique des poignées de main, dans le même but ; entretenir la popularité qui se traduit, au théâtre et au cinéma par des entrées, et en politique par des bulletins de vote. Métiers similaires puisque les hiérarchies sont discutées. Le figurant rêve d'avoir un petit rôle, le petit rôle d'en avoir un grand et le grand d'accéder au rôle-titre. Même démarche en politique, le député se voit déjà ministre, le ministre Premier ministre et le Premier ministre président de la République. Tout le monde a l'œil sur le fauteuil de celui qui est au-dessus. Il n'y a que le président de la République qui n'aspire pas à monter plus haut. Comme le disait Casimir Perrier, hôte fugitif de l'Élysée : « La place est bonne, mais il n'y a pas d'espoir d'avancement. » Alors, faute d'avancement le président limite ses ambitions à rester où il est, d'abord parce qu'il y est bien, et ensuite parce que ça embête ceux qui voudraient le remplacer.

Métiers similaires : monter à la tribune ou entrer en scène, il y a un public à conquérir et il faut pour cela de la voix, un bon texte, le sens des effets, l'art d'émouvoir et de faire sourire, et le don d'aller cueillir les applaudissements qui permettent de reprendre son souffle. Les politiques sont parfois désavantagés parce que leur texte est de leur cru, alors que ceux des comédiens sont de Molière, de Feydeau ou de Ionesco. Il est vrai qu'aujourd'hui le débat politique a du mal à prendre de la hauteur, mais il n'en fut pas toujours ainsi. Il fut un temps où ceux qui montaient à la tribune étaient à la fois excellents comédiens et auteurs de talent, ils se nommaient Vergnaud, Danton, Gambetta, Jaurès, Clemenceau, Malraux ou Mendès. Le micro a pris l'éloquence et lui a tordu son cou, et nous, assis sur nos fauteuils, n'avons rien gagné dans le domaine de la crédibilité et beaucoup perdu dans celui du spectacle. Métiers similaires, car il faut savoir être comédien pour prétendre abriter sa vanité sous les lambris des palais nationaux. Le premier comédien-Premier ministre fut Mazarin... charmeur, patelin, autoritaire, tout sourire, emberlificotant ses interlocuteurs dans les fils de l'intelligence et de la duplicité, il a inventé la politique moderne. Réécoutez de Gaulle au balcon de l'hôtel de ville de Montréal : « Vive le Québec... » On se dit, il va rajouter « Vive la France » et on s'en va. Non, il répète : « Vive le Québec ! » La foule tend l'oreille, s'il le dit une deuxième fois, c'est qu'il y a quelque chose après, et il prend un temps... « Vive le Québec... libre ! » Il place l'effet et soulève l'enthousiasme. Un sociétaire du Français m'avait confié à l'époque : « Je ne vote pas pour lui, mais pour ce qui est du métier, chapeau. » Talleyrand en son temps, Mitterrand dans le nôtre furent d'admirables comédiens, et tous ceux qui les ont approchés en sont convenus. Rivaliser avec eux était difficile, ils connaissaient leur métier.

« Les questions ne sont jamais indiscrètes... les réponses le sont quelquefois. »

NOEL COWARD

TVG – Tiens voilà Giscard

Tout le monde politique, même parmi ceux qui ne le portaient pas dans leur cœur, s'accorde à reconnaître le remarquable travail effectué par Valéry Giscard d'Estaing afin d'offrir une base constitutionnelle à l'Europe. Louvoyant avec habileté entre des intérêts contradictoires et des souverainetés susceptibles, la Convention qu'il préside a réussi à concocter un texte qui, sans contenter totalement les fédéralistes, ne heurte pas de front les souverainistes. Un membre de la Convention a salué ce succès d'un étrange commentaire : « Giscard est arrivé à un âge où l'intérêt personnel ne pervertit plus l'intérêt commun. » Formule lourde de sous-entendus et dont l'analyse pourrait être proposée au concours d'entrée à l'ENA. « À partir de quel âge un politique ne ménage-t-il plus l'intérêt général au profit de sa carrière ? » Si tel est le cas, les septuagénaires qui s'attellent à la rédaction de leurs Mémoires vont pouvoir ranger leur manuscrit, tant ils vont crouler sous les propositions de régler les questions délicates. Ils s'y donneront à fond sans souci de savoir si les mesures impopulaires qu'ils peuvent être amenés à suggérer handicaperont leur future élection. Mais cela sous-entend aussi qu'il ne faut pas investir de cette mission des femmes et des hommes jeunes, et je ne vous apprendrai pas que l'adjectif « jeune » n'a pas tout à fait le même sens en politique que dans d'autres activités. À 50 ans, un cadre d'entreprise, et a fortiori un ouvrier, est déjà âgé, on le lui fera comprendre si, ayant perdu son emploi il en cherche un autre. À cet âge-là, au contraire, un politique a encore tout l'avenir devant lui. Quant aux quadragénaires, ce sont des gamins auxquels on confie parfois des responsabilités mineures et qu'on envoie jouer dans la cour quand ils deviennent trop turbulents. Une trop grande précocité est un handicap pour la carrière. Laurent Fabius, Premier ministre à 38 ans, et Giscard, président de la République à 48, ont payé d'une longue pénitence l'audace d'avoir occupé trop tôt les deux bureaux, rive droite et rive gauche, où tout se décide. Car, curieusement, les Français privilégient les hommes d'expérience, ceux qu'on appelle pudiquement les seniors, pour s'occuper d'eux dans les moments difficiles. Clemenceau, qu'on va chercher à 76 ans pour gagner la guerre, de Gaulle qu'on appelle à 68 ans, Poincaré qu'on sort de sa retraite à 66 ans pour sauver le franc, Doumergue qu'on fait venir de son village méridional à 71 ans parce que la République est menacée. Les Français se sont-ils dit : « Bon, leur renommée est faite, leur nom dans le Larousse, leur avenir politique obligatoirement limité, donc ils vont penser davantage à nous qu'à eux » ? C'est possible. Nous avons, par atavisme sans doute, une certaine méfiance à l'égard des jeunes loups aux dents aiguisées, et quand vient le moment d'en choisir un pour la fonction suprême, nous choisissons le vieux chef de meute aux poils gris et aux multiples cicatrices. Nous les laissons mijoter longtemps avant de les consacrer. Mitterrand et Chirac ont échoué deux fois avant d'être élus, ce qui, par parenthèse, doit quand même donner des idées au tout jeune retraité qu'est Lionel Jospin. Giscard a pris sa revanche d'une longue traversée du désert. Lui qui, depuis vingt-deux ans, ruminait la rancœur de son échec, est devenu le sage chevronné, allant d'un chef d'État à l'autre en leur disant : « Alors, ça vous plaît ce que j'ai élaboré... eh bien, si vous avez besoin de conseils, ne vous gênez pas, ma porte est toujours ouverte. » Et comme le temps efface les inimitiés, Chirac lui-même l'a pris à part pour l'approuver. « Bon boulot. »

L'Histoire s'offrant parfois des clins d'œil déconcertants, qui sait si des deux fonctions qu'a occupées Giscard, ce n'est pas la seconde qui prendra le plus d'importance. Président de la République, il y en a eu avant lui et il y en aura bien d'autres à venir ; mais géniteur de la Constitution européenne, il n'y en aura qu'un.

Des noms nouveaux sur d'anciens produits

Il est rare qu'un gouvernement n'apporte pas sa petite touche personnelle à l'intitulé des ministères et celui de M. Raffarin n'a pas dérogé à cette règle. Le ministère des Affaires sociales, de la Solidarité et de l'Emploi, dirigé par Mme Guigou, est devenu celui des Affaires sociales, de la Solidarité et du Travail, le nouvel occupant des lieux, M. François Fillon, s'étant sans doute rendu compte que l'emploi et le travail sont deux choses différentes dans un pays où certains travaillent sans avoir un emploi pendant que d'autres ont un emploi où ils ne sont pas débordés de travail. Parmi les nouveautés, on trouve M. Pierre Bedier qui a hérité d'un secrétariat d'État aux programmes immobiliers de la Justice. On pense immédiatement aux centres de détention des jeunes délinquants et à la rénovation des prisons dont la vétusté et le délabrement ont été maintes fois dénoncés, mais peut-être aussi aux locaux exigus et sous-équipés dont disposent certains magistrats qui travaillent dans des bureaux où rien n'a changé ou presque depuis les brigades du Tigre. La justice qui, depuis quelques années, n'est plus muette, s'honore d'être toujours aveugle, mais sa cécité légendaire est curieusement handicapée par le fait que les placards, qui sont initialement réservés aux balais, sont peu propices au travail serein des greffiers et des substituts. M. Giscard d'Estaing avait imaginé, sous son septennat, le ministère de la Condition pénitentiaire, c'est-à-dire le même que gère aujourd'hui M. Bédier sous une autre appellation.

À la Libération apparurent des ministères nouveaux, fruits des contraintes de l'époque, celui des Déportés et des Prisonniers de guerre que dirigea à 31 ans un tout jeune ministre nommé François Mitterrand ; celui du Ravitaillement, problème majeur à l'époque et ministère peu envié car son mandataire se voyait accusé de tous les maux dans les interminables queues qui s'allongeaient devant les boulangeries. Le ministre du Ravitaillement n'avait qu'une obsession, faire la soudure, c'est-à-dire avoir assez de blé, le vrai, celui en épi, pour mettre un peu de farine dans l'étonnant produit noir et collant qu'on vendait abusivement sous le nom de pain. La Ve République inventa le ministère des États associés et celui des Affaires sahariennes, avant que nous nous retirions de ces lointaines contrées. Le ministère des Finances, qui n'avait pas changé de nom depuis les débuts de la IIIe République, se vit à cette époque flanqué de celui du Budget avant qu'on y adjoigne l'Économie, ceci afin de bien faire comprendre aux contribuables-citoyens que l'économie de l'État fonctionne avec les siennes. De Gaulle inventa le ministère de la Participation, puis celui de l'Intéressement, nous étions donc conviés à participer et de surcroît à nous y intéresser. L'intérêt ayant faibli, la participation devint sous Giscard le « dialogue social ». Le terme dialogue est un des plus usités depuis cette époque. « Nous n'avons pas assez dialogué », dit la gauche ; « Rien ne se fera sans dialogue », affirme Raffarin. En Afrique on appelle cela la palabre et dans tous les pays du monde le marchandage. Au terme de deux heures de conversation entrecoupées de thé à la menthe, vous ressortez des souks de Marrakech avec votre tapis sous le bras à peu de chose près au prix où vous vouliez le payer et le marchand rentre dans sa boutique satisfait du prix auquel il vous l'a vendu. Pour en arriver là, il avait démarré très haut et vous très bas, c'est très exactement ce qui se passe entre MM. Thibault et Mailly d'une part, et M. Fillon de l'autre, le thé à la menthe en moins. Giscard innova aussi avec la Condition féminine, qui engendra plus tard la « parité » avec le succès que l'on sait dans la nouvelle Assemblée. En 1981, rafale de nouvelles appellations. La « Reconversion industrielle » et le « Temps libre », ministère où s'illustra M. Henry qui fut le seul à profiter pleinement de l'intitulé de son ministère. Comme il n'avait pratiquement pas de budget, il s'ennuyait tellement qu'il frôla la dépression. François Mitterrand changea les Affaires étrangères en Relations extérieures en hommage à Talleyrand ; mais Claude Cheysson n'ayant pas la même envergure que le prince de Bénévent, le ministère reprit son appellation première. L'Instruction publique de la IIIe a laissé la place à l'Éducation nationale. Le titre a changé, les conditions aussi.

L'instituteur de 1902 était craint et respecté, l'enseignant de 2002 l'est moins et l'élève qui était jadis instruit est aujourd'hui éduqué, mais il fait davantage de fautes d'orthographe. C'était pourtant un joli nom, Instruction publique, inventé par Ferry, l'autre : Jules. Quant à la Sécurité sociale, elle s'est appelée Prévoyance sociale, Assurance maladie, Protection sociale. On a souvent changé le titre, mais on a gardé la rambarde qui entoure le trou, de crainte que le ministre, à la suite d'un faux pas, ne tombe dedans. C'est déjà arrivé, et personne n'a pu retrouver les malheureux.

Évidemment, à chaque changement il faut modifier les plaques en cuivre au fronton du ministère, refaire le papier à entête, les cartes de visite. C'est vous dire si, à chaque alternance, les imprimeurs se frottent les mains. Prions les dieux que jamais le ministère de la Défense nationale ne redevienne celui de la Guerre. Avec Michèle Alliot-Marie, on est tranquilles. En Grèce, Mars était un homme, même si les guerriers grecs sont les seuls à porter des jupes.

Le latin dans les mots brave l'honnêteté

Qu'il me soit permis, avec tout le respect que je lui porte, de donner un conseil à M. Luc Ferry, notre ministre de l'Éducation nationale. Vous vous distinguez, monsieur le ministre, des énarques qui vous entourent, par une abondante chevelure romantique coiffée dans un courant d'air, qui tranche sur les calvities précoces peignées à l'éponge de certains de vos collègues. Vous êtes un universitaire, habitué des chaires d'amphithéâtre et ce ne sont pas les chahuts de l'Assemblée nationale qui peuvent vous intimider, vous en avez connu d'autres. Mais le politique que vous êtes devenu doit se méfier du professeur que vous fûtes, les interlocuteurs ne sont pas les mêmes. Lors d'une séance de questions au gouvernement, tandis que vous présentiez votre budget, vous avez dit, je vous cite : « Si quelqu'un peut trouver ce budget décevant, je le dis, *cum grano salis.* » Ah, monsieur le ministre, ce *cum grano salis* superbement placé a quand même jeté un froid dans l'hémicycle. C'est que, voyez-vous, nombre de députés, et qui oserait le leur reprocher, ne maîtrisent pas le latin comme vous le faites, et cet état d'infériorité dans lequel vous les placez pourrait à terme tempérer l'indulgence qu'ils témoignent au néophyte doué que vous êtes. Il y a quelques lustres de cela, la Chambre des députés comptait en ses travées quelques hommes issus de Normale Sup qui lisaient Virgile et Démosthène dans le texte, mais évitaient d'en faire étalage pour ne pas mettre à la souffrance ceux de leurs collègues qui avaient déjà toutes les peines du monde à maîtriser le français. Tout au plus se contentaient-ils de corriger une erreur et encore le faisaient-ils avec discernement, selon la personnalité de celui qui la commettait. Témoin par exemple cet échange, lors de la séance du 12 juin 1936 sur la loi des quarante heures. Paul Reynaud est à la tribune et Léon Blum, président du Conseil, au banc du gouvernement. Paul Reynaud : « Nous admettons que la machine doit engendrer cette chose divine qu'est le loisir, comme le disait Montaigne. » Léon Blum le coupe : « La Bruyère. » Paul Reynaud : « Pardonnez-moi, je devrais savoir que quand on fait une citation devant un président du Conseil, qui se nomme Léon Blum, il vaut mieux ne pas se tromper. » Peut-être

Léon Blum n'eût-il pas corrigé l'orateur s'il lui avait accordé le droit à l'erreur, mais Paul Reynaud aurait dû savoir.

Plus récemment, et quelques députés chevronnés s'en souviennent encore, il y avait à l'Assemblée deux hommes, Emmanuel Hamel et Jean Foyer, qui ne pouvaient s'empêcher de truffer leurs interventions de citations grecques ou latines que, de surcroît, ils ne prenaient même pas la peine de traduire. Dès qu'ils montaient à la tribune, leurs collègues savaient qu'ils allaient bouffer du Cicéron ou de l'Aristote dans le texte, denrées particulièrement lourdes à digérer, surtout après le déjeuner. C'était réglé comme une cérémonie liturgique. « La parole est à monsieur Foyer », disait le président. Et, sans préambule, l'orateur attaquait : « Mesdames et messieurs les députés, *Domine relator, non latine sed gallica loquebar.* » « Ah merde ! ça recommence », maugréait le député de base en se tassant sur son siège, et quand il consentait à parler en français, Foyer faisait des références aux exégètes du Pentateuque ou à la masse édictale comparée à la masse sabinienne. L'agacement dans les travées était perceptible. Les députés de son camp murmuraient entre eux : « Il aurait pu nous prévenir, on ne sait même pas si on doit applaudir. » Quant au ministre concerné, il était dans les transes. On peut, avec du métier, répondre avec brio à une péroraison dont quelques termes vous ont échappé, mais quand on n'y comprend rien, la tâche devient ardue. L'un d'eux tenta de s'en sortir en lançant : « Monsieur Foyer, le latin dans les mots brave l'honnêteté, comme le disait Molière. – Non, monsieur le ministre... Boileau. » Là, la panique s'installa et le président suspendit la séance pour que chacun puisse retrouver ses esprits. C'est pourquoi, monsieur Ferry, je me permets de vous mettre en garde. Usez du latin avec parcimonie, et en prenant soin de traduire la citation. N'obligez pas vos collègues à se plonger dans les pages roses du Larousse pour comprendre le sens de vos interventions. Une citation latine ou grecque bien placée peut pimenter un discours, mais trop de piment rend le plat indigeste. À mon humble avis, trois formules percutantes en langue morte par an devraient faire l'affaire. Si vous en êtes avare, au lieu de la redouter, les députés l'attendront et, quand elle viendra, la salueront d'un « Ah ! » approbateur, comme des convives habitués au brouet auxquels on sert enfin des ortolans. Je vous donne ce conseil dans votre intérêt, sinon savez-vous ce qui risque de se passer ? Un député, un jour, potassera ses réminiscences de grec, et en plein milieu de votre intervention vous lancera : « Monsieur le ministre, vous me faites penser à ce que disait le renard d'Ésope : "Kephalon ouk ekeye." » Et de surcroît il traduira, non pas pour vous qui aurez compris, mais pour les autres : « Belle tête, mais pas beaucoup de cervelle. »

Un langage cru qu'on a peine à croire

L'actualité fait une concurrence déloyale aux chansonniers. Notre procédé est connu, nous partons d'un fait réel que nous grossissons jusqu'au ridicule. De cette extrapolation naît, ou ne naît pas, un effet comique, phénomène d'une fragilité et d'une alchimie à ce point compliquées que nous sommes les premiers étonnés de l'avoir provoqué. Pour ce faire, nous décodons le langage des princes, nous grattons le vernis de la litote et de la périphrase pour le rendre intelligible. Si nous entendons : « Il semble que les arguments échangés ne soient pas à la hauteur des problèmes évoqués », nous traduisons : « Les conneries commencent. » C'est d'ailleurs ce qu'attendent de nous les protagonistes qui, par notre intermédiaire, sont certains d'être compris. S'ils se mettent brusquement à user directement de l'expression triviale, nous ne servons plus à rien. Quand Alain Juppé dit : « Le PS remue la merde », que voulez-vous que je traduise ? Je pourrais à la limite jouer l'effet inverse : « Le maire de Bordeaux a voulu exprimer par là que le parti socialiste n'hésitait pas à recourir à des procédés malodorants dont l'inélégance est flagrante », seulement ça ne fera sourire personne. « C'est une politique au niveau des cabinets », a répondu François Hollande, réponse qui prête à confusion. Souvenez-vous, Tartuffe assène à Oronte à propos de son sonnet : « Franchement, il est bon à mettre au cabinet... », mais au XVIIe siècle le mot ne désignait pas le même lieu qu'aujourd'hui, et d'ailleurs de nos jours il en désigne plusieurs. Un endroit bien précis pour lequel il est de moins en moins usité, remplacé par WC, commodités, petit coin, wa-wa, et une dizaine d'autres termes, l'argot étant en ce domaine d'une richesse d'invention sans limite. Mais le cabinet, c'est aussi la structure d'un ministère, sinon pourquoi y aurait-il un chef de cabinet, personnage d'une importance capitale, entre les mains duquel tout passe et s'organise ? Ce n'est pas de ce cabinet-là que François Hollande a voulu parler, il a usé d'un terme un peu tombé en désuétude, par pudeur sans doute, hésitant à dire : « C'est une politique au niveau des chiottes », pour que ses enfants ne demandent pas à Ségolène Royale : « Qu'est-ce qu'il a dit papa à la télé ? » « Rien, mes chéris... rien, ce sont des arguments politiques. »

L'approche des échéances électorales fait fleurir la vacherie, l'allusion perfide et le scandale comme chrysanthèmes à la Toussaint. Quand il fut avéré que Pompidou se posait en rival de De Gaulle, s'ébruita brusquement une histoire de mœurs sordide le mettant en cause. Bokassa se souvint qu'il avait donné des diamants à Giscard quelques mois avant le premier tour de 1981 ; jusque-là, ça lui était sorti de la mémoire... L'amitié de Mitterrand et de Bousquet reprit de la vigueur avant la présidentielle de 1988, comme les frais de bouche de Chirac à la Mairie de Paris refleurirent avant celle de 2002. Il y a là un phénomène que les politologues et les psychologues réunis pourraient soumettre aux entretiens de Bichat : « L'influence de l'approche d'une élection sur la mémoire ». Antoine Schuller, ce jeune homme bien sous tous rapports, ne savait pas en 2001 que son père était à Saint-Domingue... Personne d'ailleurs ne le savait. À l'approche de l'élection, cela lui revint. « Bon sang ! mais c'est bien sûr », disait naguère le commissaire Bourrel. On aurait dû s'en douter pourtant, Saint-Domingue est toute proche de l'île de la Tortue qui fut le plus fameux des repaires de pirates. Quant à Didier Schuller, il a vécu cinq ans à l'ombre des palmiers sans éprouver le moindre remords, et brusquement, à l'approche de l'élection présidentielle, l'angoisse l'a envahi : « Je ne peux plus vivre comme ça, il faut que je rentre... Cette mer bleue, ce sable blanc, ce soleil, c'est trop dur à supporter. Vite, une cellule à la Santé pour que je retrouve la mienne. »

Il n'y a pas lieu de s'indigner, cela prouve simplement qu'il y a des mystères que la médecine est encore impuissante à expliquer.

Autour du *Monde*

Le livre réquisitoire de Péan et Cohen sur *Le Monde* a fait du bruit dans le Landerneau des médias, ce qui est normal puisque c'est dans cette intention qu'il fut publié. Dans ma recherche de cette manne qui est le terreau de mon métier, je lis chaque jour plusieurs quotidiens dont *Le Monde*. Outre le fait que je découvre parfois dans ses colonnes l'info que je vais pouvoir développer, la lecture du *Monde* est un excellent test de vision. Tous les ophtalmologistes vous confirmeront que, tant que vous pouvez le lire sans lunettes, votre acuité visuelle est parfaite ; en revanche, si vous êtes obligé d'éloigner le journal de vos yeux, il faut, soit passer au *Figaro* ou à *Libé*, soit vous résigner à aller consulter.

Le quotidien a été créé par Hubert Beuve-Méry à la Libération, sous l'instigation de De Gaulle qui voulait un journal qui soit la voix de la France, comme l'avait été *Le Temps* avant la guerre. Pour remplir ce rôle, il faut être bien informé, et *Le Monde* de Beuve-Méry l'était. Tout ce qui filtrait des ministères-clefs, il en était averti en premier. Son directeur signait ses éditoriaux « Sirius », ce qui était à la fois une qualité et un défaut. Une qualité puisque Sirius est une des étoiles les plus brillantes de la voûte céleste, et un défaut car cette étoile est située à quelque neuf années-lumière de la terre, ce qui fait que tout ce qui lui arrive de notre planète a déjà pris un sacré coup de vieux. Si les habitants de Sirius nous regardent aujourd'hui avec leur télescope, ils observent l'arrivée de Jospin à Matignon.

Le Monde est un journal sérieux, à la limite de l'austérité. Héritier du *Temps* dont le rédacteur en chef, Adrien Hébrard, recommandait à ses journalistes : « Faites emmerdant », il en a conservé le format et la rigueur. L'arrivée de Plantu sur sa première page fut une révolution. Un dessinateur humoristique dans *Le Monde* paraissait aussi incongru à certains lecteurs qu'un ballet de french cancan à une réception de l'Académie française. C'est un peu lassant d'être « la voix de la France », et quelquefois dangereux. Tous les journalistes ont en mémoire les titres successifs du *Moniteur*, journal officiel de l'époque, lors du retour de Napoléon de l'île d'Elbe : « Le tigre assoiffé de sang a débarqué à Golfe-Juan » ; « Le tyran est à Grenoble », « Napoléon est à Lyon », « L'empereur est à Sens », « Sa Majesté Impériale a fait son entrée à Paris sous les acclamations de la foule ». Tous ces gros titres rédigés en l'espace de vingt jours le furent sans doute par la même main. Quotidien d'informations estampillées « made in France », *Le Monde* s'est petit à petit transformé en journal d'investigations. L'affaire du *Rainbow Warrior*, les Irlandais de Vincennes, c'est lui qui les a dévoilées. Pour un journaliste, l'investigation c'est le gâteau sous la cerise. Lequel d'entre eux n'a jamais rêvé d'être comme ces hommes du président, les deux journalistes du *Washington Post* qui mirent en lumière le Watergate et acculèrent Nixon à la démission ! L'ennui, c'est qu'il n'y a pas un Watergate par semaine, et il arrive que le journaliste d'investigation, plus enclin à dévoiler une affaire qu'à informer, passe directement de l'hypothèse à l'accusation en négligeant d'étayer ses arguments de preuves irréfutables. Comme nous vivons en un temps et dans un pays où un dossier à peine déposé sur le bureau du juge d'instruction s'étale in extenso en vitrine des kiosques à journaux, le syndrome du *Washington Post* pousse certains à des excès en vertu de cet adage : « Mieux vaut publier un démenti que de louper un bon coup. » La recherche du scoop est aussi ancienne que la géniale invention de Théophraste Renaudot. En ai-je passé des heures avec mon ami Christian Bailly, qui nous a prématurément quittés, à feuilleter dans son musée de la Presse, ces journaux jaunis par le temps où s'est imprimée l'histoire au quotidien, et en particulier ce numéro quasiment introuvable, rêve de tous les collectionneurs, qui décrit avec force détails l'arrivée triomphale de Nungesser et Coli à New York en 1927, alors que nul n'a jamais retrouvé *L'Oiseau blanc*.

Il ne serait pas honnête, je crois, au moment où sont mis en cause des journalistes, de ne pas rappeler que la France est un des pays privilégiés, moins nombreux qu'on ne l'imagine, où ils sont libres d'écrire ou de dire ce qu'ils veulent, et c'est bien un privilège au regard des soixante ou soixante-dix de leurs homologues qui sont en prison à travers le monde pour délit d'opinion...

Puisque nous évoquons ce métier difficile, permettez-moi de conclure sur un sourire en rappelant cette note de service que Clemenceau fit afficher dans la salle de rédaction de *L'Aurore*, quand il en était le rédacteur en chef : « Mesdames et messieurs les journalistes sont priés de noter qu'une phrase se compose d'un sujet, d'un verbe et d'un complément. Ceux qui voudront utiliser un adjectif passeront me voir à mon bureau, ceux qui emploieront un adverbe seront licenciés. »

Notre député qui tutoie Perben

Chaque ministère possède ses attachés de presse et ses relations publiques, gens obscurs dont on ne connaît jamais le visage, mais dont l'action est déterminante. Ils ne font pas les discours, il y a pour cela les conseillers, mais ils choisissent les photos, et c'est un art tout aussi délicat. Comme ce sont la plupart du temps des femmes qui exercent ce métier, elles conseillent souvent le ministre sur le choix difficile d'une cravate. Il fut un temps où les hommes politiques se souciaient peu de leur tenue. Herriot avait toujours des pantalons en tire-bouchon, quant à Aristide Briand, à le voir sur les photographies, on lui eût volontiers donné un franc Poincaré en lui disant : « Tenez mon brave, allez prendre un bol de bouillon, ça vous remontera ! » De nos jours, une caméra de télévision traîne toujours dans le sillage d'un ministre, et si la tenue est débraillée, elle doit l'être avec science, avec ce rien de laisser-aller qui coûte plus cher qu'un costume trois-pièces.

Tout aussi important est le rôle de celui ou celle qui tient l'agenda de l'homme politique. Si on l'invite à une émission de télévision, cette personne doit savoir immédiatement ce que son patron aura à affronter sur les autres chaînes. Face à un opéra de Wagner ou à une émission sur les coutumes des Pygmées de Nouvelle-Guinée, ce dernier a toutes les chances de faire un bon score, mais face à De Niro ou à un match de coupe d'Europe de football, il risque une audience médiocre. C'est donc à l'intendance de prendre la responsabilité de refuser ou d'accepter l'émission, au risque de se faire copieusement engueuler, car l'homme politique ne voit pas plus loin que le bout de son narcissisme et la télévision est pour sa fatuité un aimant irrésistible. Très important également se révèle le choix des rendez-vous qu'il accorde. Ils sont de deux sortes, les uns de prestige, les autres d'obligation. L'homme politique doit obligatoirement attirer l'attention des journalistes. Quand il est de l'opposition, le summum est évidemment une entrevue avec le président d'une grande nation étrangère. Viennent ensuite, dans l'ordre, les secrétaires généraux des syndicats, les représentants des associations de commerçants ou d'agriculteurs, bref tout ce qui peut se comptabiliser en voix dans l'optique des élections futures. Ajoutez à cela les rendez-vous obligés qui ne pèsent leur poids qu'au niveau de la circonscription, l'électeur influent qu'on traite au restaurant de l'Assemblée nationale et qui est tout ébloui de voir en chair et en os tous ces personnages importants qu'il n'avait vus qu'à la télévision... « Ce n'est pas Dominique Perben, là-bas ? – Mais oui, je vais vous le présenter : "Dominique, permets-moi de te présenter mon vieil ami X, un des meilleurs restaurateurs de ma ville." Le restaurateur est ému, il bredouille, rougit, il est conquis. Revenu au pays, il ne tarira pas d'éloges sur « notre député qui tutoie Perben ». Ces rendez-vous-là sont des investissements et une bonne attachée de presse doit savoir en saupoudrer un carnet de rendez-vous.

C'est dire si l'animal politique, ministre ou député, au pouvoir ou dans l'opposition, dépend de ceux ou celles qui ont la lourde charge de fabriquer son image. Qu'on ne s'y trompe pas, aucune attachée de presse ne saurait donner vie longtemps à un corps sans âme. Même en le bourrant de vitamines, on n'a jamais pu faire gagner un grand prix à un percheron, cependant le choix de l'entourage est aussi primordial que celui du programme. Un homme politique est un peu comme un tableau dans une galerie de peinture ; son exposition, son éclairage, son cadre ont une importance considérable. Mettez un Renoir au fond d'un corridor, dans un coin sombre, seuls les connaisseurs le remarqueront. Il convient donc de polir l'image du politique avec un soin particulier. Aujourd'hui il sait qu'il doit un tiers de son succès à ses propres qualités et un autre tiers à ceux qui l'entourent et le conseillent. Et le troisième tiers, direz-vous ?... Eh bien, c'est nous, nous les chansonniers, qui l'égratignons, qui faisons sourire à ses dépens, mais qui, dans le même temps, lui offrons cette popularité, laquelle sans nos coups de griffes ne serait que ce qu'elle est.

Bonne retraite Barzy

Qu'il me soit permis de saluer ici le départ à la retraite politique de Raymond Barre. L'ancien Premier ministre a décidé d'abandonner toutes ses fonctions et d'aller cultiver son jardin sous le soleil du midi. Pourquoi ce coup de chapeau de ma part ? Parce que je trouve qu'il eût été inconvenant, ou pour le moins discourtois, de ne pas saluer le départ d'un homme qui m'a beaucoup apporté dans l'exercice de mon métier. J'oserai même dire que, quoiqu'il ait été, en sa qualité de Premier ministre, responsable des impôts dont je me suis acquitté, il m'a sans doute rapporté plus d'argent qu'il ne m'en a coûté. Comme la plupart de mes confrères chansonniers, j'ai beaucoup usé de Raymond Barre... Il fut la providence des imitateurs, tant il était facile à contrefaire. « Écoutez... peu me chaud les extrapolations du microcosme. » Il avait ce don d'aller dénicher des mots peu usités et de respecter la concordance des temps, alors qu'aujourd'hui les politiques répugnent à l'imparfait du subjonctif en pensant, à tort, que ça fait pédant. Ceux, ils ne sont pas nombreux, qui s'astreignent à un langage policé, font d'autant plus d'effet quand ils se laissent aller à un dérapage parfaitement contrôlé. Toute la presse a évoqué la petite phrase de Balladur à propos de la situation de la droite à Paris. « Paris... c'est un merdier », a-t-il laissé tomber de sa voix douce. Vous imaginez volontiers que, s'il était coutumier du fait, personne n'en aurait parlé.

Raymond Barre aimait les chansonniers. Il avait, en son temps, adoré sa marionnette du Bébête Show, l'ours Barzy. Il disait : « Elle a beaucoup plus de charme que moi et elle est plus rigolote » et, comme Mitterrand, qui adorait sa grenouille, Barre se faisait enregistrer les Bébête Show qu'il ne pouvait pas voir en direct. Le don qu'il avait de ne rien dissimuler de ce qu'il pensait et de préconiser des mesures impopulaires, mais qu'il croyait utiles, lui valut un échec aux présidentielles de 1988. Quand on brigue la fonction suprême, il vaut mieux caresser les électeurs dans le sens du poil, plutôt que jouer les Cassandre, et il trouva un superbe point de chute en qualité de maire de Lyon. Je crois qu'il se trouva à son aise dans le fauteuil d'Édouard Herriot. Une certaine corpulence due à l'amour de la bonne chère réunissait les deux hommes, et peut-être d'autres choses aussi... Homme de gauche, puisque radical socialiste, Herriot avouait préférer un homme de droite intelligent et efficace à un de ses amis politiques borné et sectaire. Barre ne cachait pas ses antipathies locales et l'élection d'un socialiste pour lui succéder, si ce fut une surprise, ne sembla pas l'étonner outre mesure. Entre la place des Terreaux et le pont Morand, on appelle ça « le coup de Barre ». Vous allez, monsieur le Premier ministre – permettez-moi de vous donner ce titre puisque, selon l'expression de Campinchi, ce ministre de la Marine de la IIIe République, quand on a été putain ou ministre on a droit au titre toute sa vie –, vous allez donc entrer dans ce temps béni de la sérénité où le politique, estimant son devoir accompli, se retire sur l'Aventin pour contempler les jeux de cirque du haut de sa solitude. C'est le temps des voyages, qui ont l'avantage d'éviter qu'on vienne vous demander votre avis sur vos successeurs... Clemenceau, à 80 ans, avait fait un long périple aux Indes. De Gaulle était parti pour l'Irlande, manière de dire : « Débrouillez-vous sans moi, j'ai beaucoup donné, je suis désormais aux abonnés absents. » Vous allez pouvoir relire Dumas, quoique vous connaissiez ses grands romans par cœur, et faire la sieste dans un transat plus confortable que votre banc de l'Assemblée nationale. Et ne croyez pas que la sollicitude dont je fais preuve à votre égard soit partisane ; chaque fois qu'un politique qui m'a beaucoup servi s'éloigne des projecteurs, j'ai la même nostalgie. Il en fut de même pour Marchais. J'aime bien Marie-Georges Buffet, sur le plan des convictions, elle est certainement aussi sincère... mais sur le plan du spectacle, on n'a jamais remplacé Marchais et de Funès...

Alors, monsieur le Premier ministre, permettez-moi de vous dire familièrement « Bonne retraite Barzy ».

Éduquons... éduquons... comme la lune

C'est une grande révolution qui se concocte à l'Éducation nationale. On va en revenir à la vieille recette de l'alphabet pour apprendre à lire aux gamins et abandonner la méthode globale qui semble avoir démontré son incapacité. C'est en tout cas ce que j'ai cru comprendre à travers les discours alambiqués qui nous ont été distillés. Les énarques, on le sait, répugnent à reconnaître leurs erreurs et, quand ils sont contraints de le faire parce qu'elles sont trop flagrantes, c'est du bout des dents, avec ce vocabulaire ésotérique que Claude Allègre avait fustigé quand il fut poliment prié de quitter le ministère. Car cette méthode, aujourd'hui abandonnée, avait déjà fait ses preuves ailleurs. Elle avait échoué aux États-Unis et on aurait dû se méfier, mais un haut fonctionnaire frais émoulu de son école et nouvellement promu se doit d'avoir des idées, sinon à quoi bon avoir sacrifié cinq ou six années de sa jeunesse à potasser pendant que les autres allaient s'éclater en boîte. C'est d'ailleurs ce que l'État, par le truchement de son ministre, lui demande. Un ministre qui se contente de gérer l'acquis de ses prédécesseurs a peu de chances de laisser trace de son passage, il harcèle donc les énarques qui l'entourent : « Il faut me trouver quelque chose de neuf pour la rentrée prochaine, qui fasse de l'effet... Je ne sais pas moi, l'étude du latin dans les crèches par exemple... Vous me pondez un rapport sous les huit jours, et dans un langage que je comprenne ; vous réserverez votre vocabulaire abscons aux circulaires que vous envoyez aux recteurs. »

Pas un ministre qui n'ait apporté sa pierre à la réforme de l'Éducation nationale, mais il en est de ce genre d'entreprise comme de ces bâtiments hybrides auxquels de multiples architectes, au cours des temps, ont ajouté une fenêtre par-ci, retranché une porte par-là ; ils sont mal foutus, ne ressemblent à rien et, de surcroît, menacent de s'écrouler parce qu'on a négligé d'en consolider les fondations. Afin que le contribuable-citoyen ne comprenne plus rien, les responsables du ministère viennent nous dire : « La méthode globale n'est pas en cause, elle n'a jamais été utilisée parce qu'elle est totalement inadaptée à la langue française. » Ah bon, mais alors quelle méthode a-t-on employée ?... Peut-être aucune, ce qui expliquerait, en partie, l'étonnant résultat que nous observons. Car on a beaucoup supprimé. La dictée, exercice traumatisant pour l'enfant, souvenez-nous du début de Topaze : « Les moutonsss... il n'y avait pas qu'un seul moutonnn... mais plusieurs moutonsss... » La dictée est désormais réservée à une élite qui, sous la férule de Pivot, joue avec les traits d'union et les accents circonflexes. Rendons au moins grâce à Bernard d'avoir préservé un exercice qui, sans lui, aurait disparu de la mémoire collective. Plus de notes, bien entendu... la note traumatise celui qui récolte un 3 par rapport à celui qui a 14. La note institue la sélection, et la sélection est cause de tous les maux. Évidemment, tôt ou tard, ayant grandi, le gamin sera confronté à la sélection qui veut que, du slalom spécial à l'entrée dans les grandes écoles, les podiums ne soient pas extensibles, et que ceux qui ratent une porte ou une matière en soient écartés. Pas de récitations, quelle horreur... ânonner du La Fontaine, c'est idiot ! Et brusquement, parce qu'il y a urgence, branle-bas de combat... machine arrière toute, comme sur le *Titanic*, parce que l'iceberg est devant, tout proche.

Les gens qui ont beaucoup péché ont tendance à en faire trop dans le repentir. J'attends avec impatience que, dans leur désir d'exorciser les fautes commises depuis quarante ans, ils rebaptisent le ministère « de l'Instruction publique » comme jadis, que les gamins soient désormais tenus à se tenir bras croisés dans leur blouse grise, qu'on remette à l'honneur le piquet, avec bonnet d'âne pour égayer le tableau, que l'éducation civique redevienne la morale et l'enseignant une maîtresse ou un maître. Il doit bien y avoir un moyen terme, mais l'énarque en repentance ne manie pas la nuance.

Vous dirai-je que j'ai une admiration sans borne pour ces femmes et ces hommes qui, pendant un siècle, ont appris le français à des millions de gamins qui ne parlaient que leur patois ? Ils l'ont fait avec leur énergie, leur ténacité, leur dévouement.

Permettez-moi un souvenir personnel. J'avais 9 ans, à l'école communale de la rue Pierre-Corneille à Lyon. Un après-midi, toutes les demi-heures, toute la classe a répété à haute voix : « Tous les verbes commençant par AP prennent 2 P, sauf apercevoir, aplatir, apitoyer, apaiser, apostropher, apeurer et apanager. » Je ne l'ai plus jamais oublié, et ça fait quelques lustres... Et, en souvenir de cet après-midi, je me suis efforcé maintes fois de glisser « apanager » dans mes bouquins, histoire de rendre hommage à mon maître. Croyez-moi, ce n'est pas un verbe facile à caser...

Quand les chères têtes blondes s'ennuient

Les gamins s'ennuient-ils à l'école ? Cette angoissante question, répercutée par tous les médias, a immédiatement mobilisé le ban et l'arrière-ban de ceux qui ont pour mission de meubler le cerveau des futures élites de la nation. Le ministre lui-même a participé à un colloque et les technocrates qui l'entourent ont été priés de cogiter sur le problème. Des milliers d'enseignants ont apporté leurs témoignages, souvent contradictoires, amers ou révoltés, parce qu'on leur fait endosser la responsabilité de cet ennui qui serait une des causes de la violence scolaire. J'avoue avoir plus confiance dans l'analyse des enseignants de base qui se coltinent le problème au quotidien que dans celle des énarques du ministère qui ont inventé les termes d'« apprenants actifs » pour les élèves qui travaillent, « passifs » pour ceux qui ne font rien et qui ont poussé la poésie jusqu'à nommer « apprenant virtuel » celui qui sèche régulièrement les cours. L'apprenant virtuel ne s'ennuie jamais puisqu'il n'est jamais là, l'actif non plus puisqu'il travaille... c'est donc dans les apprenants passifs que se recrutent ceux qui s'embêtent ferme. Le plus simple serait de transformer les passifs en virtuels en leur disant : « Écoutez, si vraiment ça vous rase à ce point-là, ne venez pas », mais la déontologie de l'éducateur ne saurait s'accommoder de cette capitulation. Il faut donc transformer les passifs en actifs, la tâche est gigantesque d'autant que le problème n'est pas nouveau. Depuis que Charlemagne a inventé l'école, il y a toujours eu des élèves avides d'apprendre et d'autres que les études rebutent. À force de patience et d'abnégation, les instits ont parfois réussi à en dégeler quelques-uns pour leur permettre d'accéder aux classes supérieures, mais pour les autres ils faisaient référence en désespoir de cause au vieux proverbe paysan : « On ne fait pas boire un âne qui n'a pas soif. » La seule différence entre ces temps anciens et aujourd'hui, c'est que ceux qui s'ennuyaient se contentaient de bayer aux corneilles ou de somnoler, sans éprouver le besoin d'insulter le prof ou de l'agresser physiquement, et celui qui se serait laissé aller à ce débordement ne l'aurait pas fait deux fois.

Le colloque, on l'imagine, a été animé et on y a entendu des formules énergiques, comme celle de Jean-Didier Vincent, neurobiologiste et président du Conseil national des programmes : « Le professeur, a-t-il dit, est une prostituée du savoir, il doit créer le désir. » Avec tout le respect que je dois à Jean-Didier Vincent, qu'il me permette de lui faire remarquer que la prostituée ne crée pas le désir, elle l'assouvit. Le monsieur qui vient de faire l'amour et qui, biologiquement parlant, ne sera pas de nouveau opérationnel avant quelques heures, peut parcourir toute la rue Saint-Denis en toute quiétude. Là encore : « On ne fait pas boire un âne qui n'a pas soif » s'applique parfaitement, même si on en modifie les termes. Plus surprenant, le ministre de l'Éducation nationale, M. Luc Ferry, a avoué dans le quotidien *Le Monde* : « De mon temps, nous étions 80 % à nous ennuyer comme des rats morts. » Évidemment, la menace peut faire son effet. À un gamin qui se barbe pendant les cours, son père peut dire : « Si tu ne travailles pas en classe, tu finiras ministre de l'Éducation. » Ce qui peut produire un électrochoc. Car enfin, nous ne sommes pas tous faits du même bois. L'éducation est comme l'amour et la musique, il faut trouver l'instrument qui vous convient et ne pas s'acharner à vouloir jouer de celui pour lequel vous n'êtes pas doué. Tous les instruments sont nobles, même le triangle. Certes, il n'y a pas, à ma connaissance, de concertos pour triangle et orchestre, cependant on peut se contenter d'être un bon exécutant à défaut d'être un virtuose. Mes souvenirs lointains du lycée Ampère me remémorent que j'étais ravi dans la classe d'histoire, heureux dans celle de français... quand j'entrais dans celle de physique-chimie, en revanche, ça n'est pas comme un rat mort que je m'ennuyais, mais comme une colonie de muscidés trépassés. Je ne suis pas devenu physicien, et le monde ne s'en porte pas plus mal.

Et puis, observateur passionné comme je le suis des séances de l'Assemblée nationale, j'ai remarqué que souvent les députés s'ennuient. Pendant que l'orateur s'époumone, ils bâillent, lisent, font leur courrier et parfois somnolent, et franchement je ne vois pas, du haut de son perchoir, M. Jean-Louis Debré s'écrier : « Monsieur le rapporteur du projet de loi voudrait-il avoir l'obligeance d'être une prostituée et de créer le désir ? » Cela ferait très mauvais effet.

Montre-moi tes notes

L'hebdomadaire *Le Point* s'est livré à un exercice à la fois délicat et pervers, dont les effets à long terme sont difficiles à évaluer, en publiant le carnet de notes des politiques. « Montre-moi ton carnet de notes », cette demande parentale la plupart du temps source d'ennuis a résonné désagréablement aux oreilles de générations de gamins jusqu'à ce que l'Éducation nationale y mette un terme, estimant que cette façon brutale de hiérarchiser le travail scolaire traumatisait les pauvres petits. J'ai le souvenir lointain de ces notes mensuelles que je rapportais, penaud, à mon père. Non seulement les chiffres parlaient d'eux-mêmes mais, pour en souligner les cruautés, il y avait de surcroît les commentaires qui s'échelonnaient, du bienveillant « Pourrait progresser s'il n'était pas aussi turbulent », jusqu'au définitif « Pour ce qu'il fait en classe de maths, pourrait tout aussi bien ne pas y venir ». Il s'ensuivait de longs échanges entre mon père et moi, faits de menaces de sanctions de sa part et de promesses de la mienne, jusqu'au carnet du mois suivant où son indulgence se contentait d'un résultat moins médiocre. Grâce à Dieu et surtout aux ministres, les gamins d'aujourd'hui ne connaissent plus ces affres, même si le principe de la notation a été conservé pour les examens, et ce sont maintenant les politiques qui héritent de cette angoisse. Ceux qui les ont notés, c'est vous et moi, puisqu'il s'agit d'un sondage effectué auprès de 1 000 personnes représentatives de la société française. Eh bien, nous n'avons été ni indulgents, ni sévères ; ils s'en sortent plutôt bien. Au gouvernement, Nicolas Sarkozy hérite de la meilleure note, 13 sur 20... 11 pour de

Villepin et Alliot-Marie, juste la moyenne, 10, pour Luc Ferry, Dominique Perben et Francis Mer, la note la plus basse étant un 9 pour François Fillon et Roselyne Bachelot. Dans l'opposition, un 11 a été attribué à Bertrand Delanoë et Bernard Kouchner, 10 à Jack Lang, 9 à Dominique Strauss-Kahn et à Marie-Georges Buffet, et tous les autres ont eu 8, François Hollande, Noël Mamère, Laurent Fabius, Olivier Besancenot et Martine Aubry. Donc, opposition et majorité confondues, pas de surdoués, de ceux qui, avec 17 ou 18, écrasent les autres de leur superbe et de leur savoir, mais pas non plus de cancres qui traînent comme un boulet des notes éliminatoires.

Je comprends l'agacement de François Hollande, patron d'un PS, certes convalescent, mais encore vigoureux, quand il voit que sa note est moins bonne que celle de Marie-Georges Buffet avec ses effectifs maigrichons. Il me semble cependant y voir l'effet de cette indulgence que notre nature charitable porte aux faibles et peut-être aussi le fait que Marie-Georges est une femme, et qu'elles sont si peu nombreuses en politique que nous offrons une prime à leur ténacité. Bien sûr, on peut imaginer que François Fillon, quand il sort de chez lui le matin, se fasse interpeller ironiquement par son gardien d'immeuble : « Alors, Monsieur le ministre, on n'a pas la moyenne ? » Plus grave, ceux qui ont hérité d'un 8 et qui ont des enfants scolarisés. Dire à son gamin : « Dis donc, 9 en histoire, tu pourrais faire un effort », c'est prendre le risque de s'entendre répondre : « Ben et toi ? 9 c'est pas beaucoup, mais c'est mieux que 8. » Ce carnet de notes des politiques, s'il se perpétuait, est gros de conflits familiaux. Je n'ose imaginer ce qui se passera le jour où Ségolène Royal aura une meilleure note que François Hollande. Dieu merci, on leur a épargné les commentaires, par exemple pour Sarkozy : « Élève sérieux et appliqué, gagnerait cependant à ne pas complexer ses petits camarades moins doués que lui. » Pour Arnaud de Montebourg : « Élève brillant, obtiendrait facilement des notes excellentes s'il pouvait maîtriser un ego démesuré qui lui vaut l'inimitié de ses condisciples. » En d'autres termes vouloir conquérir une place est légitime, mais dire brutalement : « Tirez-vous de là que je m'y mette » est excessif. Et enfin pour Jean-Pierre Raffarin qui a obtenu un honorable 12 : « Élève sérieux qui a brillamment réussi son entrée inopinée dans la classe des grands. Aurait intérêt cependant dans ses rédactions à mettre ses verbes au présent au lieu de les conjuguer au futur, et à éviter les truismes du style : “Les adolescents d’aujourd’hui seront les adultes de demain” qui s’apparentent aux formules de M. Prud’homme : “C’est mon opinion et je la partage”, ou encore : “Le char de l’État navigue sur un volcan”. En corrigeant ces défauts, l’élève Raffarin pourrait accéder à la classe supérieure. »

Payer, pleurer, gémir est également lâche

Francis Mer nous a fait part de son intention de favoriser, pour nos impôts, le procédé de retenue à la source déjà en vigueur dans la plupart des pays de la Communauté européenne. Le salarié perçoit à la fin du mois son salaire amputé d’une fraction de son impôt et il est débarrassé de la corvée annuelle qui consiste à remplir le formulaire de déclaration. Les réactions ont été partagées. Favorables, celles qui constatent que l’impôt serait ainsi, sinon indolore, du moins, moins stressant. Sceptiques, celles qui redoutent que les patrons, en sus de toute la paperasserie qui les accable, n’aient à se transformer en percepteurs. Parmi ces réactions, une m’a franchement amusé, celle d’un représentant syndical des fonctionnaires du ministère des Finances. Je conçois fort bien l’inquiétude de ces gens. La retenue à la source, c’est pour eux du travail en moins, alors que dans le même temps le ministre affiche son intention de réduire le nombre de fonctionnaires qui travaillent à Bercy. C’est à mon avis un vœu pieux, car avant d’en diminuer le nombre, il faudrait savoir combien ils sont, et aucun ministre des Finances n’a jamais pu connaître avec précision l’effectif de ses services. Ce ne fut pas faute de le demander... mais la demande faite par le chef de cabinet au directeur des Ressources humaines à peine formulée, la machine à compter se mit en route avec une lenteur savamment dosée, fruit d’une mécanique que l’administration a rodée depuis des siècles et qui se nomme la force d’inertie. M. Christian Sauter, qui fut un temps ministre à Bercy, en fit la cruelle expérience. Il voulut bousculer son administration, la réformer... Il apprit rapidement que son nom pouvait aussi se prononcer « sauter ».

Que disait donc ce représentant syndical ? Eh bien, une chose osée, que certains fonctionnaires du Trésor public pensent peut-être tout bas, mais disent rarement tout haut : rendre l'impôt indolore est une mauvaise idée. Au contraire, l'impôt, pour le citoyen, doit être une épreuve. C'est à tort qu'on l'appelle « contribution » ; le fait de contribuer au développement de la nation est un acte de solidarité que le citoyen accomplit, sinon avec joie, du moins avec civisme. Le véritable nom de l'impôt, c'est « prélèvement ». Quel que soit ce qu'on vous prélève, du sang, un organe, ça fait mal, et le raisonnement de cet homme était limpide ; l'impôt doit faire mal, faute de quoi il perd une partie de sa raison d'être, celle du sacrifice. Le contribuable-citoyen ne doit pas se contenter de payer, ce serait trop facile, il faut que ce qu'il débourse lui occasionne une souffrance, perte de sommeil, aigreur d'estomac, irritabilité, angoisse, car ainsi se crée la véritable fraternité entre ceux qui souffrent parce qu'ils n'ont rien et ceux qui souffrent parce qu'on leur prend trop. La franchise de ce délégué syndical m'a plu, pas de langue de bois, pas de faux-fuyants : la vérité, si douloureuse qu'elle puisse être. Ce n'est au fond que la réplique d'une vieille querelle sémantique. « Tu accoucheras dans la douleur » est une évidence admise par toutes les femmes depuis l'âge des cavernes, les religions en ayant fait une règle, sans d'ailleurs donner d'explication. Pourquoi donner la vie devait-il obligatoirement s'effectuer dans la souffrance ? Les théologiens restaient évasifs et s'en sortaient par un « Dieu le veut ainsi » qui, dans toutes les religions, a toujours évité les controverses, jusqu'au jour où des médecins s'évertuèrent à mettre en œuvre l'accouchement sans douleur et faillirent passer pour hérétiques.

Nous savons donc ce que Bercy pense de nous : « Tu payeras dans la douleur. » Le chèque ne suffit plus, il faut de surcroît, quand nous le présentons, qu'il soit humide de nos larmes. Mazarin disait à propos de ceux qu'il imposait : « Laissez-les chanter pourvu qu'ils payent ! » La formule a changé, désormais nous payons et nous devons gémir. Et celui qui ne gémit pas pourrait se voir prochainement pénalisé de 10 % de gémissements supplémentaires. Eh bien ! puisqu'il faut crier, je crierai. Ce n'est pas tout à fait mon habitude ; si je suis douillet, comme la plupart des hommes, ce n'est pas au point d'ameuter le quartier. Je fais pourtant le serment qu'au premier tiers provisionnel, le long cri lugubre de ma détresse s'entendra jusqu'à Bercy. Ah ! vous voulez qu'on ait mal, vous allez être surpris, mais il ne faudra pas venir dans deux mois me dire : « Chut... vous faites trop de bruit. »

Questions pour des champions

L'Assemblée nationale a repris ses travaux, les ministres retrouvent l'épreuve redoutable des questions au gouvernement, examens bihebdomadaires auxquels doivent se soumettre tous les membres du gouvernement. Celui de M. Raffarin comporte un nombre important de ministres et secrétaires d'État qui n'avaient jamais été parlementaires et qui, de ce fait, ignoraient les règles de ces joutes oratoires dont les vieux briscards de l'Assemblée se délectent. Ces deux séances de questions, c'est un peu la récréation de l'Assemblée, et je ne saurais trop vous conseiller de privilégier le mardi ou le mercredi, si vous avez un jour la curiosité d'assister à ses travaux. Les autres jours, les députés travaillent. Un projet de loi est discuté, seul le ministre concerné est au banc du gouvernement et les groupes délèguent leurs représentants experts en la question. La routine devient un peu lassante pour le béotien. Amendement, rapporteur, avis du ministre, voix pour, voix contre, vous risquez de vous ennuyer. Les questions au gouvernement en revanche, c'est le spectacle assuré ; l'hémicycle est comble, le gouvernement presque au complet, la séance diffusée à la télé et les acteurs affûtés. Le ministre qui va être interrogé connaît la question qui va lui être posée et le nom de celui qui la posera, il a donc eu le temps de la faire étudier par ses collaborateurs qui lui ont argumenté sa réponse. Théoriquement, c'est la règle, il doit la faire sans lire ses notes ; mais il est toléré, quand les chiffres sont nombreux et compliqués, qu'il puisse y jeter de temps en temps un coup d'œil afin de ne pas s'emmêler les pinceaux, car la moindre erreur, le moindre lapsus est immédiatement sanctionné par des interruptions : « Vous ne connaissez pas vos chiffres ! » « Allez apprendre votre métier », et autres amabilités que le président tempère d'un : « Allons, un peu de calme, laissez parler le ministre. » Tout cela relève d'un scénario immuable. Comme dans la commedia dell'arte, les acteurs brodent sur un thème donné, en respectant des règles établies depuis des lustres. L'art de l'interruption est, en matière de parlementarisme, l'un des plus difficiles. Il consiste à déstabiliser l'orateur d'une phrase, voire d'une interjection, en la lançant au moment adéquat. Inutile d'interrompre le ministre quand il est lancé dans son discours ; il est préférable de le faire quand il reprend son souffle, ou cherche un mot. En une fraction de seconde, il doit décider soit de répondre, soit d'ignorer l'interrupteur. S'il choisit de répondre, il faut qu'il soit brillant, qu'il fasse un effet, sinon il perd la face et en même temps le fil de son discours. Seuls les parlementaires chevronnés et rompus à ce genre d'exercice s'en sortent avec brio. Robert-André Vivien fut un maître en la matière, et les archives du Palais-Bourbon nous apprennent qu'en son temps, personne ou presque ne se hasardait à interrompre Clemenceau dont les répliques étaient assassines. Un député tenta un jour l'expérience « Taisez-vous ! » répliqua le Tigre. L'autre insista : « Mais enfin, j'ai bien le droit ! – Vous avez le droit de tout faire, sauf mon discours. » Il arrive parfois que le ministre, handicapé par le trac, offre à ses adversaires une bourde qui le fait entrer dans les bêtisiers. Le célèbre : « Sur les cinquante-deux prisonniers qui se sont évadés des prisons françaises cette année, nous en avons repris cinquante-trois » fit la renommée d'Arpaillange, comme est restée célèbre cette envolée d'un député lors du débat sur la peine de mort : « Cette enceinte, mesdames, messieurs, où a siégé Victor Hugo, devrait vous inviter à relire les *Mémoires d'outre-tombe.* » Le pauvre ne s'en est jamais remis.

La séance des questions peut aussi être l'occasion pour un ministre de préciser sa pensée sur un sujet d'actualité. Imaginons – je fais une supposition – que M. de Villepin veuille clarifier la position de la France par rapport au conflit ivoirien. Il téléphone à Françoise de Panafieu : « Chère Françoise, pourrais-tu m'interroger sur la Côte-d'Ivoire ? » En bonne copine, Françoise s'exécute. Ce genre de questions, dites de circonstances, et qui sont ponctuées de la part de l'opposition de joyeux « Allô ! Allô ! », peuvent aussi, de temps en temps, faire connaître un secrétaire d'État qui peine à sortir de l'anonymat. Quand le ministre interrogé est absent, pour des motifs divers, c'est le chargé des relations avec le Parlement qui s'y colle. Jean-François Coppé doit ainsi être prêt à répondre sur la famille, l'agriculture ou l'outre-mer. Comme le disait André Labarère quand il occupait cette fonction : « Je suis la bonne à tout faire du mercredi après-midi. » Mais, rassurez-vous, ces altercations, ces échanges venimeux s'évanouissent dès que la séance est terminée. Pour avoir quelque peu fréquenté les coulisses du sérail, je peux même vous confier qu'au restaurant de l'Assemblée, avant la séance de questions, ministres et députés se croisent, se saluent courtoisement de table en table, et on peut même entendre : « Dis-moi, c'est toi qui m'interroges tout à l'heure sur la rémunération du Livret A ? elle est vicieuse ta question... – Tu es marrant, je ne suis pas là pour te servir la soupe. Comment est le lapin à la moutarde ? – Pas mal. – À tout à l'heure. » Et c'est bien qu'il en soit ainsi. Nous qui ne sommes que spectateurs et qui payons nos places, nous sommes satisfaits, la démocratie fonctionne et le spectacle est assuré.

> « Un des plus clairs effets de la présence d'un enfant dans un ménage est de rendre complètement idiots de braves parents qui, sans lui, n'eussent peut-être été que de simples imbéciles. »
>
> GEORGES COURTELINE

Quand je serai président

Trois journaux destinés aux enfants et aux adolescents ont demandé à leurs lecteurs : « Que feriez-vous si vous étiez élu président de la République ? » Leur avis est important ; après tout, dans quelques années ils seront contribuables et électeurs et on viendra les solliciter, raison de plus pour étudier, à la source, ce que seront leurs désirs. Le blé en herbe a déjà toutes les caractéristiques du caractère français.

Il y a le râleur, comme Julien, 9 ans, qui dit : « Il faut que les ministres viennent manger dans les cantines scolaires pour en apprécier la qualité. » On sent que Julien estime que ce qu'il bouffe à la cantine est dégueulasse, et il pense que, si le ministre venait partager sa gamelle, le contenu en serait amélioré. Julien en grandissant fera partie de la joyeuse cohorte des : « On voit bien qu'ils ne prennent jamais le métro, eux ! »

Firmin, lui, « interdirait la chasse en France et surtout en Bretagne ». Pourquoi cet ostracisme particulier sur les chasseurs bretons ? Peut-être a-t-on dépeint à Firmin leur férocité légendaire, traquant le lapin et la sarcelle sans leur laisser la moindre chance. Futur écolo et un peu poète, Firmin voudrait que l'enchanteur Merlin et la fée Viviane hantent la forêt de Brocéliande sans risquer de prendre une volée de plomb dans les fesses.

Marie, 8 ans, si elle était présidente, réparerait la couche d'ozone. Vaste programme, comme aurait dit un de ses prédécesseurs. C'est vrai, aussi, ces gens qui ont tous les pouvoirs ne sont même pas capables de boucher un trou. Hélas, chère Marie, il y a bien d'autres trous qu'ils ne parviennent pas à colmater, bien plus bas que la couche d'ozone, du côté de Bercy par exemple.

Gilles, 13 ans, conseille au président « de s'occuper des SDF plutôt que d'offrir de belles voitures à ses ministres ». Et il ajoute : « Le métro, c'est pas pour les chiens. » Dans cinq ans, Gilles sera à coup sûr un électeur d'Arlette, laquelle, personne n'en doute, sera encore là.

Laura, 10 ans, a une belle idée : « Que le président aille

habiter Versailles, ce palais qui ne sert à rien. » Tu as raison Laura, mais il y a longtemps, quand les princes habitaient Versailles, les Parisiens allèrent les chercher pour les ramener dans la capitale, et ça ne s'est pas très bien fini pour eux ; alors depuis, à part M. Thiers qui y fit un séjour qui n'ajouta rien à sa gloire, ils préfèrent être sur place et abandonner Versailles aux Japonais et aux Américains.

Émilie, 8 ans, préconise de « détruire les ruines et d'en reconstruire des neuves ». Ton idée, chère Émilie, n'est pas nouvelle. Alphonse Allais suggérait déjà de rebâtir les ruines et de reconstruire les villes à la campagne pour que l'air soit plus sain. Et puis tu sais, Émilie, ça peut être dangereux. Si tu vas un jour visiter Château-Gaillard, ou les arènes d'Arles, tu verras qu'il y a des ruines qui tiennent la route, alors qu'il y a à Paris des monuments récents dont la façade s'effrite et qui menacent ruine...

Thomas, 13 ans, propose d'arrondir l'euro à 5 F. Ça, c'est intelligent, ce serait plus facile que de multiplier de tête nos anciens francs par 6,55 et des poussières. Je reconnais là, cher Thomas, ton sens pratique qui devrait beaucoup t'aider dans la vie ; et ton idée, après tout n'est pas plus sotte que celle d'un candidat à la présidentielle de 2002 qui voulait revenir aux francs, ce qui obligeait les banques à ressortir les vieux billets que nous avons échangés et à boucher avec une rustine les trous qu'on y a faits.

Juste un mot pour évoquer Marine, 16 ans, qui a cette réflexion tendre et émouvante : « Il faudrait supprimer la taxe d'habitation parce que maman ne peut pas la payer. »

Mais la palme revient à Élodie, 9 ans, qui suggère de « supprimer beaucoup de fonctionnaires qui ont l'air de s'ennuyer ». Vois-tu, Élodie, je ne crois pas que tu aies pu voir des fonctionnaires s'ennuyer. Ceux que tu croises, le facteur qui apporte le courrier, le monsieur qui conduit les trains, l'infirmière qui te soigne quand tu es malade, celle et celui à l'école qui préparent ton entrée au lycée, ce sont les fonctionnaires qui bossent ; les autres, ceux qu'on appelle les hauts fonctionnaires, évoluent dans les hautes sphères, dans les ministères, dans les observatoires, et ceux-là tu ne les vois jamais. Plus tard, quand tu seras en seconde ou en première, on te parlera de Marcel Pagnol. Il a eu une très jolie formule, le petit pion devenu académicien. Il a dit : « Les fonctionnaires sont comme les livres dans une bibliothèque, ce sont ceux qui sont tout en haut qui sont les moins utiles. »

L'isoloir et la rue

La France a le culte du défilé protestataire. Tradition longuement peaufinée qui fait le bonheur des marchands de tissus dont sont faites les banderoles et des cordonniers. Les slogans sont longuement élaborés, les itinéraires soigneusement étudiés et les revendications scandées par haut-parleurs. Je souris lorsque j'assiste, devant la télé, à des défilés filmés dans des pays étrangers. Aux États-Unis par exemple, les contestataires tournent en rond devant la Maison-Blanche en portant de petits panneaux sur lesquels les slogans sont inscrits au marqueur. Ça fait très amateur. Ailleurs, j'ai vu des manifestants déployer des banderoles sans trou. N'importe qui en France vous dira que la banderole doit être perforée pour laisser passer l'air, sinon pour la faire avancer c'est, si j'ose dire, la croix et la bannière. On sait ça en France depuis un siècle.

Réjouissons-nous de ces défilés quasiment quotidiens. Ils sont le corollaire de la liberté. Il y a de par le monde tant de citoyens qui voudraient exprimer leur mécontentement dans la rue et qui en sont empêchés que nous devons nous féliciter d'être les champions de la manifestation. La place Tian An Men garde le souvenir tragique de contestataires mis au pas et on n'imagine pas aujourd'hui à Pyongyang des mécontents défiler au cri de « Ras le bol du Soleil de la planète », ou à La Havane des Cubains crier « Castro, c'en est trop ». L'apanage du manifestant en régime démocratique est de pouvoir rentrer chez lui pour dîner en famille. Évidemment, il y a la phrase de Jean-Pierre Raffarin : « Ce n'est pas la rue qui gouverne », auquel le comédien Philippe Torreton a répondu : « Oserai-je vous rappeler, monsieur le Premier ministre, que si vous êtes à ce poste c'est parce que, depuis 1789, des gens sont descendus dans la rue pour établir la République. » J'ai beaucoup d'admiration pour le talent de Philippe Torreton, mais oserai-je à mon tour lui dire que je trouve son analyse à la fois sommaire et contestable. La foule est beaucoup descendue dans la rue depuis 1789, mais pas toujours, hélas, pour défendre la République. Quand elle envahissait la Convention pour tenter d'imposer sa loi, elle se dressait contre la République, car la Convention était élue. Lorsque Bonaparte renversa la République, la foule acclama le Consul à vie comme elle acclama le neveu qui refit le même coup en 1851. La foule porta en triomphe Boulanger, elle assaillit le Palais-Bourbon le 6 février 1934. En mai 68, elle envahit les rues. Défendait-elle la République sur les barricades du boulevard Saint-Michel ? On en discute encore. Mais certains à l'époque devaient avoir des doutes puisqu'ils criaient : « Élections, pièges à cons ! » Ils avaient raison de douter puisque, lorsque la République reprit la parole dans les urnes, le verdict fut sans appel. La République ne s'est pas construite ou défendue dans la rue, mais à la tribune des assemblées élues, par des hommes qui se nommaient Mirabeau, Vergniaud, Louis Blanc, Gambetta, Clemenceau, Jaurès et j'en oublie ; parfois par la volonté et le courage de solitaires tels que de Gaulle, Fresnay, d'Astier ou Jean Moulin, quand la foule adulait Pétain, et même par l'initiative de députés obscurs tel Henri Wallon qui l'imposa, par un amendement, à une assemblée monarchiste. Elle s'est faite et défendue dans les isoloirs, car c'est derrière ce rideau que nous tirons derrière nous en des dimanches tranquilles que tout se règle et se décide, et vous serez sans doute d'accord avec moi, cher Philippe Torreton, pour dire que si tous ceux qui ont défilé après le 21 avril 2002 avaient pris le temps de voter au premier tour, ils se seraient épargné la fatigue d'aller manifester le lendemain. Ce qui fait la force de la République, c'est qu'elle peut écouter la rue, mais qu'en dernier ressort ce sont les isoloirs qui font la loi. C'est une arme terrible que ce petit rectangle de papier qu'on prend à l'entrée du bureau de vote, et ce jour-là, vous l'avez remarqué, il n'y a aucune manifestation, sauf après vingt heures lorsque les vainqueurs expriment leur joie, oubliant leur déception passée et n'osant envisager leur déconvenue future. Alors, bien sûr, les mécontents ont le droit de renâcler, surtout en France, pays dans lequel le droit de grève est inscrit dans la Constitution et le droit de râler inscrit dans les gènes, et c'est bien la raison pour laquelle les dictateurs n'offrent jamais l'usage de ce petit rectangle de papier aux foules qui les acclament : ils ont bien trop peur que, livré à lui-même dans la solitude de l'isoloir, le fanatique qui criait avec extase son nom ne lui trouve brusquement une sale gueule et ait envie de changer de tête.

Le zizi et le fonctionnaire

Vous qui me connaissez un peu, vous savez à quel point j'aime fouiner dans les vieux papiers. Mes proches me disent parfois : « Mais qu'est-ce que tu trouves là-dedans ? » Eh bien, on y trouve parfois des trésors. C'était il y a longtemps, en 1951, *Journal officiel* du 26 juillet, arrêté 95 à 99, page 8105. Je vous donne ces précisions pour qu'on ne m'accuse pas d'inventer, mais qui pourrait inventer ce genre de choses ? La France à cette époque avait encore des colonies, et donc un ministre des Colonies appelé pudiquement « de la France d'outre-mer ». Je cite : « Conditions d'aptitude physique exigées des candidats pour les postes de fonctionnaires dans les territoires d'outre-mer et en Indochine :

— La perte du pénis rend inapte à tout emploi outre-mer.

— La perte, l'absence, l'atrophie des deux testicules rendent inaptes aux susdits emplois. La perte, l'absence ou l'atrophie d'un testicule, l'autre apparaissant normal, est en revanche compatible aux susdits emplois. »

Autrement dit, pour obtenir en 1951 une affectation dans les territoires d'outre-mer, il fallait avoir un zizi et au moins un testicule. Deux c'était mieux, mais un seul n'était pas rédhibitoire. En revanche, un zizi et rien en dessous, on restait en métropole. J'aimerais savoir si ces dispositions ont été abrogées ou si elles sont toujours valables. Voilà une question qui pourrait être posée un mardi ou un mercredi après-midi à l'Assemblée nationale à Madame la ministre Brigitte Girardin.

Vous savez qu'il y a un homme politique occupant

aujourd'hui une haute fonction et qui a coutume de dire, pour manifester son indifférence : « Ça m'en touche une sans faire bouger l'autre. » Eh bien, en vertu de l'article 99, il aurait pu être fonctionnaire dans les colonies. Vous allez me demander qui a signé ce texte.

Tout simplement le ministre de la France d'outre-mer de l'époque. Comment s'appelait-il en juillet 1951 ? Il s'appelait François Mitterrand... Et je suis certain qu'il a signé sans lire, sinon, tel que nous le connaissons, il en aurait ri jusqu'à la fin de ses jours.

Soignez la rime

La grève des enseignants a contraint les syndicats à modifier leurs banderoles et leurs slogans. C'est un rituel. Le défilé revendicatif se doit d'être à la fois précis et festif. Avec Claude Allègre, les enseignants avaient fait preuve d'imagination. Comme il se proposait de dégraisser le mammouth, la rime était facile à trouver : « Allègre, le mammouth est déjà maigre. » Le mammouth ayant eu raison du ministre, Lang lui succéda. Au cas où il aurait eu l'intention de se montrer aussi radin que son prédécesseur, les banderoles étaient prêtes : « Lang, l'école est exsangue », mais Jack avait reçu des consignes très strictes de Jospin : « L'Éducation nationale est notre vivier de voix, et à l'approche des élections, il faut savoir faire des cadeaux à ceux qui votent pour nous, je te confie le mammouth qu'Allègre voulait mettre à la diète, avec mission au contraire de lui faire des piqûres de vitamines. » La majorité ayant changé de camp, le mammouth d'Allègre craignait qu'on ne lui impose à nouveau une cure d'amaigrissement. Par bonheur, le nouveau ministre se nommait Ferry, et les noms des ministres en « i » sont une bénédiction pour les manifestants. « Ferry, des crédits »... ça rime. Et voyez à quel point M. Raffarin a été attentif à faciliter la tâche des futurs manifestants, puisqu'il a choisi cinq ministres dont le nom se termine en « i » : Sarkozy, Alliot-Marie, Mattéi, Ferry et Tokia Saffi. Cette dernière offrant de surcroît une variante : « Saffi, ça suffit. » C'est pourquoi, fort de cette volonté qui est la mienne de venir en aide à ceux qui ne me demandent rien, j'ai imaginé quelques revendications assonantes que j'offre aux futurs porteurs de banderoles.

Pour les agriculteurs, éleveurs et paysans, c'est l'évidence : « Gaymard, y en a marre » s'impose. Avec François Fillon, là encore, pas de difficulté : « Fillon, du pognon » coule de source. C'est un peu plus compliqué avec Dominique Perben si les magistrats veulent défiler. Ils ont le choix : « Perben, la justice est à la peine », ou « la justice se gangrène ». Pour ma part, en cas de pression du garde des Sceaux sur les juges, je préconiserais : « Perben, on n'est pas là pour dire amen », slogan un peu élitiste, mais qui convient à la fonction des protestataires. Avec Roselyne Bachelot, il faut s'appuyer sur la rime en « lot », d'autant plus que le problème de l'eau est un de ceux qui relèvent de son ministère. Dominique Voynet, qui l'occupa pendant quatre ans, avait eu une jolie formule : « La solution du problème de l'eau passe par une cascade de réformes. » Ce sont là des effets qu'on ne peut pas laisser passer et qui me rappellent le fameux : « Les kinésithérapeutes en colère se sont massés devant la préfecture. » Avec Roselyne donc, les écologistes pourront lancer : « Bachelot, tu trahis les écolos », ou plus familièrement : « Roselyne, l'écologie lambine, ou clopine, ou trottine », ou encore : « Roselyne, des réformes, pas de rustines. » Le choix est vaste. Signalons que les slogans pour Bachelot s'appliquent également à Borloo : « Borloo, ton budget prend l'eau » a plus d'élégance dans la formulation que « Borloo, rigolo » ou « Borloo, mégalo », voire éventuellement, en cas de conflit dur : « Borloo, salaud », qui serait parfaitement indélicat. Avec Jean-Jacques Aillagon, notre ministre de la Culture, il faut faire attention aux dérapages. Les intermittents du spectacle pourraient se laisser aller à « Aillagon, tu nous prends pour des... » qui abaisserait le débat. En cas de conflit, je leur conseillerais plutôt : « Aillagon, la culture est en haillons », ou mieux encore : « Aillagon, la culture prend un bouillon », fine allusion aux fameux bouillons de culture. Pour notre ministre des Sports, ceux qui se sentiront lésés dans leurs subventions pourront revendiquer au cri de : « Lamour, tes crédits sont un peu courts » ou « Ton pognon y en a pas lourd », mais en l'occurrence il serait adroit d'abandonner exceptionnellement la rime pour s'en tenir à un « Lamour, aime-nous ! », cri du cœur dont le pathétisme ne pourrait que toucher le ministre. Je tiens à la disposition des manifestants à court de slogans une liste qu'ils pourront me demander quel que soit le ministre auquel ils entendent s'adresser. Depuis « Delevoye, pense à nos fins de mois », à « De Villepin, un peu de beurre sur le pain », ou « De Villepin, ne sois pas radin » pour une manif d'ambassadeurs, comme on en a vu une récemment. Le défilé revendicatif est devenu la distraction quotidienne de ceux qui habitent à proximité des ministères, au point que les jours où il n'y en a pas, ils s'inquiètent auprès des agents en faction. Je fournirai donc, à la demande, une rime appropriée à chaque ministre concerné. Il va de soi que ce cadeau sera gratuit. Il sera mon humble contribution au progrès social en même temps qu'à l'épanouissement de la revendication poétique propre à marier enfin, sur le pavé, les mânes de Jules Vallès et celles d'Apollinaire.

Et si on repensait ?

On « repense » énormément ces temps-ci. Il faut repenser les retraites, la sécurité, les prélèvements sociaux, le financement de la Sécu, les honoraires médicaux. Il n'y a pas un domaine d'activité qui ne doive être repensé. Luc Ferry repense l'école en envisageant que tout élève qui entre en sixième sache lire et écrire, mais il n'est pas le seul à repenser ; à droite et au centre on repense allègrement le système éducatif. Il n'est pas un politique qui, avant de s'exprimer à une tribune ou devant un micro, ne demande à ses collaborateurs : « Faites-moi penser à repenser. » Au point que lorsqu'ils vous disent : « Je vais réfléchir », on se demande s'ils n'ont pas l'intention de fléchir à nouveau.

Avec son bon sens, le contribuable-citoyen se dit que, s'il faut tout repenser, c'est qu'à l'origine ça a été mal pensé et, comme la majorité de ceux qui repensent sont, ou ont été, aux affaires, les erreurs sont de leur fait. Il serait donc plus honnête de leur part de nous expliquer : « Je me suis planté, mais je vais m'efforcer de corriger mes fautes et de vous présenter un projet plus conforme à vos désirs. » Prenons un exemple concret. Un menuisier vient chez vous et vous fabrique un placard. Le placard ne ferme pas. L'artisan ne vous dit pas : « Je vais repenser ce placard », il se met au boulot jusqu'à ce qu'il ferme, et ce pour deux raisons ; la première c'est qu'il a sa fierté et qu'il tient à sa réputation, la seconde parce qu'il sait que, tant que le placard ne sera pas parfait, il ne sera pas payé. L'ennui avec les politiques, c'est que tous ces travaux ratés qu'il faut repenser, c'est-à-dire refaire, nous les avons financés rubis sur l'ongle en trois versements annuels et il ne viendrait jamais à l'idée des fonctionnaires de Bercy de nous faire une ristourne au motif que les responsables reconnaissent eux-mêmes que le travail a été saboté. Quand il sent qu'il a abusé du repensage ou du repensement (j'hésite entre ces deux barbarismes), le politique déniche « restructurer », « redéfinir » ou « refondre ». « Il faut redéfinir les rapports entre les syndicats et le patronat », ou « Il convient de restructurer le tissu social ». Le tissu social se déchire, c'est le lot de tous les tissus usés. Quand une doublure est déchirée, on la recoud, et lorsque, étant gamin, je déchirais mon pantalon, ma grand-mère me disait : « Je vais le rapetasser. » Cependant vous n'imaginez pas un ministre dire : « Je vais rapetasser le tissu social. » Au prix auquel nous avons, vous et moi, payé le tissu social avec nos impôts, nous pourrions exiger qu'on en achète un nouveau, mais il est vain d'exiger d'un politique ce qu'on exige de son tailleur. La langue française est pleine de ces pièges. L'auteur se relit ; non, il se lit puisqu'il vient d'écrire. Nous disons tous : « Au fait, je repense à quelque chose... », alors que nous y pensons. Je redoute que, dans trois ans, constatant l'échec de leurs nouvelles solutions, les candidats de 2007 ne nous annoncent : « Ce problème a été mal repensé »... Ce jour-là nous fermerons la télé, ou plutôt nous la refermerons.

Tous ces repenser, redéfinir, restructurer me font penser, et non pas repenser, à ceux qui vous disent : « Il faut que je relise Proust. » Ça peut être vrai, mais neuf fois sur dix, non seulement ils ne vont pas le relire, mais ils ne l'ont jamais lu.

« Le seul moyen de démontrer l'absurdité d'une loi, c'est de l'appliquer. »

JOSEPH CAILLAUX

L'état de grâce

Tout gouvernement bénéficie d'un an d'état de grâce, période furtive s'il en est. Tous les joueurs, et vous pouvez en croire un spécialiste, ont connu dans leur vie cet instant privilégié. Pendant ces moments rares, les erreurs elles-mêmes deviennent bénéfiques. Le joueur de poker monte des fulls à trois cartes et le bridgeur trouve toujours le roi bien placé quand il tente une impasse. Il faut en profiter en se gardant de l'euphorie. Ce sont des minutes enivrantes, mais aussi éphémères que le temps des cerises ou la lune de miel. En politique, l'état de grâce est bref, mais, pendant son règne, toute critique vient mourir aux marches du palais. Qu'importe le discours, le seul fait qu'il soit prononcé par une tête nouvelle lui confère un charme qui désarme la contradiction. L'opposition, encore sous le choc de son échec, parle peu, et la majorité bâille d'admiration. Il en résulte un silence insolite. On a tellement l'habitude de les entendre se chamailler que ce mutisme en devient angoissant. Fort heureusement, il ne dure pas et ce sont curieusement les vainqueurs qui rompent l'état de grâce. Craignant que l'enthousiasme de leurs troupes ne refroidisse au contact des réalités, ils ont la fâcheuse manie d'en rajouter. C'est un phénomène que j'ai fréquemment observé sur scène. Les artistes que les circonstances hissent brusquement au rang de vedettes alors qu'ils ne s'y attendaient pas, ont toujours tendance à en faire trop. La chute de l'ex-majorité plurielle fut peut-être due au fait qu'elle recelait en son sein plus de convaincus que la droite. Dans un pays où le PS, entendez par là le parti des sceptiques, est de loin le plus important, l'étalage de sa certitude a fait plus de mal à Lionel Jospin que les 35 heures. Le contribuable-citoyen, qui accède à l'âge de voter, reçoit en héritage un vieux fond ricaneur. Deux siècles de discours l'ont vacciné contre les promesses. Il a parfois des coups de cœur, des envies de croire, des élans d'enthousiasme, mais qui ne durent que le temps d'une intronisation. On lui a trop fait le coup du paradis retrouvé. La méfiance se transmet de père en fils et, en glissant son bulletin dans l'urne, quand il le glisse, l'adolescent sait qu'il accomplit le geste héréditaire par lequel se firent piéger avant lui les générations qui l'ont précédé. Quand l'enthousiasme s'écaille, le rationnel réapparaît. Rien de tel que cinq ans de gouvernement de convaincus pour redorer le blason des pragmatiques. L'âge d'or du parti socialiste fut celui où il vécut sous la houlette de François Mitterrand. C'était une pouponnière de convaincus, mais administrée par un homme dont la naïveté n'était pas la marque essentielle du caractère et qui savait, à l'occasion, prendre quelques distances avec les lendemains de félicité imaginés par ses lieutenants. « N'avez-vous jamais eu peur ? » demandait-on à Talleyrand à la fin de sa vie. « Si, répondait-il, j'ai souvent eu peur d'en rire. »

Une tâche ingrate

Le problème du Premier ministre est qu'il doit tenir les promesses du président de la République. C'est une tâche difficile à laquelle se sont attelés Pierre Mauroy en 1981, Michel Rocard en 1988 et Alain Juppé en 1995. Chaque fois, le scénario a été le même : « Voyez-vous, mon cher ami, dit le président, j'ai promis pendant une campagne que nous installerions une table pour faire un déjeuner au sommet de l'aiguille Verte, en conséquence, vous et vos ministres, vous allez vous équiper ; prenez des cordes, des piolets, n'oubliez pas la table, et moi, depuis la vallée, je vous suivrai à la jumelle. – Mais, répond le Premier ministre, l'aiguille Verte culmine à plus de 4 000 mètres. – Je sais, c'est très escarpé et très étroit, mais il doit bien y avoir la place pour mettre une table. » Depuis qu'existe la Ve République, les candidats à la plus haute fonction affichent pendant leur campagne un échantillonnage de promesses impressionnant. Leur sincérité ne peut pas être mise en cause. Ils viennent avant le scrutin sonner à notre porte pour présenter leur marchandise. Qui résisterait à ces merveilles enchâssées dans leurs écrins et plus rutilantes les unes que les autres ? Si nous nous enquérons du prix, ils nous assurent d'un crédit total et illimité, assorti d'une remise si nous prenons tout le stock. Nous achetons bien sûr, tout heureux d'avoir été choisis pour expérimenter ces produits nouveaux. Hélas, bien souvent, ils ne résistent pas au temps. Les dorures disparaissent au lavage, les aciers trempés cassent comme du verre, les dentelles faites à la main se révèlent être de vulgaires plastiques ; quant au prix, il est au minimum le double de celui qu'on vous avait annoncé, et si vous tardez à payer, l'huissier sonne à votre porte. Aucun électeur n'a jamais reconnu dans les décisions d'un gouvernement les promesses faites naguère. « Français, vous avez la mémoire courte », a dit jadis un vénérable vieillard dans un moment de lucidité. Plût au ciel qu'il s'en fût tenu à cet aphorisme et qu'il ait fait retraite sur l'Aventin après l'avoir prononcé. Nous commettons la même erreur depuis deux cent treize ans, sans que les expériences passées nous soient profitables. Nos aïeux se sont fait prendre, nos pères les ont imités avec délectation et nous avons enchaîné dans la meilleure tradition vaudevillesque du cocu éternel.

L'idéal pour tout candidat serait de ne pas faire de promesses. Les catastrophes ayant la fâcheuse habitude de ne jamais annoncer leur venue, un gouvernement doit prendre en compte l'imprévisible dans la colonne des débits. Promettre le meilleur relève de l'irréel et promettre le pire du masochisme. Le mieux est donc de ne rien promettre du tout et de s'en tenir à la formule de sagesse : « On va faire ce qu'on peut avec ce qu'on a. » Cette devise étant celle de quelques millions d'électeurs dans leur vie quotidienne, il y a toutes les chances pour qu'ils y soient sensibles, eux qui, chaque matin, considèrent comme une excellente nouvelle le fait de ne pas en avoir appris de mauvaises.

Si on chantait

M. Lassalle, député UDF des Pyrénées-Atlantiques, a offert aux députés un instant de détente inopiné lors de la séance de questions à l'Assemblée nationale. Alors que Nicolas Sarkozy était au micro, le député s'est levé et a entonné le vieux chant des bergers pyrénéens, sous l'œil stupéfait du ministre de l'Intérieur et le regard courroucé du président Jean-Louis Debré. Que voulait M. Lassalle ? Obtenir du ministre quatorze gendarmes supplémentaires dans sa circonscription, et il a par la suite expliqué que le chant, comme la parole, est une facette de la contestation, mettant en application la phrase de Chamfort : « La France est une monarchie absolue tempérée par des chansons. » Quand l'éloquence ne suffit plus, la chanson prend la relève. Le « Ça ira » des révolutionnaires renforçait les réquisitoires de Fouquier-Tinville, le « Temps des cerises » est inséparable de la Commune, la « Madelon » de la guerre de 1914, et lors de la dernière guerre le « Chant des partisans » s'opposait à « Maréchal nous voilà ». Le député Lassalle s'inscrit dans cette vieille tradition gauloise ; quand on rechigne à nous écouter nous chantons, et nous-mêmes, devant quelqu'un qui refuse de nous entendre, ne disons-nous pas quelquefois : « Si je ne suis pas assez clair, je peux vous le chanter ? » Sa question sur ses quatorze gendarmes serait passée complètement inaperçue, alors qu'avec ses couplets entonnés de son banc M. Lassalle a eu droit le lendemain à une demi-page dans la plupart des quotidiens. Les obtiendra-t-il ses quatorze pandores, c'est un autre problème, du moins n'aura-t-il rien à se reprocher. Et d'ailleurs, pourquoi une fois par an – car il ne faut pas abuser des bonnes choses –, les princes qui nous gouvernent et ceux qui aspirent à les remplacer ne s'offriraient-ils pas une journée de la chanson ? On peut en dire des choses avec les succès qui sont dans nos mémoires. Jospin rencontrant Chevènement pourrait faire appel à Aznavour : « Non, je n'ai rien oublié. » Raffarin prenant à part Francis Mer avec le secours de Guy Béart : « Suppose qu'on ait de l'argent, et qu'on soit intelligent. » La prochaine rencontre entre Chirac et Bush, deux hypothèses : ou bien style Pierre Vassiliu, notre président toise son homologue américain : « Qu'est-ce qu'il veut, qu'est-ce qu'il a, qui c'est celui-là... complètement toqué ce mec-là » ; ou avec la complicité de Prévert, et ça serait à mon sens la meilleure idée : « Oh, je voudrais tant que tu te souviennes, des jours heureux où nous étions amis. » François Hollande passerait un message à Bernard Thibault : « Pour un flirt avec toi, je ferais n'importe quoi », pendant que, sur son quai de gare, le client murmurerait : « Je me lève, j'attends mon train, il ne vient pas, comme d'habitude. » Je vois bien Luc Ferry imiter Sheila : « L'école est finie », à moins qu'il ne préfère Souchon : « Allô maman bobo », pendant que les profs reprendraient la vieille comptine : « Les cahiers au feu et le ministre au milieu. » Sarkozy pourrait demander aux Corses comme Zanini : « Tu veux ou tu veux pas », et Gilles de Robien s'en remettre à Trenet pour expliquer les contrôles routiers renforcés : « Nationale 7, y a toujours un, deux, trois, flics qui vous guettent, c'est une route qui fait recette. » Roland Dumas, qui vient de publier un livre sur les misères qu'on lui a faites, viendrait chantonner comme Félix Leclerc : « Moi, mes souliers ont beaucoup voyagé. » Cette journée de la chanson politique se conclurait à l'Assemblée, Jean-Louis Debré en étant le chef d'orchestre, par une évocation de Gainsbourg : « Ne vous déplaise, pendant cette parenthèse, nous nous aimions, le temps d'une chanson. »

Génial, non ?

Claude Thélot est fonctionnaire à la Cour des comptes, ce qui lui laisse quelques loisirs qu'il a consacrés à écrire un livre sur les génies. Il en a sélectionné trois cent cinquante depuis la Renaissance et a tenté d'analyser d'où ils viennent, suivant leurs origines familiales, leur formation et leur nationalité. Trois cent cinquante pour cinq siècles, cela fait par siècle trois génies pour dix millions d'êtres humains. Il ressort de cette étude très fouillée qu'il n'y a aucune règle logique dans l'éclosion des génies. Les frères Lumière étaient issus d'un milieu aisé. D'Alembert fut abandonné à sa naissance sur le parvis d'une église, Pascal résolvait des équations à 11 ans, Matisse, lui, ne commença à peindre qu'à 20 ans pendant une convalescence. Les enfants surdoués ne deviennent pas obligatoirement des génies et il arrive en revanche que des gamins qui peinent à poursuivre leurs études soient touchés à l'âge d'homme par cette grâce fulgurante. Les quatre plus grands visionnaires du XXe siècle, Freud, Einstein, Marx et Bergson étaient juifs comme l'était Jésus, le premier grand visionnaire de l'humanité. Pourquoi a-t-il fallu dix-neuf siècles pour retrouver des Juifs parmi les génies, peut-être parce que, jusqu'à la Révolution, ils passaient leur temps à fuir les persécutions et que l'énergie qu'ils mettaient à sauver leur peau et leurs biens l'emportait sur l'envie d'améliorer le sort de leurs contemporains.

Le choix de Claude Thélot est subjectif, néanmoins c'est le sien. Entre Gutenberg et Mozart, il inclut l'inventeur de la fermeture Éclair ; on peut s'en étonner, mais après tout on écoute la symphonie *Jupiter* une ou deux fois par an, alors qu'on ferme la braguette de son pantalon plusieurs fois par jour. J'ajouterai volontiers à la liste, je ne sais pas si Claude Thelot l'a sélectionné(e), celle ou celui qui a inventé la valise à roulettes en adaptant le principe du levier au bagage qu'on traînait naguère à bout de bras. Il y a une différence entre le génie dont les créations s'étalent sur plusieurs décennies et le coup de génie, instant fugitif où un citoyen lambda fait une découverte qui change la vie de ses semblables et par la même occasion la sienne. On raconte qu'un Américain placide, qui attendait que son épouse fût prête pour aller dîner se mit à tripoter un morceau de fil de fer qui traînait sur son bureau. À force de le tordre et de le détordre, il en fit un objet bizarre et se dit : « Tiens, ça pourrait servir à attacher deux feuilles de papier. » Il essaya, ça marchait. Il déposa le brevet du trombone, fit fortune et divorça, preuve d'une grande ingratitude, car si sa femme avait été moins coquette, il serait resté inconnu. Cet homme n'était pas un génie, il avait été servi par le hasard qui est, comme le dit si joliment un adage britannique, cet argument que Dieu, dans sa grande bonté, offre à ceux qui ne croient pas en lui. Il y a les génies qui s'imposent d'emblée à leurs contemporains et ceux auxquels on conteste longtemps le titre. Devant la *Pietà* de Michel-Ange, tout le monde, même ceux qui le jalousaient, s'inclinait, mais que de quolibets, d'insultes, de ricanements durent subir Cézanne, Manet ou Van Gogh avant d'être reconnus comme tels, combien encore aujourd'hui n'accordent le qualificatif de génie à Picasso qu'avec réticence.

Claude Thélot a fondé son palmarès sur quatre critères – la création, la fulgurance, le travail et la polyvalence excluant de ce fait les interprètes. Il eût pu, me semble-t-il, faire quelques exceptions en accueillant des femmes et des hommes qui ont su transcender un texte ou une partition. Michel Simon, de Funès ou la Callas n'auraient pas déparé la liste. Il a exclu aussi les génies du mal, qui furent quelques-uns à user des dons que la nature leur avait octroyés à asservir ou à exterminer leurs contemporains. Il a écarté les militaires purs en accueillant cependant Bonaparte dont le génie fut indiscutable, même si l'usage qu'il en fit et le nombre de morts qui en fut le corollaire prêtent à controverses. Sur les trois cent cinquante génies sélectionnés, il n'a retenu que huit femmes dont Marie Curie, Coco Chanel, Emily Brontë et Agatha Christie. Les féministes s'insurgent et l'auteur se retranche derrière la misogynie féroce qui, selon lui, jusqu'au siècle dernier, a empêché les femmes d'exprimer ce qu'elles avaient en elles de génie potentiel. Là encore, on peut n'être pas tout à fait d'accord, car le génie, Dieu sait qu'elles en ont déployé toutes les facettes pour faire croire aux hommes que c'est eux qui décidaient ; et combien de créateurs hommes n'ont eu de génie que celui que leur insufflait leur compagne. Je pense que glisser Mme Roland entre l'inventeur de la fermeture Éclair et Boucicaut, qui inventa les grands magasins, n'eût pas été injuste. Cocorico ! 38 % des génies répertoriés de Cézanne à Berlioz, de Molière à Pasteur sont français... Peut-être parce que l'auteur l'est aussi, et que le chauvinisme est un des traits dominants de notre caractère. Au moment où les presses anglaise et américaine se déchaînent contre nous, il n'est pas malvenu de leur rappeler que, si les avions espions peuvent aujourd'hui photographier une tasse de thé dans le désert, ils le doivent à ce bon Nicéphore qui usait sa santé et se ruinait du côté de Chalon-sur-Saône dans les années 1820. Et puis, dernier oubli, volontaire sans doute, parmi les trois cent cinquante génies mentionnés, très peu de politiques ; ce qui est une sage précaution, car parmi tant de génies, comment choisir. Et pas un seul sportif. Alors là, Claude Thélot, vous exagérez. Les feintes de corps de Zizou, le coup de pédale de Coppi, les contre-pieds des frères Boniface, les *passing-shots* de Connors, si ce n'est pas du génie, comme les définir ? Il est vrai qu'à notre époque où l'on entend dire chaque jour « c'est génial », là où jadis on se contentait de « c'est pas mal », il convient, en matière de génie, d'être prudent. Comment trouvez-vous ma démonstration (n'ayez aucune crainte, je suis modeste). Géniale, non ? C'est ce que je pense aussi.

Jean-Pierre Raffarin m'a écrit

J'ai, comme vous, reçu une lettre signée de Jean-Pierre Raffarin. Ma bouffée d'orgueil fut certes tempérée par le fait que je n'étais qu'un destinataire parmi trente et quelques millions, mais tout de même, ce n'est pas tous les jours qu'on trouve une missive du Premier ministre dans sa boîte aux lettres. Évidemment, j'aurais préféré en intitulé « Mon cher Jean » plutôt qu'une formule passe-partout, cependant s'il avait fallu que les services de l'hôtel Matignon personnalisent trente millions de lettres, « Mon cher Michel », « Ma chère Gertrude », le dixième du courrier ne serait pas encore parti à Noël. Je l'ai donc lue cette lettre, avec attention, comme je le fais pour toutes celles que je reçois. Jean-Pierre m'explique avec précision pourquoi il entreprend la réforme de la Sécurité sociale et en quoi cela était indispensable. Pour argumenté qu'il soit, son exposé ne diffère guère de la longue explication qu'il nous avait lui-même donnée à la télévision. Le Premier ministre a dû penser que tous les citoyens ne regardaient pas la télévision et que ceux qui la regardaient ces deux soirs-là avaient zappé, s'égarant sur un western ou un match de foot, ce qui est fort possible. Mais à la réflexion, il n'est pas en France un seul quotidien, un seul hebdomadaire qui n'ait, chaque jour, longuement détaillé les tenants et les aboutissants de la loi. Ses articles et ses conséquences ont été passés au crible. Ceux qui étaient favorables à la réforme ont eu tout le loisir de développer leurs arguments, ceux qui s'y opposaient ont largement déployé leurs banderoles. Seul un anachorète vivant dans une cabane sans journaux ni électricité pourrait demander aujourd'hui : « La réforme... Quelle réforme ? » Sur le sujet, il n'y a plus guère d'hésitants, les opinions sont solidement ancrées. Je n'imagine pas le gréviste qui, depuis des mois, arpente la chaussée en criant ses slogans, lire la lettre de Jean-Pierre et avouer : « Tiens... mais au fond, il n'a pas tort. » Ou celui qui est convaincu du bien-fondé de la réforme s'écrier : « Oh ! mais ça change tout. » Dès lors, pourquoi cette lettre ?

Pour comprendre la motivation du Premier ministre, il faut tenter d'analyser son caractère. Tous ceux qui nous ont gouvernés ont eu des convictions et des comportements différents. Nous avons eu les autoritaires du style : « C'est pour votre bien, donc ce sera comme ça et pas autrement. » Les hésitants, un petit pas en avant, un petit pas en arrière, un grand pas sur le côté. Les pragmatiques : « Voilà ce que je vous propose... Vous n'en voulez pas ? On n'en fait qu'un petit bout. Vous n'en voulez pas non plus ? On le reporte à six mois... C'est trop court ? Un an, ça vous va ? » Les convaincus : « Je ne peux pas me tromper puisque je suis investi d'une mission. » Les brouillons, les pusillanimes, et même les étonnés d'être là. Jean-Pierre Raffarin est encore d'une autre race, c'est un têtu patient. Il ne comprend pas qu'on ne le comprenne pas, alors il explique, certainement plus à l'aise devant la feuille de papier étalée sur son bureau qu'à la tribune de l'Assemblée. Il a fait sienne cette formule de Jules Renard : « Écrire, est une manière de converser sans être interrompu. » Il est de ces hommes qui préfèrent écrire vingt pages à une femme pour lui avouer qu'ils l'aiment, plutôt que de lui dire en face. Nous avons tous croisé au cours de réunions ce genre de personnage qui insiste : « Je vais vous expliquer. – Mais on a compris. – Oui, mais je vais vous l'expliquer quand même. » Je suis certain que cette lettre Jean-Pierre Raffarin l'a relue dix fois, changeant un mot, modifiant une formule, demandant à ses collaborateurs : « C'est bien clair comme ça ? Si on mettait "équité" à la place de "justice", ça ne serait pas mieux ? » Il est ainsi Jean-Pierre, tournant sept fois sa plume dans l'encrier et cent fois sur le métier remettant son ouvrage. Dans sa lettre, vous ne trouverez aucun de ces dérapages qu'on lui a reprochés récemment ; sachant que sa langue peut fourcher il se fie à sa plume. Certains l'ont lue, d'autres l'ont mise rageusement au panier ; d'autres enfin la lui ont renvoyée, ce qui n'est pas fait pour désengorger les centres de tri déjà saturés par les grèves, mais chacun est libre d'en user à sa guise. La loi précise que toute missive postée appartient à son destinataire. Pour ma part, je l'ai gardée, mais je garde tout, je suis un vieux conservateur.

Clin d'œil à des oubliés

Qui se souvient aujourd'hui des candidats qui, en 2002, n'ont pas eu leurs cinq cents signatures, mais qui pourront dire plus tard à leurs petits-enfants : « J'ai été candidat à la présidence de la République. » Occultés par les vedettes et les grands seconds rôles, ils n'auront même pas eu le statut de figurants. Ils sont retournés dans l'anonymat. Deux ans après on peut cependant leur adresser le clin d'œil complice que l'on doit à ceux qui osent. Il est impossible de les citer tous et je prie ceux que j'oublie de m'en excuser, mon inclination naturelle à privilégier l'originalité m'oblige à des choix douloureux. À quoi bon, en effet, tenter de se faire une place au soleil en préconisant plus de justice sociale, davantage de démocratie ou de régionalisation ? Les candidats investis avaient tous ces revendications dans leurs bagages. La France plus belle, plus forte, plus solidaire, ce n'est pas hélas avec ça que les petits candidats avaient une chance de se faire remarquer. Je ferai cependant une exception en faveur de Jean-Christophe Parisot et d'Éric Taffoureaux-Millet qui militent pour que les conditions de vie des handicapés soient mieux prises en compte. Les handicapés, on les évoque beaucoup avant les élections, et puis ensuite, curieusement, on reste étonné du nombre de marches d'accès qui ne comportent pas de plans inclinés, de ces détails auxquels nous ne prêtons, nous, aucune attention, parce que nos jambes nous portent, mais qui faciliteraient la vie de ceux qui n'ont pas cette chance.

J'ai donc distingué, parmi ces candidats éphémères, Raoul

Wanpas dont le programme était simple : planter des tournesols dans les champs de colza pour que ça fasse joli vu du ciel et surtout redresser le cours de la Garonne pour que la carte de France soit souriante. La Garonne, en effet, a un cours qui ressemble à la bouche que les enfants dessinent sur un visage d'un personnage qui fait la moue ; pour que la France sourie il faudrait qu'avant d'arriver à Bordeaux elle prenne sa source du côté de Clermont-Ferrand et arrose le Cantal et l'Aveyron, avant de remonter par le Lot et le Lot-et-Garonne. Ça va exiger des travaux gigantesques, mais que ne ferait-on pour que la France retrouve son sourire ! Raoul Wanpas s'inscrit dans la lignée des candidats comme Ferdinand Lop ou Alphonse Allais, qui avaient inscrit dans leur programme le prolongement du boulevard Saint-Michel jusqu'à la mer, l'aménagement de la place Pigalle en port de pêche après arasement de la butte Montmartre et l'extinction du paupérisme après 11 heures du soir. Ange Piccolo a eu, lui, une idée bizarre pour lutter contre la délinquance : obliger tous les délinquants à porter une puce d'identification sous-cutanée reliée à un ordinateur central. Je trouve ça un peu radical, mais ça peut se discuter ; de surcroît il envisageait de supprimer leur droit de procréation. Cette mesure me semble délicate. Dans Le *Spountz*, Fernandel brodait sur le thème : « Tout condamné aura la tête tranchée. » Ange Piccolo modifiait la formule : « Tout condamné aura les... coupées. » Cher Ange, vous ne justifiez guère votre prénom qui aurait dû vous rendre plus enclin au pardon des injures. Honneur aussi à Clindy Lee, fondatrice du parti du plaisir et strip-teaseuse de son état, qui voulait créer un Samu sentimental pour venir en aide aux personnes solitaires et en mal d'amour. Ah ! que voilà une belle idée ! Il ne s'agit nullement, si je comprends bien, de satisfaire certaines ardeurs qui depuis la nuit des temps ont poussé des hommes à prendre contact avec des représentantes du plus vieux métier du monde. Ce Samu-là fonctionne dans toutes les villes de France et ses aides-soignantes sont prêtes à opérer à toute heure. Il n'agit encore moins, je présume, de ces affriolantes créatures qui étalent leurs charmes dans certains magazines et qui offrent d'expédier le chaland au septième ciel par téléphone. Non, le vrai Samu sentimental se devrait de combler un vide affectif et jouer son office aussi bien pour les femmes que pour les hommes. Les médecins de l'âme, qui en feront leur sacerdoce, écouteraient celles et ceux qui ont le cœur empli de mots qu'ils ne savent à qui murmurer et puis, ensuite, comme on dit, « plus éventuellement si affinités », hélas hors remboursement par la Sécu. Ce Samu-là verrait ses lignes téléphoniques plus encombrées que celles du Samu médical les jours de queue des généralistes ; car bien davantage que de s'envoyer en l'air pour un tarif préalablement fixé, le vrai manque de ses futurs clientes ou clients, c'est celui de ce moment délicieux : quand un monsieur prend la main d'une dame et qu'elle ne la retire pas.

Les martyrs des législatives

Pour peu qu'on les étudie à la loupe, les élections législatives offrent aux curieux d'étranges constatations que ne prennent jamais en compte les politologues avertis. Revenons, si vous le voulez bien, sur celles de 2002. Dans la deuxième circonscription de l'Aveyron, Villefranche-de-Rouergue, le candidat, ou la candidate, ça n'est pas précisé, « Haas » a obtenu zéro voix. D'emblée, on se dit, c'est quand même très bizarre, ça doit être un cas unique. Détrompez-vous. La même mésaventure est arrivée à « Lachila » dans la troisième de Marseille, à « Roucaute » dans la quatrième de l'Eure, « Leycalavergnes » dans la sixième de la Loire a obtenu le même score, ainsi que « Soudieux » dans la première du Lot-et-Garonne, imité par « Poullain » à Arras-Bapaume, par « Larralde » à Bayonne, « Thouvenin » dans la première circonscription de Paris et « Skardarka » à Melun-Montereau. Si ces femmes et ces hommes se sont présentés aux législatives, c'est parce qu'ils avaient des idées, des projets pour la France, qu'ils y croyaient ; et ils ne sont même pas allés voter pour eux. Que s'est-il passé ? Ont-ils été effrayés par la perspective de devoir appliquer leurs idées s'ils étaient élus, ou au contraire étaient-ils tellement certains d'être présents au second tour que, par élégance, par panache, ils ont voté pour un adversaire ? Parce que tout de même, zéro voix, c'est angoissant. Pas un ami, un voisin de palier, un cousin, un conjoint qui se soit dit : « Bon, son programme n'est pas alléchant, mais c'est mon pote, c'est mon mari, je vais l'aider. » Ces zéro voix sont l'image d'une solitude angoissante doublée d'un dramatique manque de confiance en soi. Dans la seizième circonscription de Paris, on trouve « Moment » ; il a obtenu six voix. Six voix, ça n'est pas mal. On sent que la famille a fait bloc, qu'elle l'a soutenu, voilà un homme qui peut rentrer chez lui la tête haute. Évidemment, sur le plan financier, à 1,60 euro de remboursement par voix, ça n'est pas la fortune : 9,60 euros, ça ne paye pas les affiches, mais la joie de savoir qu'on a été soutenu par les siens compense la perte financière. Toujours dans cette même seizième circonscription de Paris, mettez-vous à la place de « Malaquin » qui a obtenu une voix, la sienne certainement, cependant on peut imaginer que Malaquin est marié ou qu'il a une compagne. Ils sont allés ensemble au bureau de vote, et Mme Malaquin a dû se dire : « Je ne vais pas voter pour lui, parce que son programme ne tient pas debout, mais comme il grappillera certainement une dizaine de voix, il ne le saura jamais. » Manque de chance, sur les 35 116 votants de la seizième circonscription de Paris, pas un seul n'a eu l'idée de voter Malaquin, sauf lui. Je vous laisse imaginer l'ambiance à la maison le soir quand les résultats sont tombés. « Eh bien, merci, hier soir encore, tu me disais, mon chéri tu vas voir, ça va bien se passer, ton programme est précis, ta photo superbe... je te vois bien avec 300 ou 400 voix demain soir ! Et si je ne suis pas indiscret, tu as voté pour qui ? » J'espère que le couple se remettra de cette aventure et que l'amour sera plus fort que la blessure d'amour-propre. Il y a des situations pires. Dans la première circonscription d'Avignon, Etchegaray a obtenu trois voix... Et cela me rappelle ce que disait Pierre Doris : « C'est quand j'ai obtenu trois voix aux élections que ma femme a su que j'avais une maîtresse. »

Une négociation serrée

« Mattéi, des crédits ! » criaient les patrons des cliniques privées. La rime était riche et les infirmières étaient pauvres. L'État a fait un geste. Je me suis plu à imaginer comment s'était déroulé le scénario. Ce n'est de ma part que pure supputation, mais ma fatuité naturelle m'autorise à penser que je ne dois pas être très loin de la vérité.

Le collectif des cliniques privées s'est réuni avec cette question à l'ordre du jour : « Combien nous faut-il ? » Ses membres sont tombés d'accord pour estimer qu'avec 500 000 euros, ils devraient s'en sortir. « Bien, dit l'un d'eux, on va demander 1 million, ils vont nous en offrir 200 000, après on discutera. » De son côté, Jean-François Mattéi a téléphoné à Francis Mer : « Combien tu peux donner pour les cliniques privées ? – Rien du tout », a répondu le ministre des Finances. Jean-François n'a pas insisté ; ses rapports avec le patron de Bercy n'étant pas au beau fixe, il évite les affrontements. Il a appelé Raffarin : « Jean-Pierre, il faudrait que tu parles à Francis pour cette histoire des cliniques privées, toi, il t'écoutera. » Le Premier ministre a donc téléphoné au ministre des Finances : « Tu peux sortir quelque chose pour régler le problème ? – Écoute, Jean-Pierre, ça n'arrête pas, ces temps-ci. Tous les jours, je reçois cinq ou six coups de fil. De Perben, Alliot-Marie, Fillon... – Tu ne pourrais pas me débloquer un petit million ? – Un petit million, ça reste un million, d'où veux-tu que je le sorte ? – Tu as raison, seulement je ne m'adresse pas au ministre des Finances, soucieux, et je t'en félicite, des deniers de l'État, mais à l'ami et au politique. Pour que nous puissions gagner les futures élections, il va falloir desserrer un peu les cordons de la bourse. Suis bien mon raisonnement. Ce qu'on va offrir aux cliniques privées, ça ne sera pas versé tout de suite, on va l'étaler dans le temps, à partir du deuxième semestre de 2004. – Oui, bien sûr, vu sous cet angle-là. Combien veulent-ils ? – Un million... – C'est le tarif habituel... – Réfléchis Francis, tu connais les négociations aussi bien que moi. S'ils demandent un million, c'est pour en obtenir 500 000. Avec 500 000, on les satisfait, avec 300 000 on les calme. Je vais dire à Mattéi d'entamer les discussions en offrant 200 000, ils descendront à 700 000, on montera à 300 000, et on signera à 400 000, cela peut nous rapporter 20 000 voix. – Ça fait 80 euros la voix, c'est pas donné, surtout que je les connais moi, les toubibs, ils vont prendre le pognon et ils voteront à gauche. – Ne sois pas défaitiste. – Bon, c'est toi le patron, c'est toi qui vois... mais de grâce, calme un peu tes ministres, je ne les fabrique pas, moi. » Quand on pense qu'il y en a qui rêvent de remplacer Francis Mer à Bercy... La classe politique regorge de masochistes...

Est-ce vraiment une si bonne place ?

La hiérarchie politique est à l'image de la société dont elle est le reflet. Bien rares sont ceux qui se contentent de leur sort sans guigner la place de celle ou celui qui est au-dessus d'eux. Qu'on l'appelle ambition ou arrivisme, ce désir de s'installer sur le barreau de l'échelle qui est juste au-dessus de celui où l'on pose ses pieds est légitime dans la mesure où il ouvre d'autres horizons. Seuls se contentent de leur sort ceux qu'handicape leur timidité ou leur résignation. Le sous-chef de bureau aspire à devenir chef, le second rôle rêve de vedettariat, le lieutenant attend avec impatience ses galons de capitaine et le sous-directeur calcule combien d'années séparent encore le directeur de la retraite. La politique n'échappe pas à cette lutte pour l'étage supérieur. Le conseiller général se verrait bien député, le député se sent des capacités de ministre et le ministre, a fortiori si c'est le Premier, trouve que le jardin de Matignon est bien petit comparé à celui de l'Élysée. Le signe indien qui pèse sur les Premiers ministres qui veulent passer de la rive gauche de la Seine à la rive droite s'est à nouveau vérifié avec Lionel Jospin, mais toute malédiction a une fin et il arrivera fatalement un jour où l'un d'eux fera ses valises rue de Grenelle, empruntera le pont Alexandre-III pour aller les ouvrir rue du Faubourg-Saint-Honoré.

Qu'a-t-elle donc de si fascinante cette fonction suprême qui fait rêver tous ceux qui embrassent la carrière en se disant que tout député a le grand cordon de la Légion d'honneur dans sa musette ?

C'est vrai, c'est sans doute une bonne place, mais quand on jette un regard en arrière, on se rend compte que ce fut toujours une place exposée où il faut avoir les nerfs solides. Le second président, Mac-Mahon, inaugura les avanies de Rochefort, dont il était la cible favorite. Curieux et attachant personnage que cet Henri Rochefort, polémiste aux formules assassines. Journaliste d'opposition sous le second Empire, créateur de *La Lanterne*, communard, déporté en Nouvelle-Calédonie, il revint en France et ses mots mirent ses concitoyens en joie. Il avait le sens de la repartie. Cité comme témoin au procès de l'assassin de Victor Noir, l'avocat général lui dit : « Voyons, l'accusé portait sur lui un pistolet en permanence. Quand on porte un pistolet sur soi, c'est pour s'en servir ! – Vous faites erreur, rétorqua Rochefort, j'ai sur moi dans ce tribunal tout ce qu'il faut pour commettre un attentat à la pudeur et je n'en ai nullement l'intention. » Rochefort, donc, s'en prenait à Mac-Mahon : « Le président a descendu hier les Champs-Élysées, tout le monde a remarqué l'air intelligent du cheval. » Il en rajoutait : « Il est quand même consternant qu'en France un pareil idiot soit autre chose qu'adjudant-chef. » Il faut dire que Mac-Mahon facilitait la tâche des satiristes en affirmant : « La typhoïde, on en meurt ou on en reste idiot, je sais de quoi je parle, je l'ai eue. »

On eut ensuite à l'Élysée Jules Grévy, ministre, engoncé et radin au point qu'on racontait dans Paris l'histoire de ce monsieur habillé avec élégance qui se fit prendre en train de voler un pain à la devanture d'une boulangerie. Interrogé par le commissaire de police, il répondit : « J'avais faim, je sortais d'un déjeuner avec le président de la République. » Nous eûmes Félix Faure, qui surveillait de près ses fonds secrets et demandait à son chef de protocole : « C'est quoi ça, Bordeaux 20 000 F ? – Vous vous souvenez de votre voyage à Bordeaux le mois dernier ? – Oh oui... toute cette foule de la gare Saint-Jean à la préfecture qui criait : "Vive Félix Faure !" – Eh ben voilà, ça a coûté 20 000 F. » Cher Félix qui, après sa mort mémorable dans les bras de Mme Steinhel, eut droit à cette épitaphe : « Il voulut être César et mourut Pompée. » On eut Fallière, dont Léon Daudet disait : « Partout où il passe, un seul cri s'impose... "Au voleur". » Et puis Poincaré, honni par Clemenceau. Il est vrai que Poincaré était rigide, mais il a à son actif deux exploits que seuls lui et Gaston Doumergue ont réussi : redevenir Premier ministre après avoir été président de la République. Après une carrière politique de plus de quarante ans où il occupa tous les postes importants, peu s'en fallut que Poincaré ne mourût dans la gêne. Ceci se passait en des temps très anciens...

> « Il est vain de vouloir combattre la rumeur...
> plus on tape dessus, plus on l'enfonce. »
>
> ALEXANDRE DUMAS

L'indépendance de la pomme

L'inflation se situe désormais à 2,30 % et des poussières. Nous sommes loin certes de l'inflation à deux chiffres des années 70, mais le phénomène inquiète Bercy. Et ce qui inquiète Bercy, on le sait, préoccupe Matignon et agace l'Élysée. Les prix dérapent, ce qui est normal quand la croissance patine. M. Raffarin a demandé à ses experts en économie de plancher sur le problème, mais les explications qu'ils ont données sont assez floues. Ça serait, selon eux, la faute au passage à l'euro. Avec la monnaie nouvelle, les Français n'ont plus leurs repères d'antan. Une pomme coûtait 3 F, quand elle passait à 4 F le consommateur s'en apercevait ; aujourd'hui la pomme est à 80 centimes d'euro, et, si le chaland sort sa calculatrice pour constater que ça la met à 5,25 F, il faudra qu'il recommence pour sa salade, son steak, ses pommes de terre. Il n'aura pas fini ses emplettes que tous les commerçants auront déjà plié boutique. M. Raffarin a donc demandé à Francis Mer de surveiller les prix, mais les prix sont comme les détenus des prisons de France, on a beau les surveiller de très près, ils réussissent à s'échapper.

Rien de plus difficile que d'empêcher un prix de monter. Des centaines de ministres des Finances, et non des moindres, de Sully à Delors, de Necker à Raymond Barre, s'y sont essayés sans obtenir de résultats probants. Le prix est à l'image de l'amour que chante Carmen, il n'a jamais connu de loi. Vous inscrivez un prix sur une étiquette, vous détournez le regard quelques instants, vous regardez à nouveau l'étiquette, le prix a changé. Gérard Majax lui-même n'a jamais pu découvrir le mystère de ce tour de passe-passe. Les technocrates ont pourtant des idées simples pour maîtriser les prix. À force de lire Galbraith avec la même délectation que certains éprouvent à lire San Antonio, ils échafaudent des théories et brûlent de les appliquer. Pas un élève de première année de l'ENA qui ne se sente capable de juguler l'inflation et de faire baisser le chômage. À la sortie de l'école, la promotion tout entière, technocrates de droite comme technocrates de gauche, ne rêve que de saisir l'hydre par la queue et de couper ses têtes d'un seul coup. Ceux de droite entendent maîtriser l'inflation par le libéralisme et la concurrence ; ceux de gauche par le contrôle. Il peut arriver par la suite que ceux de droite saupoudrent leur libéralisme de contrôle pour lui donner du goût et que ceux de gauche assortissent leur contrôle d'incitation à la concurrence pour le rendre moins amer, pourtant, mollement libérés ou contrôlés avec largesse, les prix n'en font qu'à leur tête. Devant cette évidence, les économistes distingués devraient faire preuve d'humilité, on se lance alors dans des déclarations : « Le gouvernement ne tolérera pas une inflation qui pénalise les plus défavorisés. » Hélas nonobstant l'argot, les étiquettes n'ont pas d'oreille, les prix agissent à leur guise. Je ne suis pas un économiste, je transpire sur la plus simple des additions, et je vais pourtant me lancer dans la folle entreprise d'esquisser une explication qui échappe à des gens beaucoup plus compétents que moi.

Reprenons l'exemple de la pomme. Le jour où elle est mûre, l'exploitant agricole la cueille et la porte au marché. Un transporteur la lui achète 2 centimes d'euro. Il calcule au plus juste son essence, son bénéfice, ses charges sociales et conclut qu'il s'en sortira s'il la revend 8 centimes à Rungis et, en effet, le marché est conclu avec un grossiste à ce prix-là. La pomme est encore dans le camion quand les deux hommes se tapent dans la main, elle n'a pas bougé, et pourtant elle vaut déjà 15 centimes. Le grossiste la vend à un détaillant en prenant 10 centimes de bénéfice, la pomme devrait donc valoir 25 centimes ; pas du tout, elle en vaut 40. Le détaillant la sort de sa camionnette et l'affiche à 70 centimes. Le temps qu'il s'occupe des salades, elle est passée à 80. Que deviennent dans tout cela les mathématiques élémentaires, les théories cent fois ressassées aux écoliers de jadis : prix d'achat + bénéfice = prix de vente ? Elles sont ridiculisées par un des plus surprenants mécanismes de la société de consommation : le libre arbitre du produit, le droit inaliénable de la pomme à disposer de sa valeur. Tout le monde dans cette affaire a gagné très peu d'argent. Du producteur au consommateur, les marges bénéficiaires ont été réduites à l'extrême, juste ce qu'il faut pour survivre, et pourtant cette maudite pomme qui valait 2 centimes sur son arbre arrive dans votre caddy à 80. Qui a empoché la différence ? Si le phénomène était explicable, il y a longtemps que les économistes l'auraient découvert.

Un jour, les prix baisseront. Quand ? Quand on ne s'occupera plus d'eux. Ils s'accorderont ce luxe, de leur propre chef, uniquement pour jouir de l'effet de surprise. Bercy, Matignon et l'Élysée ont beau froncer les sourcils, les prix n'en font qu'à leur tête.

Les réprimandes ministérielles, ils s'en moquent comme d'une guigne... ou comme d'une pomme, si vous préférez.

Du langage édulcoré

Martine Aubry, en plus de ses fonctions déjà lourdes de maire de Lille, contribue à l'élaboration du programme du Parti socialiste et, si j'en crois un hebdomadaire digne de foi et peu porté sur la gaudriole, elle serait en butte aux critiques de certains caciques du parti qui trouvent que la besogne n'avance pas assez vite. La réponse est arrivée sans ambiguïté. Je vous cite les propos de Martine, tels qu'ils ont été rapportés par l'hebdomadaire :

« Ces bruits de chiottes me font bouillir, j'en ai ras le bol de ceux qui ne foutent rien et qui passent leur temps à débiner les autres. » Oh, madame ! De tels propos dans votre bouche ont dû faire bondir Jacques Delors, votre papa, qui a toujours eu un langage parfaitement policé et qui, à votre place, eût dit : « Ces rumeurs m'irritent, je commence à être las de voir que ceux qui ne font guère d'efforts passent leur temps à décrier le travail d'autrui. » Mais entre nous, chère Martine, je vous sais gré de délaisser le langage académique pour exprimer votre pensée en des termes que tout le monde comprend. Les propos des politiques nous sont toujours rapportés édulcorés. Je soupçonne les porte-parole de traduire, à l'intention du petit peuple, les phrases musclées qu'ils entendent. Ils nous les resservent débarrassées de leurs scories de peur d'écorcher nos oreilles délicates. Or, nous n'avons nul besoin de cet affinage et nous sommes au contraire gourmands des vrais propos, quelques grossiers qu'ils puissent être, car ils sont révélateurs. Ne nous y trompons pas, pour être politiques ils n'en sont pas moins hommes dans les moments de colère, ils s'expriment comme nous. Et si Juppé confie à ses proches à propos de Sarkozy : « Ce petit con commence à me gonfler », je ne veux pas qu'on vienne me raconter que le maire de Bordeaux se serait plaint du fait que le ministre de l'Intérieur « a tendance à sortir de sa réserve ». Nul n'ignore que J. Chirac a, en privé, un langage fleuri qui ne s'embarrasse ni de litote, ni de métaphore. C'est pourquoi lorsqu'on raconte qu'en petit comité, évoquant les difficultés de G. W. Bush, il confie : « Je crains que le président des États-Unis ne soit confronté à des difficultés croissantes », ce ne sont pas ses propos exacts. Le style Chirac, c'est plutôt : « Il n'est pas encore dans la merde jusqu'au cou, mais ça monte. »

Les plus grands ont été soumis à ces traductions. « Tradut-tore-tradittore », « Traducteur, traître », disent les Italiens. Lorsque des quatre généraux putschistes d'Alger, Jouhaud fut le premier à être arrêté, on nous confia que de Gaulle se serait exclamé : « Ils ont arrêté le moins influent. » Eh bien non ! en fait le général a dit : « Ils m'ont pris le plus con. » Ce qui sonne d'une autre manière. Lorsque Georges Mandel était le secrétaire, l'âme damnée et l'éminence grise de Clemenceau, on prêtait à celui-ci cette réflexion : « Quand je commets une faute, c'est lui qui en endosse la responsabilité. » C'était mal connaître le Tigre que de croire qu'il s'astreignait à faire compliqué quand il pouvait faire simple. La formule qu'il avait employée était triviale, mais elle avait l'avantage d'être claire : « Quand je pète, c'est lui qui pue. »

C'est pourquoi je suis reconnaissant à Martine Aubry d'avoir brisé ce tabou. Vos propos exacts, mesdames et messieurs les politiques, non seulement enrichissent l'Histoire, mais de surcroît ils vous rapprochent de nous. Quand nous nous donnons un coup de marteau sur le doigt, nous ne disons pas : « Palsembleu, quelle malchance, j'éprouve une grande douleur. » Non, comme tout le monde nous braillons : « Ah ! merde... je me suis bousillé un doigt. »

Quand l'habit fait le moine

L'Express a consacré une dizaine de pages à un sujet réjouissant par son côté anecdotique. « Nos politiques savent-ils s'habiller ? » Pendant longtemps, les princes qui nous gouvernent se sont peu souciés de leur garde-robe parce que à part quelques photos dans la presse, on les voyait rarement en gros plan. Ils avaient un habit de cérémonie pour les grandes occasions, jaquette et haut-de-forme. Une photographie de l'inauguration de l'Exposition universelle en 1937 montre ainsi le président Albert Lebrun flanqué à sa gauche d'Édouard Herriot, auquel le chapeau haut-de-forme va comme un béret basque à une vache. Herriot n'était pas un parangon d'élégance, tout simplement parce qu'il plaçait ses élégances ailleurs. D'où vient que soixante ans après, les politiques soient si attentifs à leur image ? La télévision, bien entendu, qui nous les offre en plan serré et où toute faute de goût saute aux yeux des plus béotiens. Une cravate à pois sur une chemise à raies peut coûter dix mille voix. Entourés d'un aréopage de conseillers en communication qui discutent des heures sur les nuances de bleu d'un costume et les motifs de la cravate qui doit l'accompagner, ils subissent à l'échelon du groupe de conseillers ce que tout homme marié a entendu au moins vingt fois dans sa vie : « Tu ne vas pas mettre cette chemise avec ce costume ! » Passés par

L'Express au crible de quelques experts en apparence – vieux mot français tombé en désuétude pour désigner le « look » – quelques politiques sont examinés à la loupe.

Michèle Alliot-Marie, première femme ministre des Armées dans l'histoire de la République, a, selon eux, succombé aux impératifs de sa fonction : cheveux courts, veste croisée, pantalon. Elle s'habille en mec. Peut-être faudra-t-il du temps pour que la féminité l'emporte sur la fonction. Dans quelques années, si elle reste à son poste, Mme le ministre des Armées ira passer les troupes en revue en jupe fendue et chemisier à fleurs, ce qui choquera peut-être les officiers supérieurs, et encore ce n'est pas certain, mais en revanche ravira les simples troufions en mal d'affectivité. François Bayrou est jugé sévèrement par les experts : « Aucune aspérité, tout est moyen, neutre. » Les censeurs ont-ils envisagé un instant le fait que cette discrétion vestimentaire était peut-être volontaire ? Coincé entre une majorité dont il est solidaire, mais qui peut se passer de son soutien, et une opposition dont certains membres lui font les yeux doux, le patron de l'UDF cherche sa voie, et cette incertitude qui l'habite rejaillit sur ses tenues vestimentaires. Que demain il la trouve, et brusquement son tailleur saura lui imposer des audaces devant lesquelles il hésite encore. Pour Jean-Marie Le Pen, le jugement est encore plus sévère, je cite : « Son style très vieille France, sa pochette aujourd'hui dépassée lui donnent l'allure d'un ringard flamboyant et martial. » On a reproché beaucoup de choses au leader du Front national, mais sa pochette, c'est une première ; et puis que diable, on n'attend pas d'un homme qui veut faire sortir la France de l'Europe et qui appelle l'euro une fausse monnaie qu'il se balade avec une casquette de rappeur sur la tête et un jean troué. Les 16 % de Le Pen en 2002 étaient peut-être dus à sa pochette, c'est d'ailleurs ce qu'on appelle en politique la pochette-surprise. De la « neutralité contrôlée » de Hollande au « conservatisme de gauche » de Fabius, en passant par le « néophyte doué » de Delanoë et le « notable endimanché » de Raffarin, ils sont tous étiquetés en fonction de leur garde-robe. Cependant les censeurs de *L'Express* ont-ils envisagé le fait que les politiques sont à notre image ? Il y a ceux qui ont du goût, qui savent marier les couleurs, et ceux qui, comme votre serviteur, s'en foutent et s'habillent avec ce qui leur tombe sous la main en priant Dieu que ça s'accorde. En fait, dans ce domaine, le hasard fait souvent mal les choses et quand on me le fait remarquer, je réplique avec mauvaise foi : « Ils me prendront comme je suis, et si ça ne leur plaît pas, c'est pareil. » Réponse idiote, j'en conviens, pourtant quand on n'a aucun goût en matière vestimentaire, mieux vaut assumer. Et puis, tout le monde ne peut pas être Jack Lang qui, depuis vingt ans, affecte d'étonner la classe politique par l'audace de ses vêtements ; il était encore cette semaine en Grande-Bretagne en long manteau de cuir noir, style Seigneur des Anneaux. Jack porte ça avec flamboyance, en revanche si Raffarin arrivait demain au Sénat en long manteau de cuir noir, il y aurait de la réprobation dans l'air.

Au fond, l'Église catholique, dans sa grande sagesse, a bien fait d'interdire aux femmes les fonctions ecclésiastiques. Vous imaginez, au Vatican, un conclave où une quinzaine de dames cardinales arriveraient toutes avec la même robe ? Ceux qui attendraient la fumée blanche sur la place Saint-Pierre seraient morts d'inanition avant que commence le premier tour de scrutin.

Un duel prometteur

Les gazettes font leurs choux gras de la rivalité entre Juppé et Sarkozy, et certains s'en agacent. Pendant vingt-cinq ans, la vie politique française a vécu l'affrontement Giscard-Chirac. Superbe feuilleton truffé de fausses réconciliations, de rancune jetée à la rivière qu'on allait repêcher dans la nuit, de petites phrases assassines et de coups fourrés, comme il sied à deux fauves de haute lignée qui se disputent le même territoire. Battu Navarro, distancé Derrick. Vous en connaissez beaucoup des feuilletons télé qui durent un quart de siècle sans qu'à aucun moment l'intérêt faiblisse ? L'âge et la sagesse venant, les appétits de revanche s'étant émoussés, l'un a resigné un bail à l'Élysée et l'autre préside la Convention européenne, ils s'aperçoivent aujourd'hui que plus grand-chose ne les sépare au niveau des idées, ce que nous leur aurions volontiers démontré depuis longtemps s'ils avaient pensé à nous le demander. La vie politique est-elle en passe de devenir ennuyeuse ? Eh bien non ! Dieu soit loué, le relais est pris, et pour peu que Juppé et Sarkozy soient aussi talentueux et tenaces que leurs aînés, nous sommes partis jusqu'en 2027. Il faut comprendre les journalistes, les échotiers, ceux qui, à la radio ou dans les hebdomadaires, signent les « indiscrétions », les « confidentiels », ou encore les chroniqueurs-chansonniers comme votre serviteur qui ne vivent que de ces mille et une petites perfidies, de ces antagonismes sans lesquels la politique serait un long fleuve tranquille, d'un ennui mortel.

Les journalistes échotiers d'aujourd'hui sont les descendants de la célèbre Geneviève Tabouis, grande prêtresse qui officiait avant la guerre et dont *Le Canard enchaîné* prétendait que lorsque Hitler rencontrait Mussolini en tête à tête elle était sous la table. Seules les rivalités font frétiller leur plume. Leurs aînés ont souffert pendant les onze années du règne de De Gaulle : pas la moindre polémique dans son entourage. Des attaques de l'opposition certes, mais seules les luttes fratricides intéressent l'échotier. Quand Emmanuelli s'en prend à Sarkozy, lorsque Gremetz fustige Fillon, on est dans le classique d'une partition que tout le monde connaît par cœur. En revanche, Voynet-Mamère, Montebourg-Fabius, Debré-Raffarin, ce sont là des querelles de famille qui font saliver les lecteurs. Si les Atrides ont inspiré les poètes et les dramaturges, c'est parce qu'on s'y assassinait allègrement entre mari, femme et enfants. Avec Mitterrand, il en fut de même. Il y eut bien un semblant d'affrontement avec Rocard, mais quelle que soit l'affection qu'on puisse porter à l'ancien Premier ministre, force est de reconnaître qu'il n'était pas de taille, petite souris raisonneuse dans les pattes de Raminagrobis. Avec Juppé et Sarkozy, nous retrouvons les bonnes haines d'antan, deux bretteurs de force égale, dans la tradition des grands duels d'autrefois, Briand-Clemenceau, quand le second disait du premier : « Même quand j'aurai un pied dans la tombe, j'aurai l'autre dans le derrière de ce voyou. » Nous n'en sommes pas encore à ces excès de langage entre le ministre de l'Intérieur et le président de l'UMP, du moins pas publiquement, cependant à tous mes confrères de plume et de micro qui, comme moi, se repaissent d'allusions perfides et de coups de pied sous la table commune, je dis : n'ayez crainte, le temps travaille pour nous. Avec ces deux hommes si différents de caractère et de comportement, que tout sépare sauf le but qu'ils se sont fixé, nous n'avons pas affaire à un duel de seconds couteaux, c'est du haut de gamme. Nous n'en sommes qu'aux fleurets mouchetés, mais quand les échéances approcheront, nous verrons sortir les sabres d'abordage.

L'inéligibilité d'Alain Juppé prononcée par le tribunal peut certes modifier les données du problème. S'il ne peut plus gagner, Alain aura cependant le loisir de faire perdre Nicolas. Même lorsqu'ils se retirent ostensiblement de la vie politique, les caciques conservent leurs réseaux, leur influence et leur capacité de nuisance. On le constate aujourd'hui avec Lionel Jospin qui n'a jamais été aussi présent dans la nébuleuse socialiste que depuis qu'il n'est plus là.

Ces inimitiés politiques sont plus complexes qu'il n'y paraît. Elles relèvent de ce rapport amour-haine qui fait le miel des psychanalystes. Sans amour, la haine n'est que du mépris. Naguère, Giscard et Chirac, tout en se détestant, admiraient chez l'autre les qualités qu'ils n'avaient pas. Chirac était fasciné par la mécanique intellectuelle de Giscard, lequel jalousait cette osmose que Chirac a le don de créer avec le peuple. Sarkozy et Juppé se détestent tout autant mais ils s'épatent mutuellement. Après tout, Robespierre aimait Danton. Comme l'a si joliment dit Oscar Wilde dans la *Ballade de la geôle de Reading*, « chacun de nous tue ce qu'il aime, le plus fort avec une épée, le plus faible avec un baiser ».

Giscard et Pénélope

Il se passe dans les instances européennes de Bruxelles des événements réjouissants. Pour ceux d'entre vous qui n'observeraient pas avec toute l'attention qu'ils méritent les arcanes bruxellois, je résume la situation. Valéry Giscard d'Estaing, qui préside la Convention européenne, a présenté son projet de Constitution pour la future communauté élargie. Il a trouvé là une tâche à la mesure de ses convictions et de son besoin d'activité. Or, figurez-vous qu'en même temps le président de la commission européenne, Romano Prodi, a fait élaborer en douce un autre projet de Constitution auquel il a donné le nom de code de « Pénélope ». Curieuse idée de choisir, pour ce qui pourrait être le corset de futures institutions de l'Europe, le nom de l'épouse d'Ulysse, image certes de la fidélité, mais qui détricotait chaque nuit le travail qu'elle accomplissait le jour. Devrions-nous en conclure que, dans l'esprit de Romano Prodi, la Constitution de la Communauté européenne serait un projet qui traînerait pendant dix-huit ans, car, si l'on en croit Homère, le manège de la reine d'Ithaque pour faire patienter ses prétendants dura dix-huit longues années ? Il faut lui reconnaître une certaine constance, six mille cinq cent soixante-quinze jours, et surtout six mille cinq cent soixante-quinze nuits, je connais des épouses délaissées qui auraient craqué avant. Il faut dire qu'Ulysse ne mit guère d'empressement à regagner le domicile conjugal. Neuf ans sous les murs de Troie, et neuf ans encore pour accomplir un voyage qui aurait dû lui prendre deux semaines. Mais bon, il était curieux de tout, cet homme, et tant qu'à faire une croisière en Méditerranée, il voulait en profiter. Dès qu'on lui annonçait une escale, il était sur le pont à l'aurore. Il n'en a pas loupé une, Circé, les Cyclopes, Calypso, les Sirènes. Il se donnait du bon temps, pendant que la pauvre Pénélope faisait du crochet. Honte à Brassens d'avoir trouvé pour cette épouse exemplaire une rime, riche certes, mais qui lui convenait si peu.

Vous imaginez volontiers que Giscard s'en est donné à cœur joie pour fustiger ce nom de code : « Je crains, a-t-il déclaré, que nous ne devions répudier Pénélope, ce qui serait contraire à la légende. » Une façon de suggérer : « C'est la Convention que je dirige qui a présenté un projet et je n'ai pas besoin qu'on vienne en fabriquer d'autres dans mon dos. » C'est une habitude relativement récente que de donner des noms de code à des opérations militaires, politiques ou économiques. Si je ne fais pas erreur, elle fut inaugurée en juin 1941 par Hitler avec l'invasion de la Russie : opération « Barbarossa ». Nous eûmes ensuite « Torch » en Afrique du Nord, « Overlord » en Normandie, « Garde au Rhin » dans les Ardennes et, plus près de nous, « Tempête du désert » en Irak. Ni Napoléon, ni Joffre, et encore moins Gamelin n'y avaient pensé. Ils se contentaient d'attaquer, ou de battre en retraite, sans se soucier d'offrir à leur plan un nom de baptême. Aujourd'hui, la moindre manœuvre est affublée d'un nom de code pour dérouter les espions. J'imagine par exemple : « Dragon vert » pour la prise de contrôle du Crédit Lyonnais par le Crédit Agricole, opération « Moustache » pour un duel entre Mamère et Lipietz, et je vois bien le chef de cabinet du ministre de l'Intérieur lui dire le matin : « Aujourd'hui, nous avons à 11 heures à Strasbourg l'opération “Extincteur”, à 14 heures nous sommes à Sommières pour “Halte à l'eau”, et à 17 heures à une gendarmerie de la Nièvre pour une opération “Pandore”. – Très bien, répond Sarkozy, et l'opération Déjeuner, c'est quand ? – À 13 heures dans l'avion. »

Puisque nous parlons de Nicolas, un journaliste particulièrement observateur a remarqué, lors de l'émission « Cent minutes pour convaincre », que les semelles des souliers du ministre étaient usées, et il en a conclu que c'était la preuve qu'il se déplaçait beaucoup. Que Nicolas arpente le terrain, tout le monde le sait, il suffit d'ouvrir *France-Soir* qui a dénombré trois cent cinquante déplacements en vingt mois. Sarkozy n'a donc pas besoin d'exhiber des semelles usées pour le prouver. En revanche, les ministres vont se croire obligés désormais de venir à la télévision avec des costumes avachis et des souliers à l'agonie pour montrer qu'ils ne ménagent pas leur peine. J'entends d'ici les réflexions dans les chaumières : « Regarde-le, lui, avec son costume sans un faux pli et ses pompes cirées, il ne doit pas en faire lourd. »

Un métier de chien

Je me demande comment il peut encore y avoir à Sciences Po ou à l'ENA des étudiants qui rêvent de faire une carrière politique. J'ai envie de leur dire : Vous avez des capacités intellectuelles, de l'ambition, l'envie de vous éclater dans une profession qui valorisera votre existence... ne choisissez pas ce métier de chien dans lequel vous allez user votre enthousiasme et votre santé. C'est un métier difficile dans tous les pays du monde et impossible en France. Pour commencer, on va tester vos capacités de résistance en vous envoyant coller des affiches et distribuer des tracts sur les marchés. « Bonjour monsieur, bonjour madame, voici notre programme. » Au pire, votre interlocuteur ne vous regarde même pas, au mieux il prend votre papier et le jette après un coup d'œil indifférent. Supposons que vous ayez passé avec quelque succès cette épreuve initiatique, vous allez être admis dans le premier cénacle, le comité de quartier, la cellule de base, la section. Vous y prendrez la parole, mais on vous fera vite comprendre que vous êtes là pour écouter et pour apprendre. Vous êtes jeune, vous en voulez comme on dit, vous avez des idées, vous entendez les faire triompher, et petit à petit vous allez vous imposer. Un des caciques de l'état-major parisien entendra parler de vous, et on vous lancera dans le grand bain, une circonscription lors des législatives. Elles sont de trois sortes. Celles qui sont acquises, celles qui sont gagnables, et enfin celles qui sont imprenables. Les acquises sont réservées aux grands pontes, les gagnables aux seconds rôles, c'est donc dans une ingagnable qu'on va vous tester. Le député sortant, qui est votre adversaire, est toujours élu au premier tour, c'est dire que vos chances sont nulles, mais vous allez apprendre le métier sur le terrain, et puis, en politique, c'est vrai, il n'y a pas d'idoles qui ne puissent un jour vaciller.

Je connais à ce sujet une anecdote célèbre. Il y a de cela une trentaine d'années, la droite présenta, dans la circonscription de Georges Marchais, Pierre Closterman, le héros qui s'était illustré avec la RAF en Grande-Bretagne lors de la Seconde Guerre mondiale. Ses amis politiques dirent à Closterman : « Tu n'as aucune chance de gagner contre Marchais, mais tu peux le déstabiliser. Tu vas donc, lors de tes réunions, marteler la même formule : "Moi, pendant la guerre, j'abattais les Messerschmitt que Marchais construisait." » L'argument était simpliste, néanmoins il porta. Marchais fut élu, mais extrêmement agacé.

Vous allez donc affronter le député imbattable, et vous serez battu, cependant si par bonheur vous parvenez à le mettre en ballottage, votre réputation est faite. À Paris, on dira : « Comment il s'appelle celui qui a mis X en ballottage ? Il faut le suivre, ce garçon. » Vous venez de franchir un pallier, vous êtes désormais dans la catégorie de ceux auxquels on propose une circonscription gagnable. De surcroît, votre première campagne vous aura enseigné les rudiments de la profession : les marchés où il faut serrer dix mains la minute, en tendant la vôtre à des gens qui n'ont pas toujours envie de la prendre, les gosses qu'il faut embrasser : « Qu'il est mignon, comment s'appelle-t-il ? Frédéric ? Bonjour, Frédéric », les boutiques où vous dérangerez les commerçants : « Qu'est-ce que vous vendez, de la quincaillerie ? Ça marche bien ? Pas trop ! Eh bien, si je suis élu, je ferai en sorte que ça marche mieux. » Vous n'en pensez pas un mot et votre interlocuteur n'en croit pas un mot non plus, ça ne fait rien, ça fait partie du rite, et vous répéterez la même litanie à la bouchère, au marchand de bonbons et au vendeur de télévisions. Le bistrot où vous avalerez un sandwich sur le pouce avec votre dixième verre de blanc de la matinée : « C'est ma tournée ! » Faites très attention, quand on ne s'appelle pas Jacques Chirac et que la nature ne vous a pas doté, comme lui, d'un estomac en béton armé, la classe politique fournit une part non négligeable de la clientèle des gastro-entérologues. Vous héritez d'une circonscription gagnable, et vous gagnez. Vous débarquez au Palais-Bourbon, tout feu, tout flammes. On va voir ce qu'on va voir. Au début, on ne verra pas grand-chose. Vous faites partie d'un groupe dont le président vous demandera de voter sans discuter les textes du gouvernement. Vous avez des idées, vous les lui exposez. « Écoute, j'en prends note, mais ça n'est pas le moment. » Vous voulez déposer un amendement. « Ça n'est pas une mauvaise idée, seulement ça gênerait le ministre, il faut rester solidaires. » Au bout d'un an, vous obtiendrez la première récompense : « Le ministre voudrait exposer en détail son plan de restructuration, tu vas lui poser une question mercredi. – Mais, c'est sur les composants électroniques, je n'y connais rien. – Ce n'est pas grave, c'est le cabinet du ministre qui rédigera la question. »

Et vous serez ainsi pendant des années le petit, l'obscur, le sans-grade, travaillant d'arrache-pied dans votre circonscription, mais noyé dans la masse à Paris et obligé tous les cinq ans de vous parfumer à nouveau une campagne, de recommencer les tournées des marchés, de subir les reproches du quincaillier : « Depuis votre élection, j'en ai pas vendu davantage des tire-bouchons, c'est toujours le marasme. » Les gamins auront pris cinq ans de plus, ils seront plus lourds à soulever.. « Qu'il est mignon, comment il s'appelle ? – Il s'appelle toujours Frédéric, depuis cinq ans, il n'a pas changé de prénom. » Jusqu'au jour où, bonheur indicible, vous allez accéder au suprême honneur. Sur proposition du Premier ministre, le président de la République a nommé... Vous voilà secrétaire d'État. Jusqu'à la fin de vos jours, vous serez Monsieur le ministre. » Vous pensez que le but de votre vie est atteint. Détrompez-vous. Vous entrez dans le cercle restreint de ceux qui ont voiture avec chauffeur, lambris dorés et porte capitonnée gardée par un huissier. Vous avez des conseillers, un chef de cabinet et vous vous dites : « L'avenir, l'avenir est à moi. » Mais l'avenir s'obscurcit rapidement. Vous êtes rattaché à un ministre, lequel tient à ses prérogatives. Le secrétaire d'État et le ministre délégué sont là pour lui faciliter la tâche. La hiérarchie politique est régie par des règles immuables. Le président de la République, comme le capitaine d'un navire, donne le cap, et le Premier ministre se tient sur la passerelle. On ne va pas déranger Jacques Chirac pour le prévenir qu'il y a un écueil qui n'est pas indiqué sur les cartes, pas plus qu'on ne dérangeait Napoléon pour lui annoncer que le 7e bataillon de voltigeurs n'avait pas reçu sa ration de tabac. Jean-Pierre Raffarin donne l'orientation générale à ses ministres qui, à leur tour, confient aux sous-ministres le soin de déblayer le terrain. Cela peut conduire à des heurts, comme entre Darcos et Ferry qui ont mis au point un jeu très subtil intitulé : « J'attends que tu parles pour dire le contraire. » Ou cela se règle avec humour, comme Renaud Muselier qui dit en parlant de son ministre patron Dominique de Villepin : « Il fait tout et je m'occupe du reste. » C'est donc à beaucoup d'humilité que va être contraint le nouveau secrétaire d'État, et s'il lui vient l'idée de s'écarter, ne fût-ce que d'un pouce, de la ligne fixée, on lui fait vite comprendre que son avenir ne tient qu'à un fil. Sa vie familiale va être mise à rude épreuve. S'il n'a pas pris soin, comme certains de ses homologues, de faire de son épouse sa collaboratrice et d'autoriser ses enfants à jouer dans son bureau, il a intérêt à avoir une bonne photo d'eux. Le chef de cabinet lui annonce : « Le ministre vous demande d'aller à Tarbes demain ; après-demain vous êtes à Bruxelles ; mercredi, Conseil des ministres et à 15 heures vous êtes à Bastia. De plus, le Premier ministre pense vous emmener avec lui lors de son voyage officiel au Brésil. » Il va falloir que vous appreniez à dormir dans l'avion, dans le TGV et même à l'Assemblée nationale. Les anciens vous apprendront comment on fait. Il suffit de poser un dossier sur son pupitre, de se prendre la tête à deux mains et de faire semblant de l'étudier en roupillant. L'illusion est parfaite. Vous allez aussi être confronté à la jalousie. Dès que bruissent les murmures d'un remaniement, vous allez voir entrer dans votre bureau des collègues, des amis, et vous verrez dans leur regard : « Tiens, quand je serai à sa place, je ne garderai pas cette tapisserie », le tout, bien sûr, accompagné d'un sourire cordial et des compliments d'usage sur la qualité de votre action. Vous croiserez la mauvaise foi. Dans ce pays où l'alternance est de règle, puisque depuis vingt ans aucune assemblée élue n'a été reconduite, vous découvrirez qu'à peine revenues dans l'opposition les majorités battues trouvent immédiatement à tous les problèmes des solutions qui ne leur étaient jamais apparues quand elles étaient au pouvoir. C'est une constante de la politique française. En 1998, la droite se mit à avoir des idées épatantes, et aujourd'hui vous ne trouverez pas un seul cacique du PS qui ne vous règle le problème du financement de la Sécurité sociale en moins de cinq minutes chrono en main.

Voulez-vous, Monsieur le ministre, que je vous fournisse la liste de tous ceux qui, depuis cinquante ans, ont occupé votre bureau et qui sont retombés dans l'oubli ? Seul leur papier à lettres « X, ancien ministre » témoigne encore de leur passage dans l'intendance de la République. Pourquoi user votre talent et votre énergie dans un métier où il n'y a que des coups à prendre, d'où la reconnaissance est exclue, où l'amitié est soluble dans l'ambition et d'où vous sortirez au mieux désabusé, au pire meurtri ?

À moins que vous ne soyez foudroyé par la foi, comme saint Paul sur le chemin de Damas, et ne trouviez dans la politique l'éclosion d'un sacerdoce prêt à tous les sacrifices. Mais là, vous échappez à mon analyse, je parle des hommes, non des martyrs.

« Quand j'ai écrit *Le Cimetière marin*, seul Dieu et moi savions ce que cela voulait dire... aujourd'hui il n'y a plus que Dieu. »

PAUL VALÉRY

Question d'intelligence

Avez-vous remarqué qu'un mot, une locution, en apparence anodins, peuvent complètement changer le cours des événements ? L'exemple le plus célèbre, que toutes les chancelleries du monde apprécient en connaisseurs, fut le fait de Mazarin dans le traité qu'il signa avec l'Espagne sur l'île des Faisans à Hendaye lors du mariage de Louis XIV avec l'infante Marie-Thérèse. Ce traité comportait un grand nombre d'articles, soigneusement épluchés par les deux parties, et il stipulait clairement que la France ne pourrait en aucun cas prétendre au trône d'Espagne. Mazarin, vicelard de génie si vous me permettez cette expression, réussit à introduire dans l'un des articles trois petits mots : « Faute de quoi... » Ce « faute de quoi », noyé dans la phraséologie diplomatique, échappa au ministre espagnol, mais permit à Louis XIV, quarante ans plus tard, d'installer son petit-fils sur le trône de Madrid. Les Espagnols protestèrent, mais on alla chercher le vieux traité couvert de poussière : « Regardez là... "Faute de quoi"... – C'est pas écrit bien gros, dirent les Espagnols. – Eh oui, mais même tout petit, c'est écrit. » Je me faisais cette remarque en découvrant la phrase de M. Romano Prodi, le président de la Commission de la Communauté européenne. La directive du pacte de stabilité limitant à 3 % le déficit public autorisé des pays de la communauté devra être appliquée « avec intelligence ». Ces deux mots changent tout. Imaginons, je raisonne par l'absurde, que la France ou l'Allemagne affichent un déficit de 3,5 % ou 3,8 %. Si on leur en fait le reproche, les ministres des Finances concernés pourront répondre : « La directive européenne a été appliquée “avec intelligence”, c’est-à-dire en favorisant nos intérêts, alors que si nous l’avions appliquée stupidement, nous nous exposions à de graves difficultés. » M. Prodi aurait pu tout aussi bien dire : « Chacun adaptera le pacte de stabilité comme il l’entend en fonction de ses problèmes » ; il a préféré s’en remettre à l’intelligence des gouvernements, ce qui est habile sur le plan de la dialectique, mais revient strictement au même. L’intelligence est une notion subjective, alors que la comptabilité est une notion concrète. Si le fisc dit au contribuable : « J’attends de vous que vous déclariez vos revenus avec intelligence », il n’est pas impossible que certains s’interrogent. « Voyons, j’ai touché l’année dernière telle somme comme commission. Il y a peu de chance pour que le fisc en eût été averti ; est-il intelligent de la déclarer ? » La réponse ne fait guère de doute. Vous rétorquerez : « Ce n’est pas civique. » C’est vrai mais, tiraillé entre leur civisme et leur intelligence, certains contribuables n’hésitent pas. Prenons un autre exemple. Vous garez votre voiture en double file, warning allumés, pour aller chez un commerçant ; deux minutes plus tard, vous revenez, vous avez une contravention. La contractuelle a appliqué la consigne ; l’a-t-elle fait avec intelligence ? Vous estimez que non. Comme quoi la notion d’intelligence varie suivant les circonstances et en fonction des protagonistes. L’armée dans ce domaine a toujours été très stricte. Pendant la guerre de 14, des généraux envoyèrent des ordres d’attaque qui étaient suicidaires pour les exécutants. S’ils avaient ajouté : « Ces ordres seront exécutés avec intelligence », la plupart des colonels qui les ont reçus auraient dit à leurs troupes : « Mes enfants, vu le nombre de mitrailleuses qu’il y a en face, l’intelligence conseille de ne pas bouger. » À ma connaissance, le seul officier supérieur qui ait jamais transgressé la règle, c’est le général Leclerc. L’anecdote est célèbre. En août 1944, quand il rejoint Dronne à quelques kilomètres de Paris, il lui demande : « Qu’est-ce que vous faites là ? Je vous ai donné l’ordre d’aller à Paris. – J’en ai reçu un autre, répond Dronne, venant de l’état-major américain et me demandant de ne pas bouger. » Leclerc eut alors cette phrase, stupéfiante dans la bouche d’un général : « Dronne, quand un ordre est idiot, on ne l’exécute pas... filez à Paris. » Moi qui ne suis guère suspect d’indulgence à l’égard des militaires, je dois avouer qu’une part de l'admiration que je porte à Leclerc vient tout autant du serment de Koufra qu'à cette phrase. On a vu par la suite, ne fût-ce qu'à Diên Biên Phu, qu'elle n'avait pas fait école. J'attends avec impatience que toutes les directives soient désormais appliquées avec « intelligence », c'est-à-dire en respectant le libre arbitre de ceux auxquels elles s'adressent. Ainsi, peut-être certains recteurs d'Académie pourraient-ils renvoyer leur circulaire aux énarques du ministère qui l'ont pondue avec ce commentaire : « Voudriez-vous avoir la courtoisie d'expliquer ça avec intelligence. »

La Marseillaise et *L'Internationale*

À l'Assemblée nationale, le débat sur les retraites a commencé par une de ces mises en bouche spectaculaires dont l'hémicycle a le secret. Les députés communistes se sont levés et ont entonné *L'Internationale*, ceux de l'UMP leur ont répondu en chantant *La Marseillaise*. J'ai le plus grand respect pour ces deux hymnes qui ont en commun une musique superbe et des paroles un peu outrancières. Rouget de Lisle, à mon goût, avait plus de talent comme musicien que comme parolier, et Pierre Degeyter, musicien amateur, plus de génie dans sa portée qu'Eugène Pottier dans son poème. Parce que, enfin, il s'agissait d'harmoniser les retraites du privé et du public de façon à rétablir une égalité entre tous les citoyens, alors faire référence pour ce débat aux deux hymnes en question est peut-être excessif. Quels que soient les problèmes des personnels du service public, évoquer à leur égard les damnés de la terre et les forçats de la faim me semble exagéré. D'un autre côté, imaginer que MM. Blondel et Thibault ne rêvaient que de venir égorger les fils et les compagnes de ceux qui ne pensent pas comme eux est un tantinet abusif. Il faut donc ramener cet échange vocal à ses justes proportions, il fait partie de ces accès de fièvre comme l'Assemblée en a connu beaucoup.

Dans ces moments-là, l'hémicycle devient un théâtre où chacun y va de son morceau de bravoure. Le calme revenu, les travées se vident, les projets de loi sont abordés avec les spécialistes de chaque groupe, le rapporteur et le ministre concerné. Le président de l'Assemblée cède alors son siège à l'un des vice-présidents et le travail parlementaire reprend, tandis qu'à la buvette ou dans la salle des quatre colonnes les premiers rôles qui se sont affrontés avec passion et véhémence quelques minutes auparavant évoquent leurs prestations respectives avec le tutoiement qui est de rigueur entre eux. « Je trouve que tu y as été un peu fort. – Oh ! tu ne t'es pas entendu, toi. » Ainsi, les acteurs, une fois le rideau tombé, échangent leurs impressions ; et Desdémone ressuscitée dit à Othello : « Fais attention avec l'oreiller, tu as vraiment failli m'étouffer. » Les vénérables cariatides qui entourent la tribune en ont vu d'autres ; et si elles pouvaient parler elles vous narreraient cette séance, dans les années 50, au cours de laquelle un député communiste, qui avait outrepassé les règles de la bienséance, fut expulsé de l'hémicycle par le président, incident heureusement fort rare. Le règlement prévoit qu'en ce cas c'est un gradé de la garde républicaine affectée à l'Assemblée qui est chargé de cueillir le coupable à son banc et de l'accompagner *manu militari* jusqu'à la sortie. Le groupe communiste savait que tout militaire, quand il entend *La Marseillaise*, doit se figer au garde-à-vous. Le galonné préposé au châtiment n'avait pas fait deux pas au pied de la tribune que les communistes entonnèrent l'hymne national, le clouant sur place, talons joints et main au képi. Ce jour-là, remarquez-le, ils avaient choisi *La Marseillaise* plutôt que *L'Internationale*, hymne qu'un militaire n'est pas tenu de saluer. Fin du chœur, le gradé fait deux pas... re-*Marseillaise*. À raison de deux pas toutes les cinq minutes, le malheureux mit vingt minutes pour atteindre le banc du coupable. Feydeau et Labiche n'ont jamais fait mieux.

Il y a deux activités bien distinctes chez un politique : celle qu'il consacre au travail, à son bureau, aux réunions où il discute, élabore, tranche, et celle qu'il réserve aux tribunes où il est en représentation ; et là, comme certains acteurs, il lui arrive d'en faire trop. Si Jean-Pierre Raffarin avait lancé « Nos adversaires sacrifient l'intérêt général à leur parti », l'attaque était déplaisante, mais elle passait dans la ration quotidienne de polémique dont s'abreuvent les deux camps. Mais il n'employa pas la formule « l'intérêt général », il dit « la patrie ». Pourquoi ? Pour renforcer l'effet, parce que « patrie » est l'anagramme oral de « parti » ; la formule sonne mieux. Malheureusement, de déplaisante elle devient blessante. L'intérêt général, c'est affaire de point de vue, il y a en France toute une série d'intérêts généraux qui se contredisent ; la patrie en revanche, c'est sacré, c'est le mot tabou, la référence suprême. « Ceux qui pieusement sont morts pour la patrie », écrit Hugo. Il n'eût jamais écrit : « Ceux qui pieusement sont morts pour l'intérêt général. » Et du coup, la réplique claque : « En votant Chirac au deuxième tour de la présidentielle, n'avons-nous pas sacrifié notre parti à la patrie ? » D'où le souci que devraient avoir les politiques de ne pas tomber dans l'excès. Ceux qui, au PS, ont soutenu la réforme Fillon, appartiennent selon François Hollande à la préhistoire du parti socialiste. Ce n'est déjà pas gentil pour Michel Charasse, Jacques Delors, Jacques Attali ou Michel Rocard, mais pour Bernard Kouchner c'est franchement abusif. Quand je vois à la télévision cet homme jeune, pétillant d'idées, excellent débatteur, ce n'est pas exactement l'idée que je me fais de l'homme de Neandertal.

Permettez-moi, avant de vous quitter, de vous rapporter la plaisanterie qui court actuellement à Marseille : « Prenez vos précautions, il paraît que les syndicats des transports marseillais ont déposé un préavis de travail. » Oui, oh ! je sais, je vais encore me faire engueuler, mais les Marseillais qui usent leurs nerfs et leurs semelles peuvent bien s'offrir la compensation d'un sourire...

Une idée idiote

C'est une bien étrange polémique que celle qui agite les milieux politiques américains. Je résume. Certains parlementaires du Congrès et du Sénat avaient depuis longtemps des doutes sur l'efficacité de la CIA, le service d'espionnage et de contre-espionnage des États-Unis. Cela faisait quelques années qu'ils allaient répétant : « Les pontes de la CIA sont des incapables, ils ne sont au courant de rien, et quand par hasard ils découvrent un projet secret visant la sécurité de l'État, ils sont tellement contents qu'ils l'ébruitent aussitôt. » Il y a dans ce jugement péremptoire une part de vérité, les services secrets américains ne sont plus aujourd'hui à la hauteur de leurs glorieux aînés qui leur avaient permis de déchiffrer le code de la marine japonaise et de remporter, en 1942, l'ingagnable bataille de Midway. D'ailleurs, par parenthèse, l'artisan de ce déchiffrage se nommait Rochefort, un nom bien français, comme quoi là aussi nous étions dans le coup. Revenons à notre histoire. Ils sont tellement mauvais, disaient les parlementaires américains en parlant de la CIA, qu'on devrait les soumettre au détecteur de mensonges. Vous avez entendu parler de cet appareil, le polygraphe, qui évalue, lors d'un interrogatoire, les émotions du patient, sa sudation, sa pression artérielle, son pouls et son rythme respiratoire. Si le patient commence à transpirer et si son rythme cardiaque augmente, il y a des chances pour qu'il soit en train de mentir. Les caciques de la CIA refusèrent avec mépris de se soumettre à cet instrument sournois. Or, la chaîne d'informations CNN a révélé que, la veille du 11 septembre 2001, deux messages furent interceptés par une annexe de la CIA. Le premier disait : « Le match va bientôt commencer », le second : « Demain sonnera l'heure H. » On imagine aisément qu'un service secret digne de ce nom eût quelques raisons de s'inquiéter. Et le vice-président Dick Cheney de s'adresser brutalement aux parlementaires : « Dites-moi, il y en a parmi vous qui sont chargés de vérifier les agissements de la CIA, ils sont même payés pour ça ; or pour que CNN ait eu vent de ces messages, c'est qu'il y a eu des fuites, et comme nous aimerions bien savoir lequel d'entre vous s'est offert ces bavardages, j'ai demandé au FBI de passer au crible vos agendas, vos carnets de rendez-vous et vos relevés téléphoniques, et si nous ne trouvons rien, nous utiliserons le polygraphe. »

L'idée de soumettre les parlementaires au détecteur de mensonges ne pouvait germer que dans le cerveau d'un politique américain, car c'est une idée inexportable et de surcroît dangereuse. Le parlementaire « parle », comme son nom l'indique. Certains esprits mal tournés prétendent qu'il parle souvent pour ne rien dire, et qu'un parlementaire silencieux relève du psychanalyste. Il lui arrive même de mentir, mais le mensonge, fût-il par omission, est le corollaire du discours politique. Sans adhérer à la maxime de Goebbels qui disait : « Plus le mensonge est gros, mieux il est avalé », il faut bien admettre qu'il est indispensable ; ce qui est difficile, c'est de savoir le doser. Comme certains médicaments, trois gouttes vous guérissent, dix vous rendent malade, trente vous tuent. Il faut avoir la naïveté des Américains pour imaginer passer les politiques au détecteur de mensonges. En France, cette idée apparaîtrait biscornue et superfétatoire. Ça nous apprendrait quoi ? Qu'ils mentent, nous le savons bien, ils savent que nous le savons, et nous savons, nous, qu'ils savent que nous le savons. C'est un jeu subtil entre eux et nous. S'ils mentent trop, nous leur disons : « Non, là quand même, c'est beaucoup. » Et ils répondent : « Vous avez raison, j'aurais dû me contrôler. » Cette complicité est entrée dans nos gènes depuis des siècles. Mazarin, cet Italien francisé qui servit son pays d'adoption avec plus d'intelligence et de virtuosité que la plupart de ses contemporains nés en France, gouvernait déjà notre beau pays alors que les fils des émigrants du *Mayflower* finissaient à peine de défricher leurs champs en Pennsylvanie. Alors, vous pensez bien que, pour ce qui est de déceler le mensonge politique, nous avons une sacrée avance sur les Yankees. Nous savons par atavisme qu'un politique qui mentirait tout le temps ne tiendrait pas un mois, mais que celui qui dirait tous les jours la vérité ne ferait pas quatre semaines. Et puis, la vérité n'est qu'affaire de circonstances. Croyez-vous que, si Lionel Jospin avait été élu président de la République, Marie-Noëlle Lienemann nous aurait gratifiés de ses états d'âme et du peu d'affection qu'elle lui porte ? Que non pas, elle aurait probablement un ministère et se répandrait en louanges ; et à la place du livre de Marie-Noëlle nous aurions en librairie un pamphlet de Sarkozy ou de Juppé intitulé : *Pourquoi nous avons perdu*. La victoire cimente et la défaite fissure, ça aussi nous le savons depuis Sully, et peut-être même depuis plus longtemps encore.

Quant aux fuites, la naïveté des Américains m'effare. En France, nous n'y prêtons aucune attention tant elles sont courantes. Pendant la guerre de 1914, la Chambre des députés se réunissait en comité secret pour entendre les ministres évoquer les opérations. Ces séances étaient tellement secrètes que, deux heures après, tout Paris savait ce qui s'y était dit, au point qu'on les appelait. Les « comités secrets de Polichinelle ». Aujourd'hui encore, si un dossier porte le tampon « Secret », il met vingt-quatre heures pour arriver dans la colonne « Indiscrétion » des hebdomadaires ; s'il est estampillé « Secret absolu », le délai peut atteindre quarante-huit heures, mais jamais davantage. Celui qui est convoqué chez le juge d'instruction a tout le loisir de préparer sa défense puisque les actes qui lui sont reprochés, théoriquement protégés par le secret de l'instruction, ont été déjà largement divulgués dans la presse. Laissons donc aux Américains leurs gadgets à sudation et battements de cœur ; un jour ils comprendront, comme nous l'avons fait, que lorsque Dieu fit des mensonges un péché, il prit soin de prévoir une absolution pour les politiques.

L'idiome sportif

En quelques décennies, le sport est devenu un élément majeur de l'actualité. Les quotidiens lui offrent à l'occasion les gros titres de la une, les flashes des radios ouvrent sur la victoire d'Eunice Barber ou le match laborieux des Bleus, et aucun politique ne se hasarderait à une déclaration qu'il croit importante un jour de France-Angleterre de rugby. Les états d'âme de Zidane priment ceux de Bayrou et l'élimination d'Amélie Mauresmo éclipse les bévues de Luc Ferry. Ce phénomène plonge ses racines dans nos origines et remonte à l'antique revendication que les Romains adressaient à l'empereur : « Du pain et des jeux ! » Les Anglais vénèrent William Webb Ellis, cet étudiant qui, en 1823, au collège de Rugby, lors d'une partie de ballon au pied, eut le réflexe prémonitoire de prendre la balle à deux mains et d'aller la déposer derrière la ligne adverse. En 1947, lorsque Jacques Goddet et Félix Lévitan ressuscitèrent le Tour de France cycliste interrompu depuis 1939, ils demandèrent audience au président du Conseil, le barbichu Paul Ramadier, pour lui demander de leur débloquer des bons d'essence. Ramadier était un politique avisé et il comprit que, si les Français se passionnaient pendant trois semaines pour les exploits de Vietto, Robic et autres Brambilla, ils oublieraient peut-être qu'il n'y avait rien dans leur assiette. « De l'essence, leur répondit-il, tant que vous voudrez. »

Le sport a ses dérives inhérentes à tout phénomène de société qui attire les foules, il a parfois ses scandales dus moins à l'argent qu'aux intermédiaires qui le manipulent sans vergogne et l'érigent en préalable, voire en priorité. De tout temps, ceux qui ont un certain talent ont acquis le droit de le monnayer ; Pavarotti demande des cachets énormes, mais qui mieux que lui chante le « Nessun dorma » de *Turandot* ? Si le sport n'était qu'une question d'argent, il serait amené à disparaître, seulement il a ses légendes et ses émotions, et c'est grâce à elles qu'il perdure. Pour les amateurs de foot, elles s'appellent Kopa ou Fontaine, pour ceux qui aiment le rugby elles évoquent l'élégance des frères Boniface, pour les fans d'athlétisme c'est la foulée de Ladoumègue ou le cassé sur le fil de Guy Drut, et pour ceux qui aiment le vélo, comme votre serviteur, ce sont les deux petites plaques côte à côte sur un rocher de la Casse déserte du col de l'Izoard, en hommage, sur les lieux mêmes de leurs exploits, à Fausto Coppi et à Louison Bobet. Et la preuve que le sport fait désormais partie de notre quotidien, c'est que son idiome a débordé de son cadre au point qu'on ne sait plus très bien, quand on ouvre un journal, si on lit *Libé, Le Figaro, Le Monde* ou *L'Équipe*. La politique use désormais à foison de termes réservés naguère au sport. Voulez-vous quelques exemples ? « Le gouvernement tiendra-t-il la distance ? » « La grève s'essouffle », « Après les déclarations de son ministre de tutelle, M. Luc Ferry prend le relais ». Joffre, en 1914, avait envoyé les trois quarts des généraux français à Limoges : on était depuis limogé ; l'expression a fait son temps, un politique viré est désormais sur la touche. À l'Assemblée, pour retarder les débats, l'opposition joue la montre. Baisse d'impôts, Francis Mer est dans la ligne droite, François Fillon reçoit les syndicats ; après un round d'observation, les syndicats font le forcing et il faudra que le Premier ministre arbitre, à moins qu'il ne soit obligé de monter au filet. À l'UMP, Sarkozy est en pole position et lance le sprint, alors que Juppé songe à abandonner. Chevènement est hors jeu parce qu'on lui reproche d'avoir taclé Jospin, et chez les Verts, Voynet a pris Mamère à contre-pied. À propos des sans-papiers, le ministère de l'Intérieur botte en touche. Au parti communiste, Marie-Georges Buffet marque Maxime Gremetz à la culotte (ce qui est plus élégant que si c'était le contraire) et restructure l'équipe afin qu'elle soit plus offensive et puisse faire jeu égal avec l'extrême gauche. Quant au PS,

Hollande tente de ressouder le parti en s'appuyant sur Martine Aubry, en dépit du carton rouge qu'elle a récolté à Lille, Marie-Noëlle Lienemann marque contre son camp. Fabius temporise, Strauss-Kahn joue personnel et tente de pousser Emmanuelli à la faute, alors que Montebourg met le grand braquet.

Il est vrai que la politique n'observe pas la rigueur que le sport s'impose. L'électeur, comme l'arbitre, est le seul juge de la sanction qu'il inflige. Sous les lambris des ministères et la verrière de l'Assemblée nationale, les crocs-en-jambe, les placages à retardement et les tacles par-derrière ne se comptent plus, et ils ne sont pas toujours sanctionnés comme ils le mériteraient. Il faut dire que nous n'en sommes pas les témoins directs et que nous n'en avons les échos que par les gazettes. Pour insuffisamment informés que nous soyons, nous usons quand même de notre droit de siffler les fautes et de renvoyer les coupables au vestiaire. Plus audacieux que Laporte et Santini, quand l'équipe ne nous satisfait plus, nous ne nous contentons pas de la modifier, nous la changeons en entier ; et Dieu sait que nous avons profité de cette prérogative puisque, depuis vingt et un ans aux législatives, nous n'avons jamais sélectionné l'équipe sortante. C'est la seule différence entre le sport et la politique : la sanction est plus lourde. Au rugby, pour une faute on sort dix minutes, en politique, on est exclu pendant cinq ans.

Une science ou un art ?

Ah ! ce sujet du bac philo : « La politique est-elle une science ou un art ? » Comme il tombait bien en période électorale ! Si j'avais été candidat au bac, ce que je fus jadis – candidat malheureux puisque je l'ai passé deux fois, qu'on ne me l'a pas donné et que j'ai dit gardez-le – ce sujet-là, je l'aurais choisi avec délice. La politique une science ? Sûrement pas, ou alors la plus inexacte de toutes. Édouard Herriot raillait : « La politique s'apparente à la météo qui est, comme on le sait, la science des courants d'air. »

Procédons par ordre. Qu'est-ce qu'une science ? Consultons le dictionnaire : « Ensemble cohérent de connaissances obéissant à des lois et vérifiées par des méthodes expérimentales. » La politique est-elle un ensemble cohérent ? Jetons un petit coup d'œil en arrière puisqu'un bon conducteur se doit d'avoir toujours un œil sur le rétroviseur. La France de 1848 élit le prince Bonaparte pour qu'il fortifie la jeune République et elle se retrouve avec l'Empire ; à la chute de l'Empire elle élit une assemblée royaliste qui lui donne la République à une voix de majorité. Après la guerre de 14, elle donne sa caution à la Tchécoslovaquie et à la Pologne en leur promettant de voler à leur secours si elles sont menacées ; après quoi elle bâtit la ligne Maginot en prônant une tactique uniquement défensive ; elle se montre intransigeante avec la fragile République de Weimar en occupant la rive droite du Rhin, alors qu'il aurait fallu discuter, et elle discute avec Hitler avec lequel il aurait fallu se montrer intransigeant. Elle élit une assemblée de Front populaire qui, quatre ans après, vote les pleins pouvoirs à Pétain. Elle confie à Guy Mollet le soin de faire la paix en Algérie, il y envoie le contingent ; elle appelle de Gaulle pour conserver l'Algérie, il lui donne son indépendance. Elle élimine Jospin au premier tour alors que la plupart des sondages le donnaient vainqueur au second ; elle offre à Jacques Chirac une majorité absolue à l'Assemblée sur laquelle personne n'aurait parié un euro trois mois auparavant. Cohérence, dites-vous ? La politique a ses scientifiques. On les nomme des politologues, mais les malheureux sont les plus mal lotis parmi leurs confrères. Il arrive qu'un mathématicien se trompe, qu'un physicien commette une erreur ; les politologues, eux, sont les seuls à se tromper tout le temps, à être à chaque évaluation pris à contre-pied par les faits, et plus ils étayent leurs conclusions de logique, plus les événements s'amusent à les démentir. Pourtant ils continuent, la foi chevillée au corps, à nous expliquer comment les choses doivent se passer et pourquoi il ne peut en être autrement. J'admire leur constance et leur imperméabilité aux quolibets ; moi, à leur place, il y a longtemps que je me serais reconverti dans l'import-export ou l'immobilier. Donc, nous sommes bien d'accord, la politique n'est pas une science. Voyons si c'est un art.

Eh bien oui, et l'un des plus difficiles qui soit à exercer. Comme tous les arts, la politique a ses grands maîtres, avec leurs styles différents. Matisse ne peignait pas comme Raphaël, mais l'un et l'autre sont incontestés. Il en va de même en politique. Les grands ont tous ou presque connu la solitude, voire la détresse, avant de reparaître au premier plan pour s'imposer. Richelieu à deux doigts d'être en disgrâce ; Mazarin honni, humilié, exilé, qui revient pour établir Louis XIV dans toute sa puissance ; Talleyrand survivant à tous les régimes ; Clemenceau battu, éclaboussé par les scandales, devenant à 77 ans le Père la Victoire ; de Gaulle s'impatientant douze ans à Colombey avant que le téléphone ne sonne à nouveau ; Mitterrand, définitivement semble-t-il, exclu de la vie politique après l'affaire de l'Observatoire et remontant la pente jusqu'au triomphe de 1981. Tous sont des artistes de haute lignée. Tenez, puisqu'on parle de Mitterrand... On peut certes ne pas l'aimer, mais citez-moi un seul politique qui puisse réussir ce qu'il fit à Épinay : arriver au Congrès d'un parti dont il n'est pas membre, et en prendre la direction sous l'œil ébahi des caciques qui pensaient ne lui offrir qu'un strapontin. En 1937, Léon Blum, chef du gouvernement, est accusé par une partie de ses partisans de ne pas intervenir dans la guerre civile pour aider la république espagnole. Il sait qu'un meeting se tient à Paris ; il s'y rend sans y être invité, il prend la parole et, sans promettre d'intervenir contre Franco, dans un éblouissant numéro de charme et d'intelligence, cet homme, qui n'est pas un tribun et qui a une voix haut perchée, retourne la salle qui l'acclame. J'ai l'enregistrement, c'est de l'art à son plus haut sommet. Ne faut-il pas être certain de ses dons pour se permettre, comme le fit de Gaulle, de planter les yeux sur une caméra de télévision et de dire : « Alors, mon cher et vieux pays, nous voilà de nouveau face à face. » Si l'on n'est pas un artiste consommé, le ridicule est assuré. Eh bien non, le courant passe et le cher et vieux pays est sous le charme. La frontière est si ténue entre les artistes et les politiques qu'on a vu Ronald Reagan passer des westerns de séries B à la Maison-Blanche, et Bernard Tapie du ministère de la Ville à la scène du Théâtre de Paris sans difficulté. Le scientifique est astreint à des règles strictes qu'il ne peut transgresser. De Pythagore à Einstein, aucun ne se serait aventuré à démontrer que $2+2=5$, ce que peut en revanche parfaitement faire un ministre des Finances. Les politiques se sont toujours méfiés des scientifiques, tant ils craignent que ces derniers leur imposent une rigueur dont ils se soucient peu. Depuis que le tribunal révolutionnaire fit exécuter Lavoisier avec cette formule lapidaire : « La république n'a pas besoin de savants », on n'a guère pratiqué le mélange des genres. Painlevé, illustre mathématicien, fut un éphémère président du Conseil, et Claude Allègre a fait récemment la douloureuse expérience de la façon dont les politiques traitent les scientifiques. Avant de vous livrer cette chronique, je l'ai envoyée à un professeur de philosophie de mes amis en lui disant : « Donne-moi une note en faisant abstraction de notre amitié. » Il me l'a renvoyée avec l'appréciation suivante : « Ne traite pas le sujet, se laisse aller à la facilité en s'imaginant que la poudre aux yeux peut remplacer la thèse, l'antithèse et la synthèse. Note : 5 sur 20. »

Décidément, je n'aurai jamais mon bac.

Si j'étais ministre

Dans le courrier des lecteurs d'un quotidien de province est arrivée une lettre d'un habitant du Creusot, ainsi libellée : « Un peu lassé par les professionnels de la politique, toujours les mêmes depuis tant d'années, je rêve d'un gouvernement issu de la société civile et voici ce que je suggère au président de la République. » Suit la liste d'un ministère où l'on retrouve François de Closets à l'Économie et aux Finances, David Douillet à l'Intérieur, Jeannie Longo aux Sports, Audrey Tautou à l'Emploi et à la Solidarité, et votre serviteur à la Culture. Mon Dieu, cher monsieur, c'est un grand honneur que vous me faites, mais, au risque de vous décevoir, si d'aventure on me proposait ce poste, je le refuserais et, comme tout refus doit être argumenté, je vais m'en expliquer.

J'ai la chance extraordinaire depuis quelques lustres de vivre de la politique sans en faire. Nous sommes peu nombreux en France à avoir ce privilège : quelques chansonniers de mes amis, qui sont avec moi tous les soirs sur scène, quelques dessinateurs satiriques, une dizaine de chroniqueurs et interviewers de politiques qui, de Jean-Pierre Elkabbach à Catherine Nay, en passant par Arlette Chabot et Alain Duhamel, connaissent l'art et la manière de sonder les cœurs des princes. Faites le total, une cinquantaine à peine en tout, auxquels successivement les gouvernements qui se sont succédé depuis vingt ans ont rapporté de l'argent. Certes, ils nous en ont pris, comme à tout le monde, néanmoins pour ce qui nous concerne, le solde est quand même positif. Je suis donc un privilégié et vous voudriez que j'échange ce statut particulier pour celui de ministre ! Alors, bien sûr, je pourrais transporter mes pénates au ministère de la Culture, rue de Valois, mais mon appartement me suffit et les vastes pièces lambrissées n'ajouteraient rien à mon bonheur. Quand on sonne, je vais ouvrir moi-même, et je ne me vois pas dire à l'huissier à chaîne veillant derrière les portes capitonnées : « Laissez, je m'en occupe. » J'aurais un superbe bureau Directoire que j'irais choisir moi-même au mobilier national, mais je me contente du mien, qui n'est qu'une copie récente. Et puis, entre nous, il y a dessus, pardonnez-moi l'expression, un tel bordel de papiers qui s'entassent, de bouquins, de stylos dans des pots de confiture, de cassettes enfouies sous des journaux, d'articles et de photos découpés (que personne n'a le droit de toucher sous peine d'encourir mes foudres) que je ne me vois pas mettre une telle pagaille sous les vénérables lambris qui abritèrent Malraux, Toubon, Lang et Tasca. J'aurais un chef de cabinet, seulement le pauvre s'ennuierait ferme. Je suis un vieux loup solitaire qui fait tout tout seul, qui ne sait même pas taper sur le clavier d'un ordinateur, ce que fait fort bien ma secrétaire, laquelle non seulement est la seule à pouvoir me relire, mais de surcroît corrige mes fautes d'orthographe. J'aurais un chauffeur, or je conduis ma voiture sans avoir besoin de personne ; et s'il m'est arrivé une fois, il y a longtemps, d'avoir deux motards derrière ma voiture à cause d'un excès de vitesse sur l'autoroute, je n'en ai jamais eu devant. Il faudrait que je me lève tôt le mercredi matin, et je déteste ça, pour aller au Conseil des ministres. Comment ferais-je, moi qui suis brouillé avec les chiffres, pour défendre le budget de mon ministère devant l'Assemblée ? Et puis surtout, surtout, je serais obligé tous les cinq ans de me livrer à cet exercice épuisant qui consiste à faire les marchés et à serrer des mains. Non, franchement, c'est une épreuve qui dépasse mes capacités. Et puis, quitte à vous décevoir, je ne suis pas tout à fait certain de l'utilité du ministère de la Culture. Il existe des pays, aussi développés que le nôtre, qui s'en passent fort bien. C'est une chose si délicate, la culture, si difficile à apprivoiser et surtout à enrégimenter. Chacun de nous construit la sienne suivant ses goûts et ses humeurs, au hasard de ses découvertes et de ses penchants. Le philatéliste qui range méticuleusement ses timbres, le flâneur qui passe des heures devant l'étal des bouquinistes des quais de Seine, le peintre du dimanche qui plante son chevalet devant le Mont-Saint-Michel y participent tout autant que le touriste qui visite Versailles au pas de course ou l'amateur de rap qui fait hurler sa sono dans sa voiture. Le problème, c'est que la culture a mille facettes et que le ministre devrait les gérer toutes. Comme c'est impossible, il passe son temps à éplucher les demandes de subvention. Jadis, on appelait ça le mécénat, c'était le même principe. Molière a été subventionné par Louis XIV comme La Fontaine le fut par Fouquet. Comme ils avaient du génie, ils surent éviter d'être flagorneurs envers ceux qui les payaient. Juste une petite pirouette de temps en temps pour saluer le donateur : « Nous vivons sous un prince ennemi de la Fronde. » Louis XIV rougissait de plaisir et ça faisait passer *Tartuffe*, mais tout le monde n'a pas du génie et le subventionné de nos jours prend soin souvent de ne pas déplaire à celui qui tient les cordons de la bourse. Si j'étais ministre, je tenterais de persuader certains directeurs de théâtre subventionné qu'ils doivent aller au-devant des goûts du public, et non pas lui imposer le leur, que Brecht est un grand auteur, mais qu'on a aussi le droit d'aimer *Les Cloches de Corneville* ou *Joyeuses Pâques*. Je leur demanderais de méditer cette formule de Courteline : « Il n'y a pas de genre mineur, il n'y a que des productions ratées, et le comique qui divertit prime le tragique qui n'émeut pas. »

Vous voyez bien que j'aurais fait un détestable ministre de la Culture !

Impression réalisée sur CAMERON par

BUSSIÈRE CAMEDAN IMPRIMERIES

GROUPE CPI

à Saint-Amand-Montrond (Cher)
pour le compte des Éditions Robert Laffont
en mars 2004

Composition et mise en pages réalisées
par Étianne Composition
à Montrouge.

N° d'édition : 44580/01. — N° d'impression : 040994/4.
Dépôt légal : mars 2004.

Imprimé en France